KB261572

제이코플래닛

판탄 판타지 장편 소설
FANTASY EXCITING STYLE

제이 코플래닛 7

판탄 판타지 장편 소설

초판 1쇄 찍은 날 § 2009년 5월 8일
초판 1쇄 펴낸 날 § 2009년 5월 18일

지은이 § 판탄
펴낸이 § 서경석

편집장 § 문혜영
편집책임 § 이재권
편집 § 서지현 · 주소영

펴낸곳 § 도서출판 청어람
등록번호 § 제1081-1-89호
등록일자 § 1999. 5. 31
어람번호 § 제1-1052호

주소 § 경기도 부천시 원미구 심곡2동 163-2 서경B/D 3F (우) 420-822
전화 § 032-656-4452 팩스 § 032-656-4453
http://www.chungeoram.com
E-mail § eoram99@chollian.net

ⓒ 판탄, 2007

ISBN 978-89-251-1798-0 04810
ISBN 978-89-251-0879-7 (세트)

판탄 판타지 장편 소설
FANTASY EXCITING STYLE
[완결]

7

Jay Koplanit

제이코플래닛

BLUE BOOK
도서출판 청어람

CONTENTS

CHAPTER 1
[안개]
코플래닛으로 온 사람들

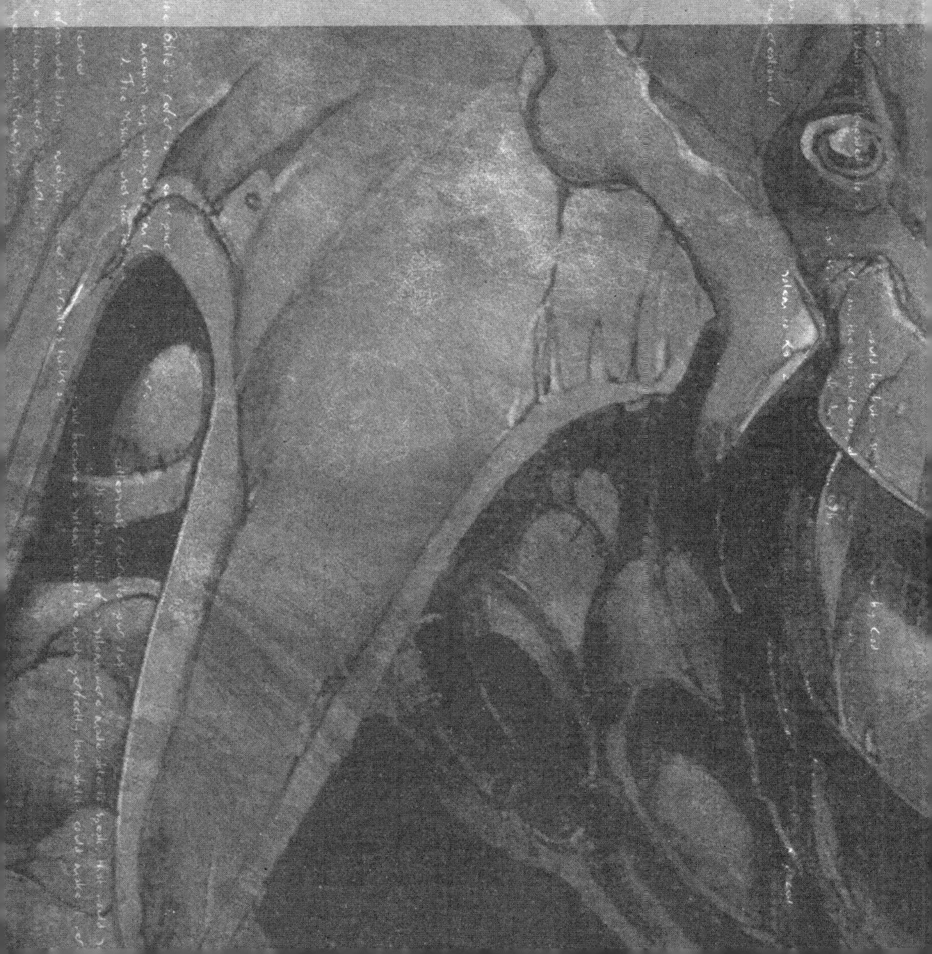

긴 항해 끝에 코플래닛 반도의 항구 블랜드 플래닛에 도착한 사람들은 무척 쇠약해진 상태였다. 누천년 동안 건조한 모래바람을 벗 삼아 살아온 그들에게 난생처음 보는 바다를 두 달 넘게 여행한 일은 무척이나 두렵고 고역스러웠던 것이다.

청장년 남자는 아예 찾아볼 수가 없고 대개가 노인이나 여자, 아이들뿐인 회색 머리칼의 사람들은 보퉁이를 하나씩 이고 든 채 배에서 내려 불안한 표정으로 새로이 발 딛은 땅을 두리번거렸다.

가족을 지켜야 할 남자 어른들이 마이네 제국과의 오랜 전쟁으로 모두 죽은 탓에 앳된 소년들이 불안해하는 어머니와 할머니의 손을 꼭 잡아주며 걸음을 옮겼다.

"마차를 타시면 됩니다. 천천히 오르세요."

　대기하고 있던 코플래닛 사람들이 경계심을 누그러뜨리려고 애써 부드러운 표정을 지으며 자신들과 피부색이 다른 외부인을 조심스럽게 안내했다.

　환경도 다르고 언어도 다르고 풍습도 완전히 다른 마우라 부족 사람들을 받는 데 있어 밀런은 세심히 준비해 왔다. 그 덕에 배에서 내린 사람들을 현재 구획만 정해놓은 플래닛으로 이송하는 일은 순조롭게 이루어졌다.

　마차는 조금 덜거덕거렸지만 길이 잘 닦여 편안했다. 그러나 어른들의 얼굴에는 두려움과 걱정이 가득했고 착잡한 속내가 고스란히 드러났다. 언 땅을 뚫고 새싹이 돋아나는 코플래닛의 봄도 그런 그들의 마음을 따뜻하게 감싸주지 못했다.

　그동안 푼티렌 상회가 마련해 준 장소에서 그나마 편하게 지내왔다지만, 고향에서 강제로 떠나 노예 신분으로 살아왔다. 푼티렌 상회의 주인과 지배인이 새로운 땅에서 더는 노예가 아닌 삶을 살게 된다고 말하며 그들이 처한 사정을 설명했을 때에도 고향에서 쫓겨난 노예인 그들에게는 선택권이 없었다.

　푼티렌 상회의 주인이 아무리 좋은 사람이어도 그는 좀 더 좋은 주인일 뿐이었고 고향으로 돌아갈 자유를 잃은 자신들이 노예라는 사실에는 변함이 없었다.

　짐을 싸라니 쌀 수밖에…….

　그렇게 여기까지 온 것이다, 사막의 모래바람보다 더 무서운 세상의 바람에 휩쓸린 채로.

　"사우드, 머나먼 이곳에서도 조상님이 보살펴 주실 것이다. 잘될 거야. 잘될 거야."

"……."

소년은 어머니의 말에 눈살을 찌푸릴 뿐 입술을 굳게 다문 채 대답하지 않았다. 아들을 위로하고 안심시키려는 그 마음을 모르는 바는 아니지만, 쇠약한 어머니가 불안한 눈빛으로 건네는 위로는 효과가 없어진 지 오래다. 코밑에 솜털이 나기 훨씬 전부터 사우드는 이미 어머니의 보살핌을 받는 게 아니라 어머니와 할머니를 돌봐왔다.

당신 스스로가 겁에 질려 있음에도 아들을 위로하려는 그 마음이 이제는 화가 나 미칠 지경이었지만, 소리를 지르거나 하지는 않았다. 답답한 가슴을 확 터뜨려 버리고 싶었으나 그럴 만한 상황이 아니라는 것쯤은 알았던 것이다.

사막의 아이들은 이미 오래전에 유년기를 마치고 세상을 알아버렸다.

자꾸만 과거를 추억하고 자유를 기억해 대는 노인들과 이제는 쇠약해져 부양을 받으면서도 여전히 어린아이 돌보듯 자식을 보듬어주려는 여인들이 소년은 너무나 싫었다.

그들은 약한 주제에 약하다는 것을 인정하지 못한다. 약해빠져 전쟁에 지고 죽어버린 아버지들이 뭐 그리 자랑스럽다고 자꾸 말해주는 것인지 이해할 수가 없었다. 그 때문에 이처럼 노예로 살며 고향에서 수천 킬로미터 떨어진 곳까지 떠밀려 와야 하지 않는가 말이다.

그래도 할머니와 어머니를 슬프게 하기는 싫어서 대들거나 화내지 않았다.

소년은 자신을 안심시키려고 애쓰는 어머니에게서 고개를 돌려 천천히 달리는 마차 밖 풍경을 바라보았다.

워낙 어려서 기억도 나지 않는 메마른 사막의 모래땅—어른들에게서 들어서 알 뿐이다—과는 달리 이 땅에는 풀과 나무가 지천으로 나 있고 영근 꽃망울이 터져 다채로운 빛으로 새봄을 알리고 있었다.

그 봄빛이 사춘기 소년의 가슴을 후벼 팠다.

사우드는 어머니에게 들키지 않게 흐르는 눈물을 가만히 훔쳤다. 그리고 주먹을 불끈 쥐었다.

수십 대의 마차가 항구에서 멀어져 코플래닛 안쪽으로 들어가는 모습을 지켜보던 밀런은 그제야 안도의 한숨을 내쉬었다. 다행히 아무런 충돌도, 사고도 없이 이송이 끝났다.

"우리 한번 잘살아봅시다."

마차 행렬 꽁무니에 대고 나직이 중얼거린 그는 옆에서 나이답지 않게 복잡한 눈빛으로 초췌하기 이를 데 없는 동족들이 멀어져 가는 모습을 하염없이 바라보던 아모란의 어깨를 가벼이 짚었다.

"사람은 약한 존재란다."

밀런은 멀어지는 마차 행렬에 여전히 눈길을 준 채 조용히 말했다.

앞뒤 없는 그의 말에 아모란은 고개를 돌려 밀런을 쳐다보았다. 그 눈길에 화답하듯 까맣게 그을린 중년인은 잔잔하게 말을 이어나갔다.

"날카로운 이빨이 없어서, 치명적인 독이 없어서, 힘찬 날개

가 없어서 약한 것이 아니야. 맹수와 맹금이 비록 강하기는 해도 머리가 깬 사람의 상대는 아니지. 곰같이 억센 앞발과 사자같이 날카로운 이빨과 독수리같이 강한 날개가 없어도 사람은 맹수들의 공격을 이겨냈을 뿐 아니라 도리어 녀석들을 위협하게 되었다. 그토록 강력한 맹수와 몬스터를 물리쳤으니 사람은 강하다 할 수도 있겠지. 그러나 역시 약한 존재란다.”

밀런의 마지막 말은 한숨 같은 것이었다.

무슨 까닭에 밀런이 이런 말을 하는지 여전히 알 수 없었기에 아모란은 되묻지 않을 수 없었다.

“강하고 약한 것은 상대적이라고 했어요. 선생님은 사람이 무엇에 비해 약하다는 건가요?”

“오호, 강하고 약한 것은 상대적이다? 멋진 말이구나.”

밀런은 자못 놀랍다는 표정으로 아모란의 어깨를 두드려 주었다.

용병 아저씨들에게서 들었는지 아빠에게 들었는지는 기억이 나지 않지만, 언젠가 들었던 이야기에 사람들의 칭송이 자자한 코플래닛의 어른이 감탄하자 아모란은 괜스레 뿌듯한 마음이 들었다.

“강약은 상대적이다, 그 말도 그르지는 않겠지. 힘이 약한 사람이 머리가 더 똑똑해 힘만 센 사람을 이길 수도 있고, 힘도 약하고 머리가 뛰어나지도 않지만 주위 사람들이 모두 사랑하고 감싸주고 싶어하는 사람도 약하다고 할 수는 없으니까 말이야. 그러나 아모란, 여전히 사람은 약한 존재란다.”

“……?”

마우라 부족을 태운 마차 행렬은 어느새 언덕 너머로 사라지고 피어오른 먼지만 누군가가 지나갔음을 말해주었다. 밀런의 눈은 그곳을 향해 있었다. 그가 먼지를 바라보는지 먼지 속에 가려진 그 무엇을 바라보는지 알 수 없었다.

"사람은 말이다, 자신이 상상했던 것보다 훨씬 약하단다. 사람은 살아가면서 머릿속에 사람 하나를 만들어 나간다. 머릿속 그 사람은 이 세상 어느 누구보다 강력하고, 부유하고, 자애롭고, 현명하고, 단호하고, 아름다워서 눈이 부시지. 너무나 눈이 부셔서 그 사람의 형상을 똑바로 바라볼 수 없을 정도란다. 그런데 어렴풋이 보이는 그 형상은 누군가를 닮았다. 그게 누군지 알겠니?"

"아니요."

아모란은 고개를 저었다. 그러자 밀런은 현명함이 깃든 눈으로 소녀의 하나뿐인 눈망울을 꿰뚫어 보듯 바라보며 말했다.

"바로 너란다."

그 말에 아모란은 눈을 똥그랗게 떴다.

"바로 네 자신이고 나 자신의 모습이다. 모든 사람은 머릿속에 완전하고 온전한 자기 자신의 형상을 만들어 품고 살아가는 거야. 혹자는 그 형상을 신이라 하고 또 누군가는 원형이라 하지. 그 강함은 바깥의 어떤 힘에도 굴하지 않고 안으로 절대 번민하지 않는 완전함이다. 하늘과 땅 사이에 두 발을 굳게 디디고 서서 외력에 좌우되지 않고 홀로 자유로울 수 있는 진정한 강함이란다."

밀런의 말은 나직했지만 소녀에게는 천둥 같았다.

"사람이 왜 자신의 형상을 똑바로 쳐다보지 못할까? 왜 그토록 눈부셔 할까? 주위를 둘러보아라. 현실을 살아가는 사람들을 보렴. 힘센 자는 약한 자를 짓누르고 부자는 가난한 자의 것을 더 빼앗으려 한다. 피부색, 머리카락 색깔만 달라도 겁을 먹고 두려워하고 멀리하려 한다. 사람들은 자신의 나약함, 비겁함, 옹졸함, 이기심, 추함을 고스란히 비쳐 주는 온전히 강한 자신의 원형 앞에서 고개를 들 수 없는 것이다. 창피하고 부끄러워 자꾸 도망치고 싶은 거다."

아모란은 처음 하란에 도착했을 때가 생각났다. 동네 아이들이 이유없이 놀리고 때리고 나중에는 말도 걸지 않았다. 친구를 하나도 사귀지 못했다. 그때는 달리는 것만이 유일한 낙이었다. 어린 나이였지만 피부색이 다르고 머리색이 다르다는 이유로 놀림을 받은 그때의 상처가 아직도 가슴 깊이 남아 있었다.

다르다는 이유로 자신을 놀린 아이들이나 놀림받은 것으로 상처받은 자신이나 모두 나약한 존재다. 겁 많고 용기없는 짐승이다.

사람은 약한 존재라는 밀런의 말을 어렴풋이 알 것 같았다.

밀런의 나직한 포효는 계속되었다.

"사람은 누구나 자신의 원형보다 작고 약하다. 추하고 보잘것없지. 그 앞에서 자꾸 작아지는 자신을 보는 것은 무척 괴로운 일이란다. 그래서 당당히 마주서지 못하고 눈을 돌리고 외면하고 도망치게 되는 것이야. 그러다 보면 나의 온전한 형상이 바로 내 안에 있다는 사실조차 잊게 되지. 그러나 두려워하고 피하기만 해서는 영원히 약한 존재로 남을 것이다. 아모란, 강해지고 싶지 않니?"

"강해지고 싶어요."

들뜬 얼굴로 힘차게 대답하는 아모란을 밀런은 흡족한 표정으로 바라보며 고개를 끄덕였다.

"힘이 세고 가진 재물이 많고 권세가 드높다고 강한 것이 아니다. 자신의 원형 앞에 당당히 서야 한다. 눈이 부셔 절로 고개가 돌아가고 너무나 작은 자신이 부끄러워 숨고 싶어도 고개를 들고 똑바로 쳐다보아야 한다. 사람은 결코 신이 될 수 없다. 자신의 온전한 형상을 닮고자 아무리 애를 써도 항상 부족하고 미흡하기만 할 것이다. 그래도 포기하지 말고 자신의 형상에 당당히 맞서라. 자신의 형상을 향해 묻고 또 물어라. 그게 바로 강한 것이다."

"네, 밀런 선생님."

"네 아버지께서는 모든 사람이 강해지는 세상을 원한다. 그래서 결코 쉽지 않다는 것을 아시면서도, 또 세상 사람들이 전혀 알아주지 않음에도 먼 곳에서 힘겨운 싸움을 하고 계시지. 그러나 우리가 이곳에서 해야 할 일도 결코 가볍지 않단다. 당장 언어도 다르고 피부색도 다르고 신분도 달랐던 사람들이 들어왔는데 이들이 서로 싸우지 않고 미워하지 않고 화합하며 살수 있도록 만들어야 하지. 사람이 사람을 두려워하지 않고 기꺼이 이해하고 받아들이는 것은 보통 어려운 일이 아니란다. 무척이나 거북스럽고 고통스러운 시간이 될 것이다."

밀런은 반짝이는 아모란의 한쪽 눈을 똑바로 보며 말을 이었다.

"다행스럽게도 우리에게는 아모란이라는 보배가 있어 사막의 사람들과 이곳 사람들 사이에 마음의 다리를 좀 더 쉽게 놓을 수 있을 것 같구나. 아직 어린 너에게 이런 부탁을 하는 것은 네 상처를 건드릴 수도 있는 가혹한 일이겠지만, 네가 애써주는 것이 내 생각으로는 최선이구나. 아모란, 사람들이 좀 더 강해지도록 네가 힘써주겠니? 변화는 두려움을 떨쳐 내고 용기 내어 손을 내미는 것에서부터 시작된단다."

"뭘 어떻게 해야 하는지 잘은 몰라도 해볼게요."

코플래닛이 사람이 살 수 있는 곳이 되도록 만들려고 눈코 뜰 새 없이 바쁘게 일하느라 얼굴이 까맣게 그을린 밀런, 오늘 그 중년인의 말 한마디 한마디가 어린 소녀의 영혼을 건드렸다. 무슨 뜻인지 머리로는 정확히 이해할 수 없었지만, 작은 가슴에 파도가 일었다.

세상을 보도록 허락된 아모란의 단 하나의 눈이 별처럼 반짝였다.

"고맙다, 아모란. 이런! 늦었군. 얼른 가자꾸나."

대견하다는 눈빛을 아모란에게 던진 밀런은 갑자기 허둥대며 걸음을 재촉했다. 오늘 코플래닛에 온 이들은 사막 부족 사람들만이 아니라는 사실을 깜박했던 것이다.

너무나 이질적인 마우라 부족 사람들이 코플래닛에서 다른 사람들과 융화하여 살아가는 것은 보통 어려운 일이 아니라는 것을 잘 안다. 그러나 항구에 도착하여 블랜드 플래닛 공관에서 기다리고 있는 사람들에 관한 문제도 결코 쉽지 않았다.

'그러나 코플래닛에 언제는 쉬운 일이 있었는가.'

밀런의 표정은 어려운 일을 앞두고 있었음에도 그리 어둡지 않았다.

코플래닛 반도에서 대형 선박을 댈 수 있는 항구가 들어선 유일한 플래닛인 이곳 블랜드 플래닛에는 여타 플래닛에서와 달리 상당히 큰 공관을 지어야 했다. 코플래닛에 드나드는 사람과 물자의 대부분이 육로보다 이곳 블랜드 항을 통하기 때문에 여관 등 부대시설이 아직 미비한 코플래닛에서 뱃사람들과 상인들이 묵을 장소가 필요하다는 이유가 가장 큰 몫을 했다. 그리하여 블랜드 플래닛의 공관은 코플래닛 안에 있는 건물 중 가장 컸다.

코플래닛 건설을 위해 초빙해 온 콘단티 왕국 출신의 건축가 버크 케네스의 영향을 받아 지어진 공관은 어떤 폭풍우가 몰아쳐도 무너지지 않을 것 같은 단단함과 그 안에 들어온 모든 이들을 굳건히 지켜줄 것 같은 포근함이 느껴졌다. 전체적으로는 세련되고 정교하다기보다 기능적이고 투박한 멋이 돋보였다.

그런데 공관 1층 홀에는 건물의 투박함과는 전혀 어울리지 않을 것 같은 사람들이 들어차 있었다.

벨벳 재질의 고급스러운 외투를 입고 굵은 보석이 박힌 가문의 반지를 낀 사람들은 '나는 너희와는 다른 고귀한 존재야!' 하고 외치는 듯한 꼿꼿한 자세로 서성이다가 막 문을 열고 들어오는 밀런을 예리한 눈으로 관찰했다.

클로델이 데려온 또 다른 사람들, 바로 마이네 제국의 비둘기파 귀족들이었다.

타르제트 랑겔 곁에 서서 그와 이야기를 나누던 클로델이 밀런을 보고 다가와 그를 랑겔에게 소개했다.

"이분은 코플래닛의… 행정을 총괄하시는 밀런 선생이시고, 이분은 제국의 남부사령관을 지내셨던 타르제트 랑겔 공이십니다."

코플래닛에서 밀런의 공식적인 지위는 아직 없었기에 적당히 소개한 것이다.

"펜슬 밀런입니다."

밀런이 먼저 공손히 인사했다.

"타르제트 랑겔이라 하오."

오랜 항해 끝이라 초췌한 얼굴임에도 전장에서 평생을 보낸 노귀족은 흐트러짐없는 몸가짐으로 정중히 응대했다.

"이쪽으로 옮기시지요."

긴 여정이 적잖이 부담스러웠을 터인데도 겉으로 전혀 드러내지 않으며 온화한 인상이면서도 눈빛은 매처럼 매서운 노장의 모습에 감탄하면서 밀런은 랑겔을 2층 집무실로 안내했다.

자신이 낄 자리가 아니라고 생각한 클로델은 계단을 오르는 두 사람을 묵묵히 지켜보았다.

'이들도 당신과 무관하다고는 할 수 없겠죠. 나는 길을 났을 뿐 이들에 대한 대처는 코플래닛의 몫입니다.'

코플래닛과 복잡한 연으로 얽혀 있는 푼티렌 상회의 여인은 미래에 대한 불안감에 자기들끼리 나직이 속삭이는 귀족들을 한번 죽 둘러보다가 현재 코플래닛에 없는 누군가에게 홀로 말했다.

　밀런은 랑겔에게 자리를 권한 뒤 직접 차를 따라주었다. 두 사람 모두 찻잔을 입에 댈 뿐 말이 없었다. 적당한 말을 고르느라 잠시 어색한 침묵이 흘렀다.

　이윽고 밀런이 먼저 입을 열었다.

　"원로에 고생 많으셨습니다."

　"별말씀을… 이리 받아주시니 고맙소이다."

　노귀족의 차분한 대꾸에 밀런은 속으로 쓴웃음을 지었다. 마이네에서 추방된 비둘기파 유랑 귀족들을 받아들일지 여부는 아직 결정되지 않았던 것이다.

　중앙해의 도시 하란에서 북부에 위치한 아바까지는 순풍을 만나면 두 달, 날씨가 좋지 않으면 석 달도 더 걸리는 먼 거리다. 클로델로부터 사막 부족 사람들과 같은 배로 랑겔 일행도 함께 온다는 연락을 받은 밀런은 그에 대한 답을 전하지 못했다. 전쟁이 터진 뒤라 연락을 받은 시점에서 랑겔 일행은 이미 코플래닛으로 오는 배를 타고 있었던 것이다.

　"죄송한 말씀입니다만, 현재 상황에 대해 좀 더 솔직하고 가감없는 대화가 필요한 것 같습니다."

　"그러지요."

　랑겔도 자신들을 받아들이는 문제가 결코 쉽지 않음을 알기에 순순히 고개를 끄덕였다.

　"잘 아시다시피 페이런 왕국은 바밀과 오랜 세월을 함께해 왔습니다. 그런 페이런이 비록 현재 마이네를 지배하는 정파와 척을 지었다 할지라도 마이네의 귀족들을 쉬이 받아들일 수 있겠습니까? 페이런으로서는 외교적으로 몹시 큰 부담을 지는 일이니까요.”

밀런의 말투는 공손했지만, 그 내용은 랑겔의 가슴을 콕콕 찔렀다. 그럼에도 랑겔은 표정 변화 없이 묵묵히 듣고 있었다.

“또한 저는 푼티렌 상회의 지배인으로부터 마이네의 귀족 분들이 이곳 코플래닛으로 오신다는 연락을 받았을 뿐 구체적인 목적이나 장래에 대한 계획을 알지 못합니다. 코플래닛을 통해 페이런 왕국에 망명하기를 원하시는지, 다시 말해 코플래닛이 페이런 왕국으로의 망명을 주선해 주기를 원하시는지, 아니면 이곳 코플래닛으로 망명하기를 원하시는지 모릅니다.”

“흠⋯⋯.”

“그리고 완전히 이주하시려는 건지 아니면 마이네로 귀환할 수 있을 때까지 잠시 쉴 곳이 필요하여 오신 건지도 알아야 랑겔님 일행의 수용 여부에 대해 적절한 판단을 내리는 것이 가능할 것 같습니다.”

“질문은 그것으로 끝입니까?”

“아닙니다. 대화를 시작하는 단초 정도라고 생각하시면 되겠습니다.”

“알겠소.”

뭔가 추궁당한다는 느낌도 들었지만 아쉬운 건 자신들 쪽이고 자신들을 쉬이 받아들이기도 힘든 상대의 처지도 이해할 수 있기에 랑겔은 잠시 대답할 말을 머릿속으로 정리하고서 천천히 입을 열었다.

“솔직히 말하면 무슨 구체적인 계획을 세우고 이곳에 온 것이 아니오이다. 아시겠지만, 우리는 마이네에 발을 디디지 못하는 처지여서 하란에 머물고 있었소. 그런데 전쟁이 터져 마이네의 대군이 하란에 입성했소. 그리고 그 대군을 지휘하는 귀족들은 우리를 용납할 의사가 없는 사람들이고 말이오. 마침 푼티렌 상회 지배인을 만났는데 우리 처지를 잘 알고 있는 그 사람이 몸을 피할 곳을 주선해 준 것이오."

랑겔은 솔직하게 자신들의 처지를 밝혔다. 감춘다고 감춰질 일도 아니고 이곳에서 거짓으로 첫 단추를 끼우는 것이 현 상황을 풀어가는 데 있어 적절해 보이지도 않았다.

찻잔을 들어 입을 축인 제국의 노장은 애써 자괴감을 감추며 말을 이었다.

"망명이라… 하란을 떠날 때는 생각지도 않았소. 이것저것 따질 상황이 아니었으니 말이오. 그러나 이곳으로 오는 선상 생활이 짧지 않아 배 위에서 많은 생각을 하게 되었소. 결론부터 말하자면 우리는 고국을 저버리지 싶지 않소. 조상 대대로 살아온 곳이고 언젠가는 돌아가 그곳에 뼈를 묻기를 원하오. 하지만 내가 원한다고 돌아갈 수 있는 상황이 아니니 어떤 형태로든 의사를 정해야겠지요. 가능하다면… 페이런 왕국에 우리의 존재를 알리지 말고 이곳에서 조용히 받아주실 수는 없겠소?"

"외부에 알려지지 않은 채로, 그러니까 페이런 왕국에 알리지 않고 이곳에서 조용히 지내기를 원한다는 말씀입니까?"

"그렇소."

"혹시나 마이네 제국에서 랑겔님을 위시한 귀족들에 대한 추방령을 해제하고 귀환을 허락한다면 언제든지 돌아갈 생각이

있고, 그때까지 조용히 머물기를 원한다는 말씀이지요?"

"그렇소이다."

밀런이 다시 한 번 확인하자 랑겔은 무겁게 고개를 끄덕이며
대답했다.

"혹여 우리 페이런 왕국의 귀족들이 여러분이 이곳에 머물고
있다는 사실을 알게 된다면 코플래닛은 상당히 곤란하게 될 것
입니다."

"……."

그 말이 옳기에 랑겔은 대꾸하지 못했다.

"외부에 알려지지 않는다 하더라도 곤란한 점은 또 있습니
다. 이곳에 대해 어떻게 알고 오셨는지 모르지만, 코플래닛은
여타의 영지나 도시와 다릅니다."

"다른 곳과 크게 차이가 난다는 말은 푼티렌 상회 지배인으
로부터 들었소."

"들으셨다니 그럼 말하기가 조금은 수월하겠군요. 여기서는
누구도 귀족적인 생활을 하지 않습니다. 심지어 영주님 부인 되
시는 마님도 다른 사람들과 허물없이 지내며 농사를 짓고 식사
를 같이하십니다. 공화국 루미나스에서조차 상상하지 못할 일
이지요. 그런데 한두 사람도 아니고 갑자기 수십 명이나 되는
낯선 귀족들이 나타나 귀족적인 방식으로 살아가겠다고 한다면
그동안 애써 가꿔온 이곳의 질서는 무너지고 말 것입니다. 이곳
에서 어떻게 살아가시겠습니까?"

옷 입는 것, 밥 먹는 것도 제 손으로 하지 않는 게 귀족이다.
비록 고국에서 추방되었을망정 챙겨온 재물이 적지 않은 귀족

들이 뼛속 깊이 새겨진 귀족적 태도를 쉬이 버릴 리 만무한 것
이다.

　새로운 사회 코플래닛의 지위를 굳건히 보장받기 위해 타국
의 전장에서 피를 흘리고 있을 제이나 이곳에서 손수 농사를 짓
고 사람들을 한 울타리로 모으는 은이나 밤낮없이 일하는 자신
이 애먼 귀족들이 들어와 귀족적인 삶을 살 터전을 만들어주려
고 그런 수고를 한 게 아니다.

　이들이 코플래닛에서 귀족적으로 살고자 한다면 절대 받아들
일 수 없다.

　"그럼 어찌하면 되겠소? 남자들이야 험한 전쟁터도 경험한
터라 어느 정도 견딜 수 있다지만, 고이 살아온 여인들은 그처
럼 살아가기가 어려울 것이오."

　"이곳에 머물고자 하신다면 방법은 하나뿐입니다. 이곳의 주
민들과 다른 대우를 기대하지 마십시오. 이곳 주민들을 무시하
거나 함부로 대해서도 안 됩니다. 이에 동의하신다면 어느 정도
편의는 봐드리겠습니다. 물론 시중드는 게 아닙니다. 식사 준비
가 낯선 분들을 위해 당분간 식사를 준비해 드리는 정도일 겁니
다."

　갑자기 등장한 마이네의 귀족들은 코플래닛의 질서를 해치는
존재가 될 가능성이 높았다. 그런 그들을 이런 식의 편의를 제
공하면서까지 받아들일 필요가 있을까 싶지만, 밀런은 마이네
귀족들을 그동안 코플래닛에서 부족한 부분을 메워줄 능력이
있는 훌륭한 재원으로 생각했다.

　사람이 늘어나고 규모가 확대되면 행정과 규율이 필요하다.

지금까지는 은의 자애로움과 밀런의 꼼꼼함, 새로운 세상에 대한 열정과 활기로 어느 정도 버텨왔지만, 이것만으로는 오래갈 수가 없다는 것을 밀런은 깨닫고 있었다.

그동안은 규모가 작기에 가능했던 것이다.

가도 공사가 끝난 뒤 공사에 동원되었던 많은 사람들이 들어오면 당장 곤란해질 것이다.

대부분이 평민이나 노예인 코플래닛 주민들에게 행정과 규율을 맡기는 것은 아직 무리였다. 꾸준히 교육하고는 있지만, 아직은 이르다. 코플래닛의 주민들이 제대로 성숙하기 전까지 공백을 메워줄 사람들이 필요했다.

많이 배우고 교양있고 행정 경험이 있는 이들이 바로 귀족인 것이다. 그들의 지식과 경험이 필요했다.

그러나 귀족들이 그들의 오랜 방식대로 코플래닛을 운용하도록 맡기는 것은 플래닛 체계를 파괴하는 일이다.

그럼에도 밀런은 마이네의 귀족들을 받아들일 생각이었다. 클로델로부터 갈 곳 없는 마이네의 귀족들이 온다는 얘기를 들었을 때부터 그들을 틀어쥐고 통제하여 코플래닛에 필요한 일손으로 삼을 방도를 이미 구상하고 있었던 것이다.

"시간을 좀 주시오. 다른 이들과 얘기를 좀 나눠봐야겠소."

"그러시지요."

고국에서 쫓겨난 그들이 선택할 수 있는 길은 그리 많지 않다는 것을 알고 있기에 밀런은 순순히 동의했다.

*　　　*　　　*

"이봐! 졸지 말고 눈 크게 뜨고 보라고!"

"예, 걱정 마십쇼!"

갑판장의 호통에 돛대 꼭대기의 견시수가 큰 소리로 대답했다.

"이물 견시수는 누구야?"

"여기 이카드, 눈 크게 뜨고 보고 있습니다!"

"고물에 있는 놈은 뒤에 오는 배와 간격을 잘 유지하는지 확인하고!"

"거리 적당합니다!"

배 뒤쪽에서도 우렁찬 대답이 들렸다.

"에휴, 뭔 놈의 안개가……."

선원들이 우렁차게 대답했음에도 갑판장은 마음이 놓이지 않는지 안개 너머를 주시하며 인상을 썼다.

이맘때 검은 바다의 안개는 지독하기 그지없어 한순간도 마음을 놓을 수가 없었다.

낮에는 걷혔다가 밤이 되면 또 자욱하게 피어올라 아침이 되어도 한 치 앞도 보이지 않는 검은 바다를 열한 척의 배가 조심스럽게 뚫고 나아갔다. 앞선 배 곳곳에 켜놓은 등불이 최소한의 안전거리를 보장해 주지만, 조금만 거리가 멀어져도 그 불빛조차 보이지 않았다.

시라스 상회는 작년에 만들어진 검은 열도 최초의 상회로 북해로 가는 길이었다. 강대국 간의 큰 전쟁으로 인해 중앙해 쪽의 교역은 거의 끊긴 상태라 북부 고이센 제국의 밀을 구입하려

는 것이다.

페이런 왕국의 가도 건설 사업은 여전히 진행 중이어서 막대한 식량이 필요했고 그 조달을 코스모스 상회, 시라스 상회, 페이런의 군소 상회들이 맡고 있었다.

견시수들이 눈과 귀를 활짝 열고 위험한 바다를 서서히 항진하는 그때, 이물과 돛대에서 거의 동시에 고함과 종소리가 터져 나왔다.

"정면에 배 출현! 정면에 배 출현!"

땡땡땡땡땡!

안개 장막을 뚫고 희끄무레한 배의 형상이 너무나 가까운 거리에서 나타난 것이다.

그때 저쪽에서도 이쪽 배를 발견했는지 요란한 종소리가 안개 낀 바다 위에 퍼져 나갔다.

땡땡땡땡땡!

"이런 제길! 좌현으로 급선회하라!"

"좌현으로!"

선장의 다급한 명령에 선원들이 분주히 돛을 움직이고 키를 확 꺾었다.

배가 넘어질 듯 위태롭게 기울며 선체가 파도와 거세게 충돌했다.

안개 너머의 배도 급히 좌현으로 틀어 두 배는 위험한 쌍곡선을 그려 나갔다. 그러나 저쪽 배는 순풍을 안고 오던 중이라 급한 곡선을 그리지 못했다.

배가 순식간에 확대되더니 급회전으로 인해 반쯤 기운 시라스 상회의 배를 무참히 깨부쉈다. 선체가 소름 끼치는 소리와 함께 움푹 함몰했다.

콰직!

"으악!"

당황과 공포에 젖은 선원들의 비명이 참혹하게 울려 퍼졌다.

"우현 선측이 완전히 작살났습니다! 침몰합니다!"

"니미럴!"

충돌로 인해 바닥에 쓰러진 선장이 몸을 일으키며 신음을 내뱉었다.

"함부로 바다에 뛰어들지 말고 배가 가라앉을 때까지 침몰하지 않은 부분을 붙들고 버텨라!"

무작정 바다에 뛰어들어 침몰하는 배에 휘말리면 끝장이다. 이 정도 소란이 일었으니 뒤따르던 배가 천천히 다가와 구조해 줄 것이고 그때까지 기다려야 한다.

사고였다. 안개가 이토록 짙게 낀 날이면 일어날 수도 있는 일이다. 그저 재수가 없었던 것이다.

그러나 '안됐네', '어쩔 수 없지', '어이, 다음부터 조심하게'라고 할 수는 없는 일이었다.

적지 않은 선원들이 죽거나 다쳤다. 무엇보다 배가 가라앉았다. 그런 상황에서 거친 뱃사람들 사이에 좋은 말이 오갈 리 없었다.

"루미나스 상선이면 다냐! 선회를 어떻게 해야 하는지 몰라?"

"어디 듣도 보도 못한 놈들이 바다 위에서 깝죽대! 부서진 배

값, 죽은 선원들 목숨 값을 변상하면 이번만은 봐주마!"

돛을 내리고 거리를 유지한 양측 선단 사이에서 욕설이 오갔다.

상선이 해적선으로 돌변하는 게 전혀 이상하지 않은 세상, 험악한 분위기 속에서 서로에 대한 적개심이 점점 타올라갔다.

"페이런 왕국의 상선이라고?"

"그렇답니다."

"그렇단 말이지."

최근 들어 이쪽 항로의 수익이 점점 줄어들던 차에 이런 일이 생겼다. 오랫동안 검은 바다 항로를 독점하다시피 했던 루미나스 상선의 고민은 그리 길지 않았다.

자신들의 이익에 해가 되는 놈들!

바람의 방향도 나쁘지 않았다.

배의 수에 있어서는 자신들이 약간 밀렸지만, 배의 크기는 거의 두 배에 달했다.

수백 년간 바다에서 무적을 자랑하는 루미나스가 아니던가.

"전투 신호를 보내라!"

둥둥. 둥둥둥! 둥둥. 둥둥둥!

여섯 척의 루미나스의 배들은 돛폭을 조절하여 재빨리 횡대 진형을 잡더니 동시에 뱃머리를 틀어 선측에 설치된 대형 옥시벨레스와 화염탄 투척기로 시라스 상회의 배들을 조준했다. 군함이 아님에도 루미나스 배들의 움직임은 미리 약속이라도 한 것처럼 매끄럽기 그지없었다.

그러나 시라스 상회의 배들도 풋내기가 아니었다. 할아버지

의 할아버지의 할아버지 때부터 해적질로 먹고살아 온 검은 열
도의 승냥이, 바로 그들이었던 것이다.

"정어리 새끼들!"

대장선 역할을 하는 배에서 신호를 울렸다.

땡땡. 땡땡땡. 땡. 땡땡땡! 땡땡. 땡땡땡. 땡. 땡땡땡!

배의 크기도 적들보다 작고 무기의 사정거리도 더 짧았지만,
기동성은 더 좋았다. 그들은 일단 옥시벨레스의 거대한 화살을
피하기 위해 급히 배를 돌려 안개 속으로 몸을 감추고자 했다.

가볍게 돛을 찢어버리고 선체에 커다란 구멍을 내는 촉 넓은
대형 강철화살이 안개를 흩어버리며 날아오르고 소의 머리통만
한 화염구가 젖은 공기를 말려 버리며 하늘로 솟아올랐다.

몇 발의 대형 강철화살이 시라스 측 상선에 꽂혔지만, 움직임
을 멈출 정도는 아니었다. 시라스의 배들은 순식간에 안개 속으
로 사라졌다.

루미나스는 의미없는 원거리 공격을 곧 멈추었고 안개 자욱
한 바다 위는 상대의 기척을 잡아내려 숨소리조차 들리지 않았
다.

팽팽한 긴장감이 흐르고 루미나스의 배들은 부는 바람에 떠
밀려 저절로 서서히, 서서히 움직였다.

안개가 바람의 결을 따라 배의 나선형 몸체를 휘감고 지나갔
다.

일 초, 일 분, 한 시간, 두 시간… 얼마나 시간이 지났을까, 놈
들이 달아났다고 판단한 루미나스 상선이 전투 태세를 해제하
고 가던 길로 막 가려는 순간이었다.

땡땡땡땡땡! 땡땡땡땡땡!

땡땡땡땡땡! 땡땡땡땡땡!

"좌현에 적 출현! 좌현에 적 출현!"

"우현에 적 출현! 우현에 적 출현!"

횡대를 유지한 루미나스 선단 양끝 배의 견시수들이 미친 듯이 소리질렀다.

"뒈져라, 애꾸 정어리 새끼들아!"

시라스 측 배들이 안개를 뚫고 나타나 바람이 허락하는 최고의 속도로 루미나스 배에 돌진해 왔다. 이어 루미나스 선단의 진행 방향 뒤에서도 나타나 옥시벨레스와 화염탄으로 마구 공격했다. 크게 돌아 측면과 배후를 찌른 것이다.

측면으로 돌진해 들어간 배들은 미친 황소처럼 그대로 루미나스 상선의 선체를 들이받아 버렸다.

우지끈!

"올라타라! 루미나스 정어리 새끼들을 조져라! 포를 떠버려!"

상선일 때는 갑판장 노릇을 하던 자가 돌격대장이 되어 선원들의 기세를 북돋웠다.

배를 적선의 측면에 깊이 박아 넣은 시라스의 선원들은 매듭지어진 갈고리 밧줄을 던져 걸고 입에 칼을 문 채 뱃전의 높이가 더 높은 루미나스 배로 잽싸게 올라갔다.

또 다른 시라스의 배가 적선에 박힌 배와 접선했고 선원들이 넘어와 앞선 승냥이의 뒤를 따라 적선을 타넘었다.

잔혹한 열도의 승냥이들이 바다 위에서 핏빛 춤을 추었다.

루미나스의 선원들은 바다 왕의 후예답게 한 치도 물러서지 않고 분전했으나 한 번 밀린 기세를 회복하는 데 실패하고 승냥이들의 날카로운 이빨에 찢겨졌다.

처절한 전투가 이어지고 안개가 점점 옅어질 즈음 루미나스 선단의 배들은, 두 척은 원거리 집중 포화를 맞고 불타올랐고 세 척은 갑판을 붉게 적신 채로 나포되었다.

오직 한 척만이 선체 곳곳에 대형 강철화살을 여러 대 꽂은 채로 그 지옥을 벗어날 수 있었다.

"잡아라! 무슨 일이 있어도 잡아라!"

네 척이 불에 타고 많은 선원을 잃었지만 시라스 측의 승리가 확실했다. 그럼에도 전투에서 이긴 시라스의 함선들은 승리의 기쁨을 느낄 여유가 없었다. 달아나는 루미나스 상선 한 척을 뒤쫓았다. 루미나스의 배를 붙들어야 했다.

사건을 완전히 지워야만 했다. 그렇지 않으면 저 달아난 배의 뒤로 엄청난 수의 루미나스 군함들이 몰려올 것이다.

살아남은 시라스의 배들은 싸움을 시작했을 때보다 더 간절한 마음으로 옅은 안개를 헤집고 도망친 루미나스 배를 뒤쫓았다.

그러나 온종일 안개 속을 뒤졌음에도 결국 루미나스 상선을 놓치고야 말았다.

CHAPTER 2

[크바시르]

용이 떠난 자리

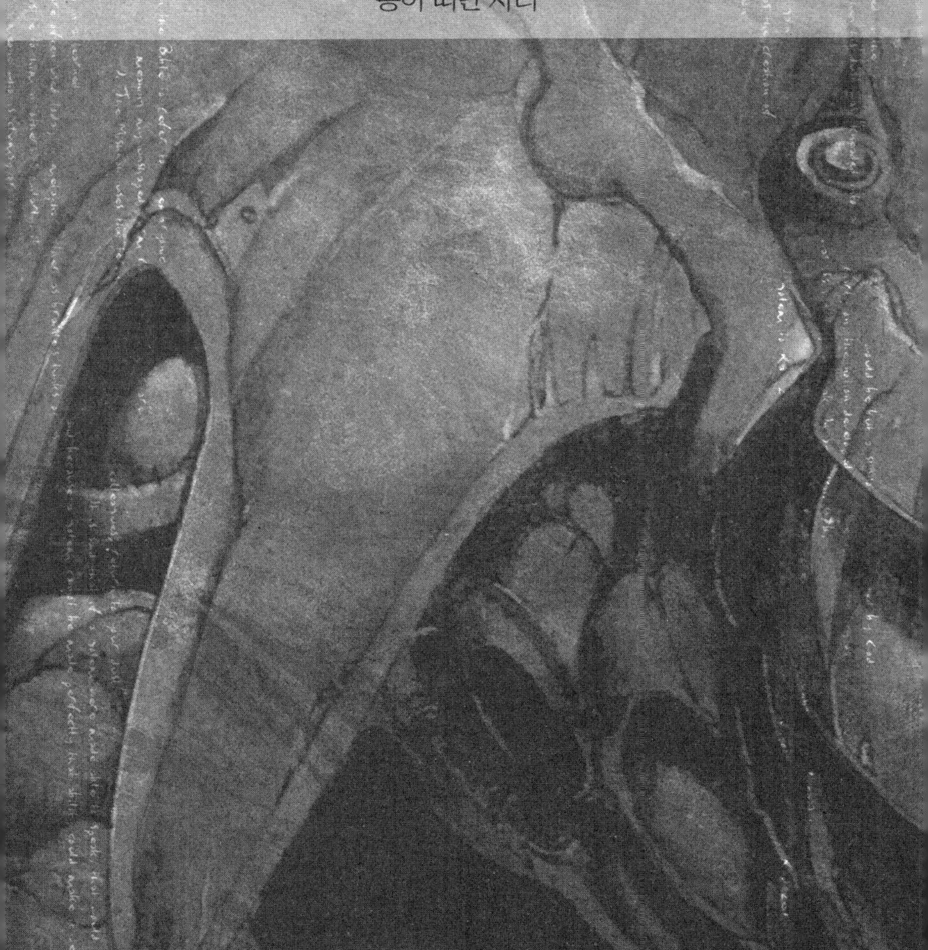

Jay
Koplanit

지난겨울은 유난히 추웠다. 하지만 나구사에서 얼어 죽은 사람이 유독 많았던 이유는 추위 때문만은 아니었다. 수천 기의 타이탄과 수백만 병력의 포위망, 그 절망의 지옥 속에서 두 달간 살아낸 사람들도 미르 강에서 불어오는 칼바람은 견디지 못했던 것이다.

오랜 세월 수백만 주민에게 식량과 땔나무를 공급해 온 자연스러운 일상 체계, 때로는 억누르고 빼앗지만 도둑과 강도로부터 지켜준 공권력, 이것이 무너진 자리를 점령군이 제대로 메우지 못하는 것은 너무나 당연했다.

식량을 배급하고 땔나무를 나눠줘도 턱없이 부족한 것은 말할 것도 없고 기본적으로 점령군은 보호자가 아닌 침략자였다. 패망국의 사람들은 북풍이 몰아치는 한겨울 벌판에 발가벗고서 있는 것처럼 바밀, 마이네, 루미나스의 군인들에게 아무 보호막 없이 노출돼 버렸다.

재물을 빼앗기고, 몸을 빼앗기고, 목숨을 빼앗겼다.

지난겨울 나구사의 주민들은 비쩍 마른 몸 그 어디에 남아 있었는지 눈물로 범벅된 나날을 보낼 수밖에 없었다. 누구도 그들의 눈물을 닦아주지 않았다.

그래도 시간은 무심히 흘러 중앙산맥에서 발원한 물줄기가 미르 강을 따라 찬바람 대신 따스한 봄기운을 전해주었다.

마침내 바밀군의 철수가 결정되었다. 그동안 마이네군을 견제하느라 차일피일 미루다가 나구사에서 더 버티는 것이 이제는 이익이 되지 않는다고 판단한 것이다.

소슬을 무찌른 3국 중 나구사에서 가장 강한 전력을 보유하고 있는 바밀이지만, 당장 마이네와 결착을 보는 것은 무모하다는 게 바밀의 생각이었다.

비록 마이네가 비상식적인 괴력을 발휘한 소슬의 마지막 기사 오르가니의 룸베르로 인해 막대한 피해를 입었다 할지라도 마이네는 여전히 대륙에서 가장 강력한 군사력을 보유한 제국이었고, 바밀이 노골적으로 마이네에 적대행위를 한다면 마이네와 루미나스가 손을 잡을지도 모르는 일이었다.

어차피 각국 간 분쟁 요소는 도처에 깔려 있으니 패망한 소슬인들에게 심어둔 마이네에 대한 부정적인 인상이 본격적으로 힘을 발휘할 때까지 바밀은 새로 편입한 미르 강 이북의 땅을 확고히 다지며 때를 기다리기로 한 것이다.

　지휘부의 철수 결정과 함께 철수 명령이 떨어지고 바밀군과 바밀의 동맹군은 모두 철수 준비에 한창이었다.

　제이 역시 자신의 숙소에서 서류를 정리하느라 분주한 시간을 보냈다. 군대의 일이라는 게 태반이 보고서와 경령서로 이루어지는 것이다.

　"바쁘십니까?"

　망실한 타이탄과 재생 가능한 타이탄의 현황과 소요 비용을 정리하던 제이에게 산이 찾아왔다.

　"괜찮아. 앉지. 무슨 일인가?"

　제이는 서류를 내려놓고 산에게 자리를 권했다.

　이 전쟁이 시작된 뒤로 산이 따로 제이를 찾은 것은 이번이 처음이었다.

　"……."

　산은 쉽게 입을 열지 못했다.

　"무슨 얘긴데 그렇게 뜸을 들이나?"

　"……."

　"……."

　산이 할 말 가득한 표정으로 제이를 바라보자 제이 역시 가만히 그를 응시했다.

　"이제 떠나는군요."

　"그래, 이제 여기 나구사에 발 디딜 일은 없겠지."

　제이는 한숨처럼 긴 여운을 남기며 산의 말을 받았다.

　"이제 우리는 어디로 갑니까?"

　"……?"

소슬 침공전이 마무리된 지금, 페이런군이 돌아갈 곳은 페이런이다. 그곳에서 아마도 북부 통일을 위한 새로운 전쟁이 기다리고 있을 테지만, 페이런으로 돌아간다는 사실에는 변함이 없었다.

그것을 모를 산이 아니기에 제이는 새삼스럽게 산을 물끄러미 바라보았다.

피곤함이 가득한 얼굴에 몹시 충혈된 눈, 두 눈에는 불길이 타오르고 있었다. 그 불꽃이 굳은 의지인지 강렬한 열망인지 아니면 분노인지 알 수 없었다.

이성적이고 유연하며 언성 한 번 높인 적이 없는 울목의 동량, 훗날 울목의 평화와 번영을 책임지기 위해 험한 아래 세상에 내려와 스스로를 담금질하는 중인 석수 후보자 산이 대체 언제부터 저렇게 바뀌었을까?

전쟁 때문인지도 모른다.

아니, 아마도 전쟁 때문일 것이다.

그러나 범들이 타이탄을 타고자 할 때 분명히 말했었다. 타이탄을 타고 전장에 몸을 던진 순간부터 평온은 사라지고 피의 길을 걸어야 한다고 말이다. 어린아이가 아니니 그쯤은 각오했어야 한다.

"우리를 포함하여 바밀 동맹군은 모두 자국으로 복귀하는 것으로 되어 있지 않은가. 미르 강 이북 평정은 바밀이 알아서 할 일이니 말이야. 산, 하고 싶은 말이 있으면 돌리지 말고 해봐. 나는 사람의 마음을 읽는 마법을 모른다네."

제이가 그렇게까지 말하자 산은 작심한 듯 진지한 표정으로

입을 열었다.

"형님, 우리의 전쟁이 과연 이런 것입니까? 전투에 참여한 사람들이 죽는 것은 당연하다고 할 수 있습니다. 하지만 무고한 사람들 수백만 명이 죽어나갑니다. 우리의 전쟁이 이러한 것입니까?"

"우리의 전쟁이 아니다."

구구하게 대답하고 싶지 않아 제이는 짤막하게 대답했다.

"그럼 우리 전쟁도 아닌데 수백만의 생목숨을 앗아간 전쟁에 동참한 것입니까? 어떤 이상도 없는, 그저 재물을 빼앗고 영토를 넓히려는 힘센 나라들 간의 전쟁에 말입니다. 우리가 힘이 없으니 어쩔 수 없는 것입니까?"

산의 추궁에 제이는 눈살을 찌푸렸다.

"우리가 왜 여기까지 왔는지 알지 않은가."

"압니다. 코플래닛의 지위를 공고히 하기 위해서지요. 몇 달간 포위되어 굶주림과 추위에 죽어간 이곳 나구사의 수백만 주민과는 달리 사람이 자기 의지에 반하는 일을 당하지 않으며 자유롭게 살아갈 수 있는 사회, 그런 코플래닛을 페이런 국왕으로부터 보장받기 위해 왔지요. '바밀이 참전을 요구한다, 우리 페이런은 응하지 않을 수 없다, 나의 명을 받들어 참전하라, 그러면 코플래닛의 지위를 확고히 보장해 주겠다!' 이것 아닙니까!"

산의 말이 제이의 가슴을 콕콕 찔렀다.

낮에 나구사 시내를 거닐 때, 밤에 잠자리에 누울 때, 잠시라도 마음에 빈틈이 생기면 어김없이 찾아오는 번민도 산의 추궁과 별반 다르지 않았던 것이다.

자신을 이해해 줄 사람이 오히려 그 상처를 헤집고 소금을 뿌리는 격이었다.

"잘 아는군. 우리는 처음부터 그런 이유로 이 전장에 왔네. 그런데 이제 손에 피를 묻히고 나니 세상이 달라 보이나?"

새삼스러운 이야기도 아니고 이제야 알게 된 것도 아닌 내용을 굳이 끄집어내는 산을 제이는 날카롭게 쏘아보았다.

산은 고개를 세차게 저었다.

"달라 보입니다. 확실히 피를 묻히고 나니 달라지는군요. 한두 명도 아니고 얼어 죽고 굶어 죽고 불타 죽은 시체의 숲에 발을 딛고 나니 이게 사람이었나 싶더군요. 숨을 쉬며 이 거리를 걷는 내가 사람인가 싶습니다."

"흠……."

"울목에서 내려오며 아래 세상에서 어떤 일을 겪어도 이겨내리라고 마음을 다잡았습니다. 울목과 크게 다른 세상 속에서 사람들을 만나고 부대끼면서도 내가 할 수 있는 일이 있어 보람을 느꼈고요. 포치요새에서도 많은 시체를 봤지만, 그래도 그때는 서로 목숨을 걸고 싸운 군인들이었으니 어쩔 수 없다 생각했습니다. 그런데 이번만은……. 형님, 투정을 부리려고 찾아온 것이 아닙니다. 많은 생각을 했습니다. 뜬눈으로 지새우며 생각하고 고민하고 옳은 길을 찾아보려 했습니다."

산은 잔뜩 고양된 언성을 낮추고 차분히 말을 이어나갔다.

"이제 페이런으로 돌아갑니다. 다시 전쟁을 하겠지요. 그 전쟁은 누구의 전쟁입니까? 우리는 어디로 갑니까?"

"……."

“전쟁을 피할 수 없다면 우리의 전쟁을 합시다!”

“……!”

“한 사람 한 사람의 자유를 위해 형님이 주도하는 전쟁이라면 최소한 이따위 참사는 일어나지 않겠지요. 모든 전쟁이 악이라 해도 그중에는 최악을 피하는 방법이 있을 것입니다. 정의를 좇는 전쟁이 없지는 않을 것입니다. 왕과 귀족을 위한 것이 아닌 사람을 위한 혁명전쟁을 우리가 주도해 나가는 겁니다. 전쟁이 불가피하다면 이게 옳습니다.”

말을 마친 산은 제이의 눈을 똑바로 바라보았다.

그런 산의 눈을 보며 제이는 뭐라 형언할 수 없는 감정을 느꼈다.

“우리의 전쟁이라… 어떻게 말인가? 페이런에 반역이라도 해서 새 나라를 세우고, 다른 나라의 왕과 귀족들을 무찌르고 모든 사람들에게 자유를 주는 전쟁을 하라는 건가?”

“북부를 통일하여 페이런 국왕에게 큰 영토를 주고 그 대가로 고작 손바닥만 한 코플래닛의 지위를 보장받는 것보다는 그게 더 옳습니다. 왕이든 통령이든 그것도 아니면 다른 어떤 이름이든 되어서 형님이 주도하는 혁명전쟁을 하는 게 더 정의롭습니다. 힘이 없어 실행하기 어려운 것도 아니지 않습니까? 바람을 느끼는 오너가 있고, 형님과 함께하는 오너들이 있고, 타이탄 제조 능력이 있는 마법사가 있고, 풍부한 자금이 있습니다. 온갖 수고는 다 하고서 얻는 것이라고는 작은 반도 안에서의 자율권이라면 그야말로 어리석은 일이 아닙니까. 지금보다 나은 세상을 지향하는 우리가 명분과 실력 모두 앞서는데 왜 사라져야 할 세상에 협력하여 피를 묻혀야 합니까.”

“흠······.”

가슴이 답답했다.

말로 형언할 수 없는 그 감정은 바로 무력감이었다.

언젠가 이와 비슷한 느낌을 받은 적이 있었다.

사람은, 운명이라는 거대한 강에 인생이라는 이름의 쪽배에 올라타 물길이 흐르는 대로 흘러가는 보잘것없는 존재인지도 모른다. 비록 자신은 자기 스스로의 의지에 따라 행동한다고 생각하지만 시간이 지나 되돌아보면 결국 어떤 힘에 떠밀려 여기까지 도달했음을 확인했을 때의 허무함을 제이는 산의 말을 통해 다시 한 번 느꼈다.

산의 말이 틀린 것은 아니다. 그러나 그의 말이 결코 부인할 수 없는 정의라는 생각도 들지 않았다.

여전히 전쟁에 뛰어들어 타인의 피를 부르는 것에 대한 확신이 없었다. 명분이 앞선다고 해서 전쟁이 옳은가?

그럼에도 산의 말에 끌렸다. 어차피 하기로 계획한 전쟁이다. 페이런 국왕의 선의에 맡긴 채 작은 코플래닛의 자율권을 보장받는 것은 불안한 일이다. 또한 들인 힘에 비해 얻는 것이 너무 미약하다는 말도 수긍이 갔다.

산이 아니더라도 주변에서 앞으로 이러한 말을 할 사람이 적지 않을 것이다. 그러면 그것은 또 하나의 흐름이 되어 자신을 떠밀 것이다.

아직 확신이 없어도, 좀 더 고민이 필요해도, 호수에 떠 있는 가랑잎처럼 부는 바람 따라 이리저리 흘러갈지도 모른다.

제이는 고개를 저었다.

나구사의 참상을 경험한 뒤 코플래닛의 지위를 보장받기 위해 북부통일전쟁에 앞장서는 것에 대한 회의가 크게 자리한 지금, 혁명전쟁 운운하는 말에 휘둘려서는 안 된다.

"페이런 북쪽에 스타우 왕국이 있네. 그 나라의 어느 지방에 평범하게 농사짓는 백성이 있어. 힘들게 농사를 지어도 반 이상을 세금으로 바쳐야 하지. 그런데 귀족에게 세금을 내지 않아도 되고 지금보다 자유롭게 살 수 있는 세상을 만들겠다고 내가 군대를 끌고 스타우를 공격하네. 그는 어떤 일을 겪을까? 징집이 되거나 징집되지 않더라도 전쟁 비용으로 세금을 더 걷어가서 굶주리겠지. 내가 스타우를 무너뜨리면 긴 시간 동안 치안이 무너져 도둑이 들끓어 재물을 빼앗기거나 가족이 목숨을 잃을 수도 있을 거야. 그는 과연 행복할까?"

"잠시 고통의 시간이 지나면 전보다 훨씬 행복해질 겁니다."

"그래? 그럴 수도 있겠지. 하지만 나는 자네처럼 확신할 수가 없어."

제이는 씁쓸하게 웃음 지었다.

"코플래닛을 건설하는 내 생각은 어쩌면 가장 근원적인 이기심에서 비롯되었는지도 몰라. 나는 이제 행복하게 살고 싶어. 손에 피를 묻히는 일도, 남에게 휘둘리는 일도 없이 사람들과 행복하게 지내기를 원해. 그러나 내 행복은 홀로 오지 않는 것이지. 내 가족이 불행한데 내가 행복할 수 없고, 옆집에서 울음소리가 들리는데 내 마음이 편할 리 없지. 나의 행복은 다른 이의 행복과 밀접한 관계를 맺는단 말이야. 그래서 나는 다른 사람들도 행복하기를 원하네. 다른 사람들도 행복하게 살 수 있는 세상, 남에게 휘둘리지 않고 살 수 있는 세상을 만들고 싶어. 그뿐이야."

산은 묵묵히 제이의 말을 들었다.

"그렇게 내 행복의 외연이 넓어진다고 해서 이 세상 모든 사람의 행복을 내가 책임질 수는 없는 노릇이지. 티마이라가 자기 부인의 오빠의 자식의 일로 고민한다면 나도 얼마간은 신경이 쓰이겠지만, 저 멀리 스타우 왕국에 사는 어떤 농부의 일까지 내 관심이 미치지는 못해. 수천 킬로미터 떨어진 고이센 제국의 어느 어부가 바다에 빠져 고통스러워한다는 것을 내가 어찌 알겠나?"

제이의 말은 계속되었다.

"이처럼 내 이기심이라고 부를 만한 것에서 시작한 일이지만, 좀 더 나아가 생각해 보면 결국 개인적인 문제를 벗어날 수밖에 없어. 코플래닛에서 사는 사람들은 굶주리지 않고 억압받지도 않고 착취당하지도 않고 울목과 같이 평화롭게 사는 데 비해 코플래닛과 가까이 있는 아바 시의 사람들은 굶주리고 고통받는다면 이러한 불균형은 필연적으로 갈등을 야기할 테지. 갈등을 해소하지 못하면 문제가 발생하고 충돌하고 많은 이들이 더욱 불행해질 것이고 말이야. 그래서 종국에는 모두가 행복해지는 방향으로 나아가야만 나와 내 이웃이 행복하게 살 수 있을 것이네."

"그래서 하는 말 아닙니까? 다른 곳도 코플래닛처럼 되려면 결국 혁명을 해야 하는데 언젠가는 해야 할 일이라면 우리가 더

적극적으로 나서야지요."

챗바퀴 돌 듯 같은 말이 다시 나왔다.

"그들이 스스로 원한다면 도울 수는 있어도 그들의 행복을 위한답시고 새로운 사상을 주창하며 전쟁을 일으킨다면 그게 과연 옳은 일일까? 그들은 자신의 의지와 하등 상관없이 휘둘려 목숨을 잃게 될지도 모르는데 말이야. 코플래닛도 이제 겨우 걸음마 단계인데 실체도 없는 이상 사회를 명분으로 전쟁을 하자고? 코플래닛의 안정된 지위를 보장받는 일은 내 이기심에서 비롯된 것이라 쉬이 그림이 그려지네. 들인 공에 비해 얻는 게 보잘것없어 보여도 말이야. 그러나 이를 넘어 자네 말처럼 전쟁을 통해 그들의 삶을 토대부터 바꾸는 일이 옳은지 그른지 나는 알 수가 없어. 아니, 옳지 않다고 생각한다. 누구에게도 그럴 권리는 없어. 사람에게도 격이 있듯이 사회에도 격이 있는 것이고, 격은 과일처럼 오랜 기간 햇빛을 받고 서서히 익어간다고 생각하네. 농부가 가지를 치고 거름을 주며 더 빨리 크도록 과일을 기를 수는 있어도 손톱만 한 열매를 하루아침에 커다란 과일로 만들 수는 없는 일이야. 울목도 오랜 세월에 걸쳐 지금에 이른 것이잖나."

"다른 곳에 플래닛 체제가 전파되어 사람들이 익어간다고 해도 결국은 혁명을 통할 수밖에 없다는 걸 잘 아시지 않습니까. 어차피 피를 보지 않고 사회가 바뀔 수는 없습니다. 울목도 참주해방전쟁을 거치고서야 지금의 체제를 이룩했습니다. 그렇다면 북부통일전쟁, 단 한 번을 주도적으로 하는 것이 피를 덜 흘리는 길이잖습니까?"

"하아! 그만 하자, 산. 내 마음속에서는… 나도 어쩌지 못하는 마물이 산다. 복잡한 세상, 나를 억압하는 이 세상을 부수고 내가 원하는 세상을 만들고 싶다. 세상을 부수고 싶어한다. 타이탄을 타고 적을 짓밟는 것에 희열을 느낀다. 그러니 나를 부추기지 마라. 자네 말이 일면 타당함은 인정하지만, 절대선은 아니야. 자네도 이곳 나구사의 참상에 매몰되지 말고 다시 한 번 차분히 생각해 봐.".

집요한 산의 공세에 시달린 제이는 저도 모르게 자신의 속내를 내비치고 말았다.

아직 마흔도 안 된 젊은 나이였다. 어쩌면 시원한 방법에 이끌리는 것은 당연했다.

그러나 오래도록 세상에 휘둘려온 제이는 쉬운 길의 끝에 긴 후회가 남는다는 것을 알고 있었다.

"할 수 있는 일을 충분한 힘을 가지고도 하지 않는다면 힘을 가진 자의 도리가 아닙니다, 형님."

산은 굳은 얼굴로 자신을 외면한 채 서류에 눈길을 주는 제이를 물끄러미 바라보다 기어이 한마디 던지고 방을 나섰다.

"후우우우우."

서류를 내려놓은 제이는 긴 한숨을 내쉬었다.

*　　　*　　　*

대군이 이동하는 데는 많은 시간이 소요된다. 특히 N형 타이탄을 배에 싣고 내리는 것은 자칫하다가는 대형 참사로 이어질

수 있는 위험천만한 작업이라 극도의 주의가 필요했다. 그리하여 바밀군의 철수 작업은 두 달여에 걸쳐 이루어졌다.

미르 강을 건넌 바밀군은, 일부는 새로 편입된 영토를 완전히 장악하기 위해 각지로 흩어졌고 일부는 동쪽으로 이동하여 대해로 나아가는 땅을 접수하려 했다.

그러나 루미나스와 전쟁을 해서까지 그 땅을 차지하는 것이 과연 바밀에 이익이 되는지에 대한 판단이 서지 않아 적극적인 움직임은 보이지 않았다.

애당초 세 나라가 협정을 맺을 때부터 영토 분쟁의 소지가 노정되었던지라 분쟁 지역에는 각국 간 첨예한 긴장감이 흘렀다. 그럼에도 세 나라는 다른 두 나라가 손을 잡을 것을 염려하여 아직은 인내하며 관망하는 중이었다.

페이런군을 비롯한 바밀의 동맹국들은 배를 타고 미르 강을 거슬러 올라갔다.

그 배 위에서 참전한 동맹국에 대한 보상이 본격적으로 논의되고 있었다.

"…망실한 타이탄의 수만큼 메테오로 드리겠습니다."

바밀군 사령관 로베르토의 말에 불안해하던 각국 인사들의 표정이 밝아졌다. 보유하고 있는 타이탄이 많지 않은 북부 소국으로서는 이번 전쟁에서 잃은 타이탄의 수가 결코 무시하지 못할 정도였던 것이다.

역시 전쟁은 이기고 볼 일이라는 말을 자기들끼리 조용히 나누는 사람도 있었다.

"다만, 아시다시피 바밀도 많은 수의 타이탄을 잃은데다 언제 마이네와 싸우게 될지 모르는 형편이라 바로 인도하지 못하는 점을 양해해 주시기 바랍니다."

그 말에 밝게 퍼졌던 소국 지휘관들의 얼굴이 금세 어두워졌다. 말은 허공으로 흩어지면 그만이다. 그 어떤 대단한 보상도 기약없는 말뿐이라면 허망하기 그지없는 것이다.

"그럼 언제쯤 넘겨주실 수 있는지요? 본국에 보고하려면 어느 정도 특정된 날짜를 알아야…….."

"걱정 마시오. 내년부터 향후 10년간 분할하여 넘겨 드리겠습니다."

그렇게 말하며 로베르토 백작은 자신의 서명이 들어간 문서를 하나씩 건넸다.

10년간 분할하여 타이탄을 보상해 준다는 조건은 북부 소국을 전혀 배려하지 않는 가혹한 것이지만, 보상해 주지 않더라도 항의할 수조차 없는 일이라 그나마 감지덕지할 수밖에 없었다. 게다가 총사령관이 공식적인 문서로 보장해 주어 본국에 돌아가더라도 할 말은 있으니 다행이었다.

소국의 지휘관들은 떫은 감을 입에 문 표정을 이내 지웠다.

"망실한 타이탄에 대한 보상과는 별개로 어려운 싸움에 기꺼이 참전해 준 동맹국에 대해 감사 표시를 하기로 했습니다."

"어떻게 말입니까?"

소국의 지휘관들은 뜻하지 않은 로베르토의 말에 귀를 쫑긋 세웠다.

"어찌 돈으로 셈할 수 있겠습니까마는 조의의 염을 담아 전

사한 오너 1인당 1천만 두카의 위로금을 책정했습니다. 그리고 이와는 별도로 동맹국들에 각각 보투스 세 기씩을 인도하겠습니다."

새로 얻은 광대한 영토와 어마어마한 재물에 비하면 대단할 것도 없다고 할지 몰라도 이 정도면 적지 않은 보상이었다. 바밀은 큰 나라답게 작은 동맹국을 끌어안으려고 꽤 후한 마음씀씀이를 보인 것이다.

"또한 바밀군과 같은 기준으로 전공을 평가하여 그에 합당한 포상을 결정하였습니다. 포상의 내용은 각국이 다를 것입니다."

로베르토가 읊은 보상과 포상의 규모는 상당했다. 특히 페이런 왕국과 제이에 대한 포상이 도드라졌는데 300억 두카를 페이런 왕국에, 제이에게는 A형 타이탄 나켄을 상으로 주는 파격을 보인 것이다.

타이탄이 등장한 뒤 바밀이 북부 소국에게 넘긴 타이탄은 대부분 65카파의 메테오였고 아주 가끔 선심 쓰듯 76카파의 보투스를 넘기기도 했다.

그러나 80카파가 넘는 기체는 외부로 유출한 적이 없었다.

그런데 이번에 상급 기체는 아니지만 87카파의 나켄을, 그것도 험한 지형에서 특히 강한 것으로 이름난 정교한 고급 타이탄 나켄을 외국인인 제이에게 포상한다는 것은 결코 대수로운 일이 아니었다.

다른 나라의 지휘관들이 질시와 부러움 어린 눈으로 제이를 쳐다보았지만, 정작 당사자인 제이는 속으로 한숨을 내쉬었다.

'기어이 발목을 채우겠다는 건가!'

공을 세웠다고 외국 사람에게 자국의 타이탄을 함부로 내주진 않는다. 이미 자국 사람으로 보겠다는 의지를 적극적으로 보인 것이라고 해석할 수밖에 없었다.

고급 타이탄을 받기만 하고 입을 씻는 일은 있을 수 없다.

묵시적 압박에 제이가 로베르토를 물끄러미 바라보니 그는 회심의 미소를 띠며 말을 이어나갔다.

"개선식과 함께 대바밀의 국왕께서 친히 포상할 것이니 모두 개선식 준비에 만전을 기해주시길 바랍니다."

그냥 이 자리에서 주는 것도 아니었다. 포상을 받으려면 바밀군 최고 지휘관의 개선식에 가야 하는 것이다.

페이런은 현재 하르트와 전쟁 중이었다. 제이를 포함한 페이런의 제4기사단은 전쟁 중인 본국에 서둘러 귀환하는 것이 당연했다. 그럼에도 로베르토는 제이를 개선식에 데리고 가려고 했다.

전쟁에 승리한 바밀 최고 지휘관의 개선식에 참여하는 것은 물론 국가 간의 중요한 예의지만, 이건 속셈이 너무나 빤했다.

'가면 빠져나올 수나 있을까?'

거의 통보에 가까운 회담이 끝난 뒤 로베르토의 의중을 읽은 제이는 무거운 마음으로 선실을 벗어났다.

각국의 고위 지휘관들이 탑승한 이 배는 동풍을 가득 안고 미르 강을 거슬러 올라갔다.

뭐가 그리 즐거운지 사람들의 웃음소리가 호탕하게 울려 퍼졌다. 전쟁을 하지 않을 때의 군인들은 인사하는 게 일이다. 바

밀의 고위 귀족과 가까워지려는 북부 소국 지휘관들의 노력은
애처롭기까지 했다.

어쩌면 자신이 너무나 삐딱하게 세상을 보는 건지도 모른다
고 생각하며 제이는 귀를 때리는 웃음소리를 애써 무시했다.

서로 인상 쓰는 것보다는 웃는 게 낫지 않은가.

'어떡해야 하나……'

다른 이들의 웃음소리를 한 귀로 듣고 흘리며 제이는 도도히
흐르는 강물을 바라보았다.

오랜 기간 생사를 넘나드는 전장에서 살아남은 직감이 말해
주었다. 로베르토의 의도대로 바밀의 수도 트로인까지 가면 빠
져나오기 힘들다는 것을 말이다.

미르 강과 하르 강이 만나는 지점의 물살은 어지간한 배로는
거스를 수 없다. 특히 날 풀린 계절을 맞아 상류의 얼음홍수가
거세게 밀어닥치는 이맘때는 숙련된 뱃사람들도 이곳을 다니는
것을 금기로 여긴다.

그리하여 강을 거슬러 올라가던 바밀군 귀향 선단은 미르 강
에서 하르 강이 갈라져 나오는 지점에 도달하기 전 모두 배에서
내렸다. 이제부터 다시 도보로 이동해야 한다.

바밀의 대군은 대부분 새로 차지한 영토로 분산되거나 분쟁
예정지인 동토로 배치되었지만, 귀향하는 수도 적지 않았다. 게
다가 동맹국인 북부 소국의 군대는 모두 배를 타고 여기까지 왔
기에 하선한 포구에서는 미처 이들을 모두 수용할 준비를 마치
지 못했다.

할 수 없이 이들은 포구 외곽에 숙영지를 차려야 했다.

고급 지휘관들에게는 포구 안에 숙소를 마련해 주었지만, 마음이 복잡한 제이는 사양하고 페이런군과 함께 숙영지에서 밤을 보내기로 했다.

천막 옆에 피워놓은 모닥불이 타닥타닥 타 들어가고 제이는 그 옆에 앉아 물끄러미 불꽃을 바라보고 있었다.

"어이, 우리 영주님. 혼자 무슨 청승이야? 누구는 찬이슬 피할 곳도 안 줘서 한뎃잠을 자야 하는데, 제공해 주는 좋은 집 놔두고 왜 여기서 찬바람을 맞고 있어?"

말만 영주지 평소와 다를 게 없는 태도로 티마이라가 넉살 좋게 농을 걸며 제이의 맞은편에 털퍼덕 주저앉았다.

세월이 흘러도 변함없는 그의 모습이 반가워 제이는 피식 웃는 걸로 티마이라를 맞았다.

"듣자 하니 이번에 전공에 따라 바밀이 선심을 쓴다던데 말이야. 페이런 왕국이 받는 게 가장 크다며? 자네도 마찬가지고. 그런데 여기서 뭐 하는 거야? 영웅이면 영웅 대접도 받을 줄 알아야지. 적당히 어울리며 둥글둥글하게 살아야지 너무 튀면 곤란해. 영웅이 혼자 놀면 사람들이 싫어한다고."

그 말도 옳기에 제이는 고소를 지으며 고개를 끄덕였다.

"우리 페이런군의 피해가 없지는 않지만, 가장 미미하잖아. 사망자도 거의 없고. 그런데 표정이 왜 그리 어두워? 마나 고갈 후유증이 아직 남은 거야?"

제이는 천천히 고개를 저었다.

"산 녀석은 애들 모아 제들끼리 숙덕거리고, 카모르찬 형님

은 폴카도 씨랑 먼 길 떠나고, 이거 심심해서, 원."

폴카도와 카모르찬은 이곳에 없었다. 소슬 출신 폴카도가 자신을 버린 것이나 다름없는 가족이지만 나라가 망한 뒤 그들이 겪을 고초가 염려되어 가족을 보러 떠나자 제이가 카모르찬을 비롯한 몇 사람을 붙여준 것이다.

카모르찬에게는 돌아오는 길에 다른 일도 부탁해 둔 것이 있었다.

그 때문에 티마이라는 약간 쓸쓸한 게 사실이었다. 워낙 주변이 좋아 누구와도 잘 지내는 그였으나 오랜 벗이 난 자리는 표가 난다.

하지만 심심하다는 말은 제이의 그늘을 읽은 그가 제이의 마음을 열기 위해 던진 너스레였다.

"산이 사람들 모아서 뭘 하고 다닌다고?"

"글쎄, 뭔 심각한 이야기를 하는지 영 재미없어 보이던데. 그 바른 친구가 허튼짓을 하지는 않겠지 뭐."

티마이라는 자세한 내용은 몰라도 산이 요새 사람들을 모아 하는 일을 대충은 알고 있었다. 그러나 굳이 제이에게 이야기하지는 않았다.

사람은 천성이 경박한지 없는 자리에서 남 이야기를 하는 것만큼 재밌는 것도 없다. 티마이라는 유독 더해서 다른 사람 흉을 보거나 소문을 내는 것도 거리낌없이 하고 다녔다. 그러나 그건 대부분 가벼운 농이나 신변잡기에 불과한 것일 때의 이야기지 중요하거나 진지한 이야기를 허투루 흘리고 다니는 사람은 아니었다.

칼을 차고 다니는 사람들은 쉽게 칼부림을 하고 티마이라는 그런 사람들 사이에서 살아남은 사람이었던 것이다.

제이 역시 티마이라에게 캐묻지 않았다. 산이 무슨 생각을 하고 있는지 모르지 않기 때문이다. 일단 선을 넘지 않기를 바랄 뿐이었다.

"무슨 일이야?"

티마이라가 장난기를 거두고 제이를 바라보며 말했다.

"내가 무슨 대단한 머리를 가져서 어두운 표정의 우리 영주님 고민을 어마어마한 해법을 제시해서 풀어줄 수는 없겠지. 그런데 말이야. 세상사 별거 있어? 다 거기서 거기지. 이 길을 가느냐 저 길을 가느냐, 어느 길을 고를지를 고민하는 문제인 거지. 어느 길을 가도 못 간 길에 대한 아쉬움이 남겠지만, 자네가 그 길을 선택하길 잘했다고 내가 응원해 줄 테니 털어놔 봐."

제이가 흘긋 티마이라를 보니 모닥불에 비친 그의 얼굴에도 어느새 주름이 약간 져 있었다. 여전히 젊은 30대의 나이지만, 시간을 먹고 10대와 20대를 지난 것이다.

티마이라의 말이 새삼 큰 힘이 되었다.

살아가는 데에는 옳고 그름을 알려주는 스승보다 어떤 결정이라도 지지해 주는 벗이 필요한 것인지도 모른다.

"총사령관 로베르토가 나를 바밀의 수도로 꼭 데려가겠다는군."

제이가 나직이 입을 열었다.

"그로서는 당연히 전쟁 영웅을 동반한 채로 화려한 개선식을 치르고 싶겠지."

"그럴지도……. 그런데 지금 페이런이 전쟁 중이잖아. 자국에서는 전쟁이 벌어졌는데 한가하게 남의 나라 개선식에 가서 손을 흔들고 있다는 건 좀 그렇잖은가?"

"웃긴 일이지. 하지만 페이런과 하르트 간의 전쟁에 참전하기에는 어차피 늦었다고 생각하면 강한 나라 눈치를 봐야 하는 처지에서는 개선식에 가는 것도 어쩔 수 없는 일이지."

거리가 워낙 멀어 페이런이 하르트를 침공했다는 소식을 작년에 들은 이후 새로운 정보를 접하지 못했다. 티마이라의 말대로 전쟁이 이미 끝났을지도 모르는 일이었다. 또 여기에서 크바시르 협곡을 지나 페이런으로 들어간 뒤 하르트 전선까지 가는 데만 해도 몇 달은 걸릴 것이다.

어차피 페이런이 침공한 전쟁, 하르트에 패할 것이 걱정된 것이 아니니 외교적으로 보면 바밀의 개선식에 참석하는 게 더 나을지도 모른다.

그러나 고민의 본질은 그게 아니니 문제인 것이다.

"트로인으로 가면 돌아오지 못할 것 같다는 생각이 들어."

"……?"

"바밀이 나를 놔주지 않을 것 같단 말이네. 토베르토가 전에 그러더군. 바밀의 한 지방을 다스리는 지위를 주겠다고 말이야. 백작에 해당하는 지위를 보장하겠다는 거야."

어차피 이번에 어마어마한 영토를 새로 얻었으니 선심 쓰듯 던져 본 말일 수도 있지만, 바밀의 한 지방은 거의 페이런 왕국 영토만큼 컸다.

"하하, 나 같으면 얼싸 좋구나 하고 받았을 텐데 그게 고민인가?"

티마이라가 부럽다는 듯 장난스레 말을 받았다.

"그뿐 아니야. 이번에 개선식에 가면 A형 나켄을 내게 포상으로 준다는군."

"나켄? 출력 87카파에 산악 기동이 우수한 그 기체 말인가?"

"그래, 그 나켄."

"바밀이 자네를 붙들려고 몸이 바짝 달았군그래."

티마이라가 그제야 사태를 제대로 파악했다. 강대국들 가운데 80카파 넘는 기체를 자의로 국외로 전한 적은 여태껏 없었던 것이다.

"포섭하기 위해 엄청난 조건으로 회유한다. 그런데 넘어오지 않는다."

"안 넘어오니 어쩔 수 없지 하며 손 흔들고 돌아서는 정도로 그치지는 않겠지. 하긴, 자네 같은 사람을 옆 나라에 두고 지켜보자니 바밀 처지에서는 살이 좀 떨릴 거야. 국가라는 게 개인보다 백배천배는 더 독하니까 내 것이 안 될 거면 부숴 버리고도 남지."

티마이라도 국가의 행사는 비정하다는 걸 수많은 전장을 전전하며 절절이 느끼고 살아온 용병이었다.

"내 생각이 쓸데없는 걱정이었으면 좋겠네. 로베르토가 자신의 전공을 뽐내고픈 마음에 나를 데리고 개선식에 가려는 것이고, 작위니 땅이니 나켄이니 하는 것도 공을 세운 만큼 포상을 주는 것뿐이고 말이야."

"그렇게 순진하게 생각하기에는 우리가 걸어온 길이 그리 평

탄하지 않았지."

티마이라가 코를 찡그리며 말했다.

세상에서 가장 더럽고 잔혹한 공간에서 발을 담그고 살아온 그들이었다. 항상 최악의 상황을 상정하고 판단해야 살아남을 수 있다.

"뭐, 이 일도 결국 둘 중 하나군. 트로인으로 갈 것인가 말 것인가. 그런데 자네는 바밀의 귀족이 될 생각도 없고 자네의 마음속에 이미 트로인으로 가는 것은 위험하다는 판단이 섰잖아. 안 가면 되겠네."

티마이라가 너무나 쉽게 답을 말해 버렸다.

제이는 쓴웃음을 지었다.

"내가 강대국 바밀을 거역했을 때 페이런이 질 정치적, 군사적 부담은 어떡하나? 페이런이 바밀에 밉보이면 뒷감당을 할 수 있을까? 그보다, 내가 로베르토를 거역하고 페이런으로 돌아가겠다고 하면 순순히 보내줄까? 나는 당사자니까 그렇다 쳐. 나와 함께 와서 같이 돌아가는 페이런의 병사와 기사들은 어쩌란 말인가? 바밀이 완편 기사단 두엇만 보내면 나는 어찌어찌 살아남을지 몰라도 많은 이들이 영문도 모르고 죽을 거야."

그것이 바로 제이의 고민이었던 것이다.

"이봐, 제이."

티마이라가 얼굴을 굳히고 제이를 똑바로 바라브았다.

"자네가 타이탄을 타고 수백, 수천 기의 적을 쓸어버릴 능력을 지닌 엄청난 사람일지라도 자네는 고작 한 사람일 뿐이야. 손이 백 개인 것도 아니고 눈이 천 개인 것도 아니야. 모두를 지킬 힘은 없어. 하늘에서 내리는 비를 한 방울도 안 맞을 능력도 없는 주제에 모든 사람이 비를 맞지 않게 해주려고 고민하는 건 주제도 모르는 짓이야.”

제이는 묵묵히 고개를 끄덕였다.

“나를 포함해서 여기에 온 페이런의 병사들은, 개중 어떤 녀석들은 물론 스스로의 의지로 여기까지 오지 않았을 수도 있지만, 모두 군인이야. 자기가 전쟁터에서 어떤 일을 하고 무슨 일을 당할 수 있는지 모두 알고 있어. 보살핌을 받는 젖먹이 어린애가 아니라 자기 몫을 해서 살아남아야 하는 한 명의 인간이란 말이야.”

티마이라의 말은 계속되었다.

“지위에 걸맞게 자신의 지휘하에 있는 부하들을 책임지고 걱정하는 것은 당연한 일이지만, 그것도 정도가 있지. 내가 산 연후에 남을 살리는 거 아닌가.”

“내가 산 연후에 남을 살린다…….”

“일단 내가 살고 남을 살리는 거지, 내 목숨을 버려가면서까지 남을 살릴까. 자네 한 목숨 던져서 페이런 왕국에 충성하고 부하들 목숨 살릴 텐가? 남의 목숨은 일단 그 사람 자신이 책임져야지. 나는 코플래닛에서 자네가 하려는 일을 정확히는 모르지만 대충, 자기 의지대로 행하고 자기가 책임지는 세상을 만드는 일이라고 생각하네. 그런데 그건 사실 어디나 통용되는 거 아닌가. 최소한 목숨에 대해서는 그런 거지. 어떤 놈이 자기는 군대에 끌려왔으니 내 목숨 책임져! 한다면 그놈이 바본 거야.”

용병으로 살아온 자의 처세가 깊게 담긴 말이었다.

충성이니 희생이니 하는 인간 세상의 높은 덕목을 부정하는 굉장히 이기적인 말이었다.

그러나 삶은 인간이 사회를 꾸려서 만들고 포장해 온 고결한 덕목이 아닌 모든 생물의 공통법칙인 생존 본능에 기초한 것인지도 모른다.

거칠고 투박하여 껄끄럽고 졸렬해 보이지만, 그렇기에 더 진실에 가까운 것인지도 모른다.

하지만 중앙산맥에 오른 뒤 용병을 졸업하고 내려온 제이에게는 어느덧 멀어진 사고방식이었다.

사람이 사람인 것은 짐승과는 다르고 짐승보다 우월한 그 무엇이 있다는 데서 그 이유를 찾는다.

생명 공통의 법칙인 생존 본능이 인간에게도 있지만, 인간 사회에 축적된 인간으로서의 도리를 맨 뒤로 미룬다면 그게 과연 인간일까? 짐승으로서의 본능과 인간 사회의 고결한 가치, 인간은 그 사이의 어느 지점에 서 있을까? 자기 욕심을 채우기 위해 수단과 방법을 가리지 않는 이기적인 인간도 있고, 평생 나를 버리고 남을 위해 헌신하는 숭고한 인간도 있다.

이번 일은 결국 티마이라의 말에 따르는 것이 옳다고 느껴졌다.

그의 조언이 없더라도 트로인으로 가지 않는 길을 선택했을 것 같았다. 다른 점이 있다면 티마이라의 말을 들은 뒤 마음의 짐이 훨씬 가벼워졌다는 것이다.

그래서 사람은 주변에 사람을 두고 싶어하는지도 모른다. 사람과 함께하고자 하는 것이다. 그게 바로 힘이 되고 위안이 되기에…….

"자네 지위에서 해야 할 책임을 내던지라는 게 아니야. 목숨을 버릴 필요는 없다는 거지. 다 먹고살자고 하는 짓이지. 잘살려고 전쟁터에서 칼 휘두르고 남 죽이는 험한 일 하는 거지 애먼 함정에 빠져 죽으려고, 음모에 놀아나 목숨 허망하게 내던지려고 여기까지 왔나? 자네 자신을 희생하지 않는 차원에서 모든 노력을 쏟아 부하를 지키면 도리는 다하는 거야. 그 과정에 몇 사람 죽어나가도 어쩔 수 없어. 자네는 신이 아니니까."

평소 실없는 소리로 사람들을 웃음 짓게 하던 티마이라의 말 치고는 꽤 냉정한 이야기였다.

그러나 그른 말은 아니다. 그럴싸한 언어로 포장하지 않아 조악해 보일 뿐이다.

"…그렇군."

"그래도 그 와중에 죽는 사람이 내가 된다면 내 욕 들을 각오는 해야 할 거야. 죽는데 욕 한마디 못하면 좀 억울하잖아."

티마이라의 마지막 말은 평소대로 우스개로 마무리되었다. 제이도 어색하나마 웃어 보였다.

"그래도 원망하지는 않겠네. 자네와 함께 싸우다 죽는다 해도 말이야. 옛날 사막에서 내 목숨 살려준 것도 있고 또 칼날 위를 걷는 인생, 덕분에 나름 즐거웠으니까. 뭐, 자네 덕이라기보다 아모란 덕이었지만, 어쨌든 재밌게 잘 살았던 것 같으니. 이렇게 말하니까 꼭 죽으러 가는 사람 같잖아."

티마이라는 자리에서 일어나 엉덩이를 털며 지나가듯 말했다.

"나 안 죽게 무사히 돌아갈 방법을 마련해 봐. 자네는 지휘관, 나는 일개 오너니까 자네가 책임져야지."

그 말을 남기고 티마이라는 자리를 떠났다.

제이의 등 뒤에 몇 걸음 떨어져 서 있던 피리운을 장난스레 한번 툭 건드리고 모닥불에서 멀어져 가는 티마이라의 모습이 어둠에 잠겼다가 숙영지 곳곳에 피워 올린 화톳불에 비쳐 다시 드러나기를 반복하며 점점 작아졌다.

그의 말마따나 티마이라가 무슨 대단한 해결책을 던져 주고 간 것은 아니었다. 어쩌면 누구나 할 수 있는 말을 구구하게 늘어놓은 정도에 지나지 않았다. 구체적인 방법을 모색하는 일은 결국 제이의 몫이었다.

그러나 제이의 마음은 티마이라 덕분에 어둠이 걷혔다.

제아무리 강한 사람도 여전히 사람일 뿐 신은 아니다. 말 한마디로 힘을 얻고 자신을 얻는 평범하기 그지없는 사람일 뿐이다.

그래서 사람은 사람과 함께 살려고 한다.

"피리운, 이리 와 앉게."

티마이라 덕에 새삼 좋은 것을 깨달은 제이는 항상 뒤에 서 있는 피리운을 불러 앞에 앉혔다.

그리고 이야기를 했다.

굳이 지혜를 얻지 않아도 된다. 해법을 찾지 못해도 좋았다.

이상을 실현하기 위한 방편, 위험을 타개하기 위한 중지를 모으려는 게 아니었다.

그저 사람으로서 사람과 이야기했다.

말하고 말하고 말하고, 듣고 듣고 듣고, 침묵하고 침묵하고 침묵하고, 생각하고 생각하고 생각하고, 웃음 짓고 찡그리고……

그러다 보면 만 마디 말 가운데 지혜 하나를 얻고, 천 마디 말 가운데 방법 하나를 찾고, 백 마디 말 가운데 웃음 하나를 얻고, 열 마디 말 가운데 기운 하나를 얻고… 한마디 말로 한 사람과 좀 더 가까워졌다.

제이는 티마이라에 이어 피리운과 대화한 뒤 산을 비롯한 범들을 불러 이야기했고, 평소 이야기를 거의 나누지 않았던 기사들과 지휘관들, 병사들에 이르기까지 숙영지에서 보내는 시간이 허락하는 한 많은 사람과 대화를 나누었다.

오간 이야기 대부분은 로베르토의 손아귀를 벗어나 무사히 귀향하는 방안에 대한 것이 아니었다. 그 이야기는 여러 사람에게 함부로 할 수 없었다. 하지만 이 시간이 제이에게는 무척 소중했다.

소통하는 말이 있다는 것, 그것이 사람을 사람으로 만든 것인지도 모른다.

*　　　*　　　*

티마이라가 넌지시 데스테나 공주의 힘을 빌려보라는 이야기를 꺼냈지만, 제이는 그렇게 할 수는 없었다.

데스테나가 비록 바밀 국왕의 하나뿐인 여동생일지라도 이곳에서는 수많은 기사단장 가운데 한 명일 뿐이었다.

물론 데스테나에게는 현재 직위의 범위를 넘어서는 힘이 있다. 그러나 이곳에서 바밀을 대변하고 칼자루를 쥔 사람은 결국 총사령관 로베르토이기에 그와 해결을 보아야 한다. 데스테나에게 힘써줄 것을 부탁하는 것은 해결 안 될 의뢰를 해서 서로의 마음만 무겁게 만드는 일이 되리라 생각했다.

그보다, 데스테나에게 그런 말을 꺼낸다는 것은 생각할 수가 없었다.

가슴속 한구석에 소중하게 그려놓은 빛나는 무지개 그림에 똥물을 끼얹고도 그 사람이 그 사람일까? 데스테나가 어찌 생각하는지와 상관없이 제이로서는 도저히 할 수 없는 일이었다.

직진하면 여러 지방을 거쳐 바밀의 수도 트로인이 나오고 북쪽으로 꺾으면 페이런 왕국으로 넘어가는 크바시르 협곡이 나오는 갈림길에서 제이는 총사령관 로베르토를 찾아갔다.

"총사령관님, 아무래도 저는 페이런군과 함께 본국으로 귀환해야겠습니다. 대승을 거둔 총사령관님의 개선식에 참석하는 것이 페이런 왕국과 저의 영광이며 마땅히 갖춰야 할 예일지라도 본국이 전쟁 중인 현 상황에 맞는 예법은 아닌 듯합니다. 전장에서는 단 한 명의 병사, 단 한 기의 타이탄이 아쉬울 터이니 서둘러 귀국하려는 저의 처지를 헤아려 주시기 바랍니다. 총사령관님의 개선식에는 저의 상관이신 페이런군 제4기사단장 아멘드 백작께서 참석할 것입니다. 페이런군 전투 부대의 본국 귀환을 재가해 주시기 바랍니다."

제이의 말은 사리에 맞았다.

그러나 로베르토가 생각하는 바밀의 이익에는 맞지 않았다.

노회한 바밀군 총사령관의 눈썹이 실룩거렸다.

"이보시오, 코플래닛 남작. 전에도 얘기했을 텐데. 페이런이 일으킨 이번 전쟁은 페이런의 우세 속에서 진행되고 있소. 나도 최근 소식은 접하지는 못했으나 어쩌면 이미 끝났을지도 모르지. 그리고 혹여 페이런이 위태로움을 겪는다면 혈맹인 우리 바밀이 가만있겠소? 내 책임지고 기사단을 이끌고 가 하르트를 박살 내겠소. 그러니 걱정 말고 개선식에 참석해서 자리를 빛내주길 바라오. 이번 전쟁의 영웅이 빠진 개선식이 무슨 의미가 있겠소? 전하께서도 남작을 보기를 고대하고 계시오. 대바밀의 국왕께서 말이오. 트로인으로 가서 개선식에 참석하여 여러 신료들과 친교를 맺고 국왕 전하와 깊은 말씀을 나누는 것이 귀국으로서도 백번 이로운 일일 것이오."

늙은 여우는 쉽게 화내지 않는다. 노골적으로 이빨을 드러내는 것은 세상을 잘 모르는 어린것들이나 하는 짓이다. 말과 표정 속에 은연중에 시퍼런 위협의 칼날을 드러내어 겁박할 뿐이었다.

그러나 이미 결심을 굳힌 제이는 굴하지 않고 할 말을 계속했다.

"바밀의 호의를 모르는 바 아니나 피해를 입은 뒤 반격하는 것과 피할 수 있는 손해를 줄이고 전쟁을 마무리하는 것 중 어느 쪽이 더 나은지는 자명합니다. 페이런의 전쟁이 끝났다면 물론 좋겠지만, 혹 여전히 계속되는 중이고 한 손이 아쉬운 형편이라면 어떻게 합니까? 상황이 이러하니 페이런 왕국의 일원인 저로서는 자는 시간을 아껴서라도 달려가는 게 합당하리라 생

각합니다.”

제이가 완강하게 자신의 입장을 고수하자 로베르토의 머릿속이 복잡하게 돌아갔다.

바람을 느끼는 오너가 자신의 손아귀, 바밀의 품을 벗어나려고 한다.

자잘한 땅의 볼품없는 귀족이 아니라 대바밀의 영광스런 지위를 보장해 준다고 했는데도 기어이 떠나려 한다.

못 이긴 척 귀국을 허락하고 더불어 원군까지 딸려 보내 좋은 관계를 유지하는 게 더 나을까?

‘아니야, 좋지 않아.’

앞으로 여러 해 동안 바밀은 북부 소국들을 신경 쓸 여력이 없었다. 새로 획득한 영토를 다독여야 하고 루미나스와 분쟁이 일어날 수밖에 없는 동토에도 많은 힘을 쏟아야 한다.

북부에서는 거대한 용 한 마리가 자유롭게 뛰어놀 것이다.

그렇게 되도록 놔두는 것은 결코 바람직하지 않았다.

“내가 남작을 좋게 봐서 여러모로 호의를 베풀었는데 기어이 이럴 건가? 국왕 전하께서 남작을 꼭 만나보고자 하신다 하지 않았소. 남작은… 페이런은 뒷감당할 자신이 있다는 거요?”

“후에 이번 결례에 대해 따로 사죄드릴 기회가 있을 것입니다. 그리고 바밀의 국왕께서도 자국의 전쟁에 참전하기 위해 서둘러 귀국하는 저의 사정을 아실 터이니 흔쾌히 용서해 주시리라 믿습니다.”

“흠…….”

로베르토는 가만히 제이를 노려보며 한참을 서 있었다.

결국 로베르토는 제이의 귀국에 대해 확답을 주지 않았다.

동맹군의 일부와 바밀군은 개선식을 위해 트로인으로 떠났고 나머지 동맹군은 국경을 넘기 위해 크바시르 협곡 쪽으로 방향을 잡았다.

제이로부터 페이런으로 돌아가겠다는 뜻을 들은 로베르토는 곧장 편지를 써 전서구와 전령 편으로 수도로 보냈다. 그는 소슬 공략군의 총사령관이지 바밀 영토 안에서 군을 움직일 권한은 없었기에 제이의 처리를 국왕과 대신들의 손에 넘긴 것이다. 그러면서도 자신의 견해를 강력히 피력했다.

자신이 보고 느낀 제이의 힘, 그 위험성에 대해 펜을 아끼지 않고 써 보냈다.

강국이 처음부터 강국이었던 것이 아니다. 약한 세력을 흡수하고 강한 나라를 쳐부수고 여기까지 온 것이다.

동맹을 맺고 혼인을 하고 뒤통수를 치고 함정을 파고, 이웃 나라의 영웅들을 격파하여 지금의 큰 나라가 된 것이다.

될성부른 싹을 미리 자르지 않으면 주위의 양분을 쭉쭉 빨아먹고 자라나 하늘을 가리는 거목이 될 것이다.

로베르토의 서한을 받아본 바밀의 궁성은 그러한 이치를 잘 알고 있었다.

좀 더 지켜보자, 기우일지도 모른다, 현시점에서 적절한 행동이 아니다, 외교적으로 문제가 생긴다, 이러한 견해가 없지는 않았으나 받아들여지지 않았다.

잘라 버린 싹이 나중에 고작 한해살이풀로 밝혀질지라도 지

켜보다 기회를 놓쳐 거목으로 성장해 버리는 것보다는 그게 더 낫다. 티끌만 한 위험 요소도 남겨둘 필요가 없는 것이다.

전령이 바삐 움직이고 전서구가 날고 완편 기사단 넷이 서둘러 길을 떠났다.

500여 년 전 작은 도시국가에서 출발하여 대륙 동부의 패권을 다투는 나라로 성장한 나라답게 바밀의 움직임은 단호하고 기민했다.

한편 귀국을 정식으로 재가해 주지 않아 로베르토가 혹여 무력을 동원할지도 모른다고 걱정하던 제이는 의외로 아무런 일도 일어나지 않자 자신이 공연한 걱정을 했던 게 아닐까 하는 생각을 하기도 했다.

그럼에도 여전히 바밀 영토 안이었기에 마음을 완전히 놓지는 않았다.

그래서 페이런 제4기사단은 서둘러 이동했다. 다른 북부 소국의 군대에서 왜 보조를 맞추지 않고 먼저 가느냐고 전령을 보내 물어올 정도였다.

본국에 급한 일이 생겼다고 에둘러 답변을 준 제이는 부상자들을 마차에 싣고 속도를 더욱 높였다.

국경을 넘어가야 안심할 수 있을 것 같았다.

데스테나와 제대로 작별인사를 나누지도 못했다. 두 사람 다 많은 사람들의 주목을 받는 처지라 멀찍이서 눈인사만 겨우 나누고 헤어진 것이다.

자유롭다는 게 대체 무엇일까? 사람은 말 한마디, 몸짓 하나도 자유롭게 하지 못한다.

"건강하고 행복하게 살기를 바랍니다."
"다시 만나기를 바랍니다."
"같이… 갑시다."
"가지 마세요."
"…사랑합니다."
손을 잡는다.
입을 맞춘다.
포옹한다.

그 어떤 말도, 어떤 몸짓도 하지 못했다.
주위에 아무도 없었다면 그런 말을 할 수 있었을까? 알 수 없다.
지위와 신분, 처지와 상황도 고려하여 복잡한 심사를 언어로 완벽하게 재구성할 수 있을 정도로 사람은 뛰어나지 않다.
그래도 여전히 시간은 흐르고 사람은 살아간다.

＊　　　＊　　　＊

바밀이 워낙 큰 나라다 보니 이동 속도를 높였음에도 국경까지 오는 데까지 적잖이 시간이 걸렸다.
다행히 중간에 어떤 제지도 받지 않아 렉지오에 도착했을 때 제이는 크게 마음을 놓았다.

렉지오는 바밀과 페이런을 남북으로 잇는 크바시르 협곡의 남쪽에 자리한 관문 도시로 북부에 막강한 영향력을 행사하는 바밀 왕국으로서는 중요 거점이라 할 수 있는 곳이다.

그럼에도 평소 이곳에 주둔하는 병력은 그리 많지 않았다. 바밀과 페이런의 관계가 워낙 오래되어 대규모 군대를 둘 필요가 없었다. 비교할 수조차 없는 힘의 차이로 인해 외교적 수단만으로 통제가 가능했던 것이다. 소수의 오너로 구성된 타이탄 기사단과 레인저 일부 그리고 경비병이 주둔하여 간간이 검은 산맥에서 내려오는 몬스터를 퇴치하거나 상인들을 검문하는 수준이었다.

크바시르 협곡은 험난한 검은 산맥을 마차로 지날 수 있는 유일한 통로였다. 그러나 평지처럼 힘들이지 않고 다닐 수 있는 길은 아니기에 협곡을 지나는 사람들은 모두 여기에서 쉬며 필요한 보급을 하고 체력을 보충한 뒤 길을 나섰다.

이곳에 도착하여 어느 정도 마음이 풀렸다지만, 제이는 여기서 오래 머물 생각이 없었다. 여기도 엄연히 바밀 왕국의 영역인 까닭이었다.

그런데 렉지오의 시장이 경비대장과 함께 찾아와 연회에 초청했다.

"이번에 크게 전공을 세우셨다 들었습니다. 드높은 전공이 아니더라도 우리 바밀을 위해 노고를 아끼지 않으신 남작님을 대접하지 않고 그냥 보낸다면 바밀의 귀족으로서 어찌 제구실을 다했다 할 수 있겠습니까? 렉지오의 많은 이들이 남작님의 무용담을 듣고 동경해 왔습니다."

시종일관 웃음을 머금은 시장은 비굴하지 않은 태도로 정중히 제이를 청했다.

포치요새 전투는 물론이고 나구사 전투도 모두 작년에 벌어진 일이다. 소문이 나기에는 충분한 시간이었다.

대국의 귀족이 약소국의 지휘관을 직접 초대하는 것이 자주 있는 일인지는 몰라도 제이에 대한 소문—바람을 느끼는 오너라는 소문—을 들었다면 충분히 가능한 이야기였다.

제이가 생각하기에 로베르토처럼 무슨 의도를 품고 멀리 떨어진 트로인까지 억지로 끌고 가려는 것도 아니고, 이곳의 시장이 저녁 대접을 하고 싶다는 말을 거절할 핑계가 없었다.

기껏해야 하루 늦어지는 것뿐이다.

최악의 상황을 가정해 봐도 이곳의 주둔군은 별로 많지 않았다.

"초대, 감사합니다."

이 세상 모든 것을 꿰뚫어 볼 능력이 되지 않는 제이는 정중하게 자신을 초대한 시장의 요청에 고마움을 표시했다.

그럼에도 이웃집 마실 가듯 아무렇지 않게 연회에 간 것은 아니었다.

무슨 일이 생기면 재빨리 크바시르 협곡으로 들어가 검은 산맥을 넘을 수 있도록 제4기사단을 렉지오 시 북쪽에 주둔시켜 놓고 늙은 오너 하그리브스를 불렀다.

자신보다 배는 더 오래 용병으로 살아온 그라면 어떠한 일이 일어나도 적절히 대응하리라고 판단한 것이다.

그래도 지침을 주지 않을 수는 없었다.

"하그리브스님, 비상시에는 곧바로 보병을 보호하고 크바시르로 진입해서 검은 산맥을 넘으세요."

"비상시라면?"

"그럴 일은 없겠지만, 바밀이 적으로 돌아설 때를 말합니다."

깜짝 놀랄 만한 말이었음에도 평생을 전장에서 보낸 늙은 용병은 동요하지 않고 제이의 말을 귀에 담았다.

제이가 이번 전쟁에서 드러낸 무용은 살 떨릴 지경이었다. 저간의 사정으로 보아 모난 돌이 정 맞는 상황일 수도 있음을 짐작한 것이다.

"그렇다면 리더는 어찌할 생각이신지요?"

제4기사단에서 제이의 공식적인 직위는 리더였다. 그리고 공식적인 기사단장이 로베르토의 개선식에 참석하러 간 지금은 기사단의 최고 지휘관이었다.

"이 한 몸 빼낼 재주는 있는 듯합니다."

걱정하지 말라는 뜻이었다.

"알겠습니다."

구구하게 설명하지 않아도 적합하게 일을 처리할 하그리브스에게 기사단의 지휘를 맡긴 제이는 레인저 연대장, 정비대대장, 보병대대장 등 제4기사단의 지휘관들과 함께 시장 공관으로 들어갔다.

피리운 단 한 사람이 수행기사 자격으로 뒤를 따랐다.

귀족이 주최하는 만찬에 참석해 본 일이 거의 없는 제이가 볼 때 만찬은 화려하지는 않지만 훌륭했다.

시장은 만찬의 흥을 잘 돋웠으며 손님의 분위기에 맞춰 어색하지 않게 관심사를 꾸준히 이끌어냈다. 세련된 태도, 적절한 어휘, 진심 어린 맞장구… 그는 화술의 달인이었다.

참석한 렉지오의 유력 귀족들, 상인들, 군인들은 눈치 빠르게 시장의 장단에 맞춰 손님들의 비위를 맞추고 적당히 띄워주었다.

내심 긴장했던 제이는 전혀 부담감을 느끼지 못했고, 편안함마저 느꼈다.

'이래서 귀족들이 그렇게 자주 모여 즐기는구나!' 라고 생각할 정도로 사람을 사귀기에 이만한 자리가 없을 것 같았다.

무장을 해제시키는 것은 날카로운 칼날도 아니요, 논리와 학식으로 가득한 명문장도 아니요, 사근사근한 말일지도 모른다.

공관에 들어오는 길에 봤던, 경비를 선 병사들의 기도가 상당히 출중하여 속으로 감탄하며 일면 의심하는 마음도 가졌으나 검은 산맥의 몬스터와 싸우다 보니 굳건해졌나 보다 했다.

간사해 보이지 않게 사람을 추어주고 편하게 대화를 이끌어내는 시장의 화술에 귀를 기울이다 보니 어느새 긴장이 풀어졌다.

이곳만 지나면 바밀을 완전히 벗어난다는 생각도 긴장을 늦추는 데 한몫했을지 모른다.

용병 생활로 몸에 배어 의심스러운 곳에서 음식을 먹을 때 늘 해오던 대로 슬며시 입술과 혀끝으로 살짝 대보고 입에 머금어 봤지만, 독을 탄 것 같지도 않았다.

권하는 대로 술도 한 잔, 두 잔… 과하지 않게 마셨다.

흥겨운 분위기가 한껏 무르익자 시장이 잔을 들었다.

"바밀과 페이런의 동맹이 더욱 굳건해지기를! 건배!"

"건배!"

모두가 호쾌하게 건배를 외쳤다.

흥겨움의 파도가 만찬장을 뒤덮고 공관 전체에 울려 퍼진 바로 그 순간이었다.

요란한 소리와 함께 문이 부서지듯 열렸다.

제이가 만찬에 가 있을 때 제4기사단을 책임지는 하그리브스는 긴장을 풀지 않은 채 유사시 곧바로 이동할 수 있도록 하급 지휘관들을 다그쳤다. 일이 터지지 않으면 더없이 좋겠지만, 만약 일이 터진다면 나중에 후회해도 늦는다는 걸 잘 알기 때문이었다.

이곳에서 하루 편하게 머물 줄 알았던 병사들은 대기 태세로 쉬라는 명령에 볼멘소리를 털어놓았다.

보다 못한 티마이라가 하그리브스에게 말했다.

"쉴 때는 쉬게 해줘야지요."

"자네는 왜 이런 지시를 내렸는지 잘 알지 않나."

"압니다. 그래도 병사들 사기도 생각하셔야 하지 않겠습니까. 여기까지 근 한 달을 제대로 쉬지도 못하고 이동했잖아요. 곧 검은 산맥을 넘어야 하는 병사들에게 군장을 갖추고 쉬라고 하면 누구나 짜증이 날 겁니다."

"그래도 안 돼."

목숨을 잃는 것보다는 잠시 짜증나는 게 더 낫다.

"그렇다면 이렇게 하는 게 어떨까요?"

"어떻게 말인가?"

"젊은 마법사들이 있지 않습니까?"

울목에서 내려온 빈과 그루, 새를 불러 적정을 살펴 전쟁 기간 내내 큰 도움을 주었던 그들을 다른 사람들은 마법사라고 불렀다.

그러나 그들은 제이와 특별한 사이라고 알고 있기에 명령을 내릴 만한 관계는 아니었다.

"제가 부탁해 보겠습니다."

"그럼 그렇게 하지. 그래도 병사들에게 내린 명령은 바꿀 수 없네."

그렇지 않아도 안의 사정이 궁금하던 차에 성안을 살필 만한 좋은 방법을 잊고 있었다며 반색하는 하그리브스와는 달리 티마이라는 공연히 말을 꺼냈다며 입을 쭈뼛 내밀었다.

그래도 얼른 빈과 그루를 불러왔다.

산을 비롯한 범들이 주변을 지키는 가운데 먼저 빈이 새와 동화되었다. 그리고 도시 외벽을 넘어 시장 공관 주위를 한참 동안 날아다녔다.

하늘을 날다가 창틀에 앉아 실내를 슬머시 들여다보기도 했다.

그렇게 땀을 뻘뻘 흘리며 다른 생명체와 동화를 유지하던 빈이 힘겨운 표정으로 동화를 풀자 이번에는 그루가 눈에 보이는 새 한 마리와 동화해서 같은 일을 행했다.

새가 되어 공관 주위를 살핀 지 그리 오래되지 않았음에도 그

루가 금세 동화를 풀었다. 그의 얼굴에는 놀란 표정이 그득했다.

"거리 곳곳에서 기사로 보이는 사람들이 튀어나와 공관 주위를 에워쌉니다."

그 사실을 재빨리 알리려고 동화를 푼 그는 얼른 다시 동화하여 새가 되어 날아갔다.

그러자 힘이 빠져 쉬고 있던 빈도 다른 새와 동화하여 하늘을 날았다. 더 많은 정보를 모아야 하는 급박한 상황인 것이다.

"긴급사태다. 지금 당장 이동 준비를 마치도록!"

그간 이들의 능력을 충분히 보아왔던 하그리브스는 즉각 명령을 내렸다.

명령을 들은 하급 지휘관들이 분분히 움직였다.

제4기사단의 병력은 명령을 듣자마자 즉시 움직이는 게 가능할 정도로 적지 않았다. 정비대, 레인저는 물론이고 물자 수송을 위해 보병대까지 포함되어 1,500여 명에 달했던 것이다.

그럼에도 빠른 이동을 대비하여 부대를 둥글게 뭉치는 것이 아니라 기다랗게 배치해 놓았고, 병사들에게 대기 태세를 갖춰 놓은 하그리브스 덕택에 준비는 비교적 일찍 끝났다.

그때 빈이 동화를 풀고 말했다.

"나타난 기사의 수가 100여 명 정도 보입니다. 그리고 타이탄을 소환하기 시작했고 공관을 둘러싼 타이탄 수가 50여 기입니다."

"음……."

침음이 흘러나왔다.

“렉지오 주둔군이 아니라는 얘긴데.”

렉지오의 타이탄은 열 기를 넘지 않는다.

“지금 그게 중요한 게 아니다. 크바시르로 진입한다. 바밀군이 가로막으면 베고 나간다. 서둘러라!”

늙은 용병은 급박한 상황에 당황하지 않고 카랑카랑한 목소리로 명령을 내렸다.

카모르찬과 그의 예비 오너 출신 오너들이 빠진 지금, 이곳에 있는 기동 가능한 타이탄은 모두 10기였다.

안에 들어간 제이와 피리운을 제외하면 여덟 기가 여기에 있었다. 범 일곱과 하그리브스였다.

하그리브스는 자신의 타이탄을 소환하고 티마이라에게 말했다.

“자네가 타고 선봉을 맡게. 혹 크바시르 입구에서 가로막는 렉지오 주둔 타이탄이 있을지도 모르니.”

“제가 이걸 타면 하그리브스님은…….”

“모든 병력을 통솔해야 하는 내가 타이탄을 탈 수는 없지 않나.”

자신의 타이탄을 고락을 함께해 온 예비 오너가 아닌 다른 사람에게 함부로 맡기는 일은 없다. 그러나 상황이 다급하니 어쩔 수 없었다. 자신의 타이탄을 잃은 오너 중 실력이 가장 좋은 티마이라에게 넘기는 것은 피할 수 없는 선택이었다.

“마로, 자네도 티마이라와 함께 앞장서게.”

“예!”

범 중 한 명인 마로가 얼른 답하고 티마이라와 함께 달려나

갔다.

"자네들은 일단 후미를 지키며 병력을 보호한다!"

"구원해야 하지 않습니까?"

남은 범 여섯 명에게 하그리브스가 명령을 내리자 산이 즉각 반발했다.

"어떻게 말인가? 자네들 여섯이 들어가서 말인가? 드러난 타이탄이 50기다. 나타난 기사들이 모두 A형 타이탄을 소지하고 있다면 100기도 넘고, 다른 곳에 몸을 숨긴 자들이 있다면 얼마나 되는지 모른다. 바람을 느끼는 오너를 잡는데 어설프게 준비했을까? 일단 후미를 지키며 병력이 크바시르로 무사히 들어가도록 보호하라! 상황을 좀 더 지켜본다."

단호한 하그리브스의 명령에 여섯 명의 범은 얼굴을 잔뜩 구긴 채 자신의 타이탄을 소환했다.

페이런 제4기사단의 이동은 매우 신속하게 이루어졌다.

렉지오의 시장이 건배를 외친 바로 그 순간이었다.

*　　　*　　　*

부서지는 듯한 굉음과 함께 만찬이 열리고 있는 홀의 문이 열리더니 기사들이 날카로운 기세를 뿜어내며 검을 들고 쏟아져 들어왔다. 음식을 나르는, 반대쪽 작은 문도 마찬가지였다.

"어이쿠!"

연회에 참석한 이 도시의 유지들은 갑작스런 사태에 크게 놀라 허둥댔다. 제이가 미리 낌새를 눈치채지 못하도록 그들에게 아무것도 알리지 않고 일을 벌인 것이다.

날벼락을 맞은 렉지오 시의 상인과 귀족들은 머리를 감싸 쥐고 구석으로 숨어들어 갔다. 문 바깥으로 엉금엉금 기어나가려는 자도 있었다.

기사들은 바깥으로 나가려는 그들에게는 눈길 하나 주지 않았다.

벌컥 열린 문으로 기사들이 든 검의 날이 반짝이는 것을 보자마자 피리운은 자신의 검을 뽑고 제이 쪽으로 재빨리 움직였다.

제이가 시장을 비롯한 도시 유력자들과 이야기를 나누는 동안에도 홀 안을 지나다니는 사람들이 부담스럽게 여기지 않을 정도의 거리를 유지한 채 제이 뒤에서 묵묵히 서 있던 그는 술 한 모금도 하지 않고 모든 촉각을 곤두세우고 있었던 것이다.

제4기사단의 다른 간부 세 명도 갑작스러운 사태에 놀라 얼른 제이 곁으로 모였다.

"코플래닛 남작! 무기를 버리고 순순히 투항하시오!"

순식간에 홀을 채운 기사들의 우두머리가 나서서 큰 소리로 외쳤다.

렉지오의 시장이라는 사람도, 유지들도 어느새 사라지고 홀에는 제이 일행과 난입한 기사들만이 흉흉한 눈빛을 뿜어내며 대치하고 있었다. 만찬장에 가득한 음식들이 주인을 잃은 채 이 거북한 상황에 기괴함을 더했다.

홀을 슥 둘러본 제이는 상황에 맞지 않게 입술을 비틀어 웃었다.

"손에 든 무기도 없는데 뭘 버리라는 건가?"

만찬에 초청받은 주빈이 실전용 무기를 패용하는 경우는 없다. 가지고 오더라도 입구에 맡겨두는 것이 상례였다.

"허세 부리지 말고 투항하라!"

비웃음을 당했다고 생각하여 얼굴을 붉힌 우두머리, 바밀 중부군 제2기사단장 라구나 자작이 버럭 소리를 질렀다. 그러나 들은 얘기가 있기에 섣불리 접근하지는 않았다.

"순서가 잘못된 것 같군. 대체 무슨 이유로 투항하란 말이오?"

위기감을 느꼈지만, 제이는 내심과는 다르게 태연한 표정으로 말을 받았다.

기세에서 밀리면 싸우기도 전에 지는 것이다.

"바밀 왕실을 능멸한 죄로 수도로 압송하라는 전하의 명이시다!"

"내가 언제 왕실을 능멸했단 말이오?"

"그야 본인이 더 잘 알 터. 저항하면 참해도 좋다 하셨다."

바밀의 국왕은 제이를 불문곡직하고 곧바로 죽일 생각은 없었다. 로베르토가 품었던 생각처럼 일단 데려와서 회유하고자 했다. '바람을 느끼는 오너' 라는 전설과도 같은 기사를 신하로 두고 대륙을 경영해 볼 꿈을 꾼 것이다.

강대국의 지배자답게 찬란한 한 사람의 무력에 대한 두려움 따위는 없었다. 그렇다고 감히 자신을 거부하는 자를 순순히 풀어줄 생각도 없었다.

내가 갖지 못하면 아무도 가질 수 없다.

아주 작은 반항도 용서하지 않는다.

국익을 위해 작은 위험 요소도 용납하지 않는다는 로베르토의 생각과 결과는 같은 것이었다.

로베르토와 국왕의 차이는, 로베르토가 말로 설득해 보려 했다면 국왕은 실력을 행사하여 데려오려 한다는 점이다.

"페이런과 바밀의 우의를 생각한다면 이래서는 안 될 것이오."

검을 뽑아 든 기사들에게 둘러싸였음에도 제이는 차분히 말을 이어나갔다. 과거에는 상상도 못할 일이었다. 누군가가 자신을 위협한다면 바로 주먹이 날아가고 목을 쳐버렸을 것이다.

그러나 어깨에 얹은 짐이 자신의 목 하나였을 때와는 달리 이제는 책임져야 할 것이 늘어 용병이었을 때처럼 바로 손을 쓰지 못했다.

"남작이야말로 바밀과 페이런의 관계를 염려한다면 저항 말고 순순히 포박을 받으시오."

혹시나 했던 일이 결국 현실이 되고 말았다. 바밀이 자신을 순순히 돌려보낼 생각이 없음을 확인한 제이는 무거운 가슴을 추스르고 모질게 마음먹었다.

"죄가 없는데 포박을 받으라니. 이후로 일어나는 일은 모두 바밀이 책임져야 할 것이다!"

일성과 동시에 제이가 먼저 움직였다.

"쳐라!"

제이의 몸이 잔상을 남기며 길게 늘어지는 것을 본 라구나 자작이 대경하여 소리쳤으나 한발 늦었다.

앞을 막아선 기사에게 자세를 낮추고 쇄도한 제이는 놀란 표

정으로 검을 내려치는 기사의 어깨 안으로 파고들어 군더더기 없는 페이런 레인저 마샬 아트로 그의 팔을 꺾어버렸다.

"크윽!"

제이는 팔이 부러진 고통을 이기지 못해 신음을 흘리는 기사에게서 검을 빼앗아 들고 어깨로 그를 떠밀어 버렸다.

순식간에 일어난 일이었다.

제이의 손에 쥐어진 검은, 별도 없고 달도 숨어 한 줌의 빛도 보이지 않는 새까만 어둠처럼 검게 일렁였다.

기사들도 검에 빛을 씌워 공격해 왔으나 그 어둠의 칼날이 기사들의 검을 싹둑 잘라 버렸다.

금속과 금속이 충돌하는 소리도 없이 검이 잘려 나가는 어이없는 사태에 기사들의 얼굴이 흙빛이 되었다.

그럼에도 기사들은 물러서지 않았다. 강대국 바밀의 주력인 중앙 기사단 소속 기사들인 것이다.

토막난 검을 든 기사들이 제자리를 지켜 몸으로 장막을 치고 그 뒤에서 다른 기사들이 앞으로 튀어나와 제이를 압박해 왔다.

제이가 정문으로 들어온 적을 상대할 때 피리운은 정비대대장과 보병대대장을 보호하며 뒷문으로 들어온 적을 상대하고 있었다.

"타핫!"

눈앞의 적을 향해 검을 내려치고 옆으로 다가오는 적을 견제하기 위해 테이블을 걷어찼다.

와장창!

음식이 하늘을 날고 촛불이 허공을 수놓다가 바닥에 떨어져 꺼졌다.

　기사와 검을 맞댈 실력이 안 되는 레인저 연대장은 이리저리 움직이며 테이블을 밀치고 보이는 대로 촛불을 껐다.

　초저녁에 만찬을 시작해서 상당한 시간이 흘러 이미 밤이 깊었다.

　부딪치고 넘어지고 엎어지는 통에 촛불이 하나씩 하나씩 꺼지자 실내가 점점 어두워졌다.

　정문에서 들어온 적들을 주춤거리게 만든 제이는 고전하는 피리운을 돕기 위해 달려갔다.

　틈이 보일 때마다 마샬 아트로 쓰러뜨리고 검은 잘라 버리니 바밀의 기사들은 어찌할 바를 몰라 했다. 싸우고자 하는 의지는 차가운 얼음물을 뒤집어쓴 것처럼 차디차게 식어버리고 깊은 수련으로 단련된 강철같은 간담에는 어느새 소름이 돋았다.

　"이럴 수가!"

　라구나 자작은 두려움과 분노로 부들부들 떨었다.

　넓은 홀을 힘겹게 밝히는 서너 개의 촛불에 비친 광경은 비참했다.

　부하들의 희생이 커서가 아니다. 외려 아무도 죽지 않았다. 그 점이 견딜 수 없는 압박으로 다가왔다.

　코플래닛 남작을 생포하거나 여의치 않을 때는 제거하라는 명령을 받고 이곳으로 올 때까지만 해도 자신있었다.

　수도를 지키느라 소슬 공략전에 참전하지 못한 아쉬움을 풀 절호의 기회라고 생각했다.

　바람을 느끼는 오너라니…… 설사 진짜 바람을 느끼는 오너

라 해도 혼자서 200여 기에 달하는 타이탄을 어찌 감당하랴 싶었다.

전설처럼 전해지는 바람을 느끼는 오너라 해도 타이탄에 탔을 때나 무적이지, 타지 않았을 때는 뼈와 살로 이루어진 사람일 뿐이다. 숙련된 기사들이 쉼없이 밀어붙이면 결국 지쳐 쓰러지고 말리라.

그래서 이 작전, 실내에 가둬두고 많은 기사들을 투입해서 밀어붙이는 방법을 생각해 낸 것이다.

그런데 결과는…….

식은땀이 났다. 뒤통수를 쇠뭉치로 얻어맞은 것처럼 어질어질했다.

너무나 빠르고 믿을 수 없을 정도로 강했다.

잘리지 않은 온전한 검을 든 기사들이 여전히 많이 남아 있었지만, 더 해봐야 털끝 하나 건드리지 못한다는 것을 직감했다.

그러나 이대로 끝난 것은 아니다.

"후퇴한다! 코플래닛 남작! 맨몸으로 타이탄도 이겨내는지 어디 봅시다!"

이를 악문 라구나 자작은 두려움을 떨쳐 내려는 듯 크게 소리치고 홀을 빠져나갔다.

밀리고 엎어진 테이블, 흩어진 음식, 쏟아진 술, 바밀의 기사들이 서둘러 빠져나간 홀은 아수라장이었다.

어둑어둑한 실내에 고요히 남겨진 다섯 사람은 마치 꿈을 꾼 것처럼 잠시 멍한 표정으로 눈을 깜박였다.

"피리운, 상처를 감싸게."

"아, 예."

제이의 말에 피리운이 그제야 정신을 차리고 자신의 팔을 식탁보를 찢어 감쌌다.

"다들 괜찮습니까?"

"예, 괜찮습니다."

"아무래도 바밀이 끝장을 보려나 봅니다."

한번 충돌했다 하더라도 화해의 여지를 남겨두기 위해 일부러 아무도 죽이지 않았다. 바밀과 완전히 틀어지는 일은 바라지 않았기 때문이다.

칼을 들고 싸우는 와중에 죽이지 않는 것이 죽이는 것보다 훨씬 힘이 든다. 아무리 제이라도 그건 마찬가지였다.

생각보다 힘을 많이 써서 긴 시간의 싸움이 아니었음에도 근육이 아우성을 쳤다. 마나 소모도 극심했다.

맨몸 전투에 익숙하지 않아서인지도 모른다.

타이탄 오너가 몸으로 싸우는 일은 흔치 않다. 수련이야 하지만, 제이도 칼을 들고 싸운 기억이 아련하기만 했다.

그렇다고 여기서 죽음을 기다릴 수는 없었다. 저들이 타이탄을 타고 건물째로 밀어붙이면 깔려 죽는 것이다.

"피리운, 타이탄을 소환하게."

"예!"

피리운의 타이탄이 바람을 일으키며 한쪽 무릎을 구부린 자세로 홀의 높은 천장에 달 듯 말 듯 모습을 드러냈다.

"내가 앞서 길을 뚫을 테니 싸우지 말고 세 사람을 보호하고 뒤를 따르도록."

“알겠습니다.”

적들이 자신의 타이탄이 부서졌다고 생각한다는 점이 제이에게는 다행이었다.

스톤은 오르가니와 싸울 때 크게 손상을 입었지만, 제이의 목에는 츠바르드비스의 귀속구도 걸려 있었던 것이다.

평소 습관처럼 목에 걸고 다녔을 뿐 마이네 제국의 기체인 츠바르드비스를 바밀 왕국에서 사용하는 일이 일어날 거라고는 생각지도 못했다.

숙적 국가의 기체를 제이가 보유하고 있다는 사실을 바밀이 알면 어찌 되겠는가.

그러나 이대로 죽을 수는 없는 일, 그런 것까지 신경 쓸 만큼 상황이 여유롭지 못했다.

츠바르드비스를 소환하자 마나가 쑥 빠져나갔고 순간 제이는 균형을 잃을 뻔했다.

‘이런!’

겉으로 비틀거리는 모습을 보이지는 않았지만, 내심 당황했다.

죽이지 않는 싸움이 생각보다 힘을 훨씬 더 소모한 것이다. 마나 고갈을 겪은 지 몇 달 지나지 않은 것도 한 가지 이유일지 모른다.

그뿐 아니라 한 잔, 두 잔 권하는 대로 마신 술이 신체의 균형을 미묘하게 무너뜨렸다.

빠르면 빠를수록, 강하면 강할수록 위험 또한 높아진다.

길 위에 놓인 작은 돌 하나는 느린 속도로 가는 마차에 아무런 해도 주지 못하지만, 질주하는 마차를 전복시킬 수는 있다.

감기에 걸린 상점의 회계는 조금 피곤하더라도 일을 충분히 할 수 있지만, 결투에 나선 기사가 감기에 걸리면 그로 인해 죽을 수도 있다.

역설적이게도 강할수록 취약하다.

렉지오의 시장이라는 사람이 자연스러운 태도로 권한 술은 독이 아니었지만, 독으로서의 역할을 충분히 해낸 것이다.

그래도 당장 파탄이 난 것은 아니었다.

제이는 깊이 심호흡한 뒤 소환된 츠바르드비스에 탑승했다.

눈을 번뜩인 츠바르드비스가 홀의 천장을 부수며 몸을 일으켰다.

페이런군은 아무런 제지 없이 크바시르 협곡으로 진입했다. 렉지오의 레인저로 보이는 병사들이 멀찍이서 지켜보는 모습이 간간이 눈에 띄었지만, 말 그대로 지켜보기만 했다.

바밀은, 제이가 목적이었지 페이런군은 신경도 쓰지 않았던 것이다.

가슴을 졸인 채 후위에서 페이런군을 호위하던 범들이 하그리브스에게 요청했다.

[구원하러 가는 것을 허락해 주십시오.]

"……."

그러나 하그리브스는 쉽게 허락할 수 없었다.

오랜 경험에 비추어볼 때 타이탄 몇 기가 뛰어든다 해도 제이에게 힘이 될 상황이 아니었다. 외려 짐이 되기가 쉬웠다.

애꿎은 젊은이들만 희생시키는 것은 아닐까?

제이를 믿고 기다리는 게 낫지 않을까?

그때, 이동하는 마차 위에서 땀을 뻘뻘 흘리며 새와 동화되어 성안을 살피던 그루가 목소리를 쥐어짜며 말했다.

"공관을 부수며 튀어나온 타이탄 두 기가 포위망과 충돌합니다."

[하그리브스님, 허락해 주십시오.]

늙은 오너는 침통한 표정으로 한참 동안 눈을 감았다가 떴다.

"…좋다! 가라!"

경력이 오래되지는 않았으나 그동안 지켜본 이들의 실력과 운을 믿기로 했다.

지금까지 공격받지 않았다지만 앞으로도 그럴지는 모르는 일이라 타이탄을 모두 내보낼 수는 없었다. 누군가는 남아야 했다.

티마이라는 이러한 상황과 자신의 실력을 잘 알기에 안타깝지만 여전히 제4기사단의 후미를 지켰다.

산, 마로, 사란, 반, 개울, 혜, 한.

이들 일곱 명이 탑승한 일곱 기의 타이탄이 지축을 흔들며 어둠을 가르고 멀어져 갔다.

*   *   *

슈칵!

츠바르드비스의 검이 앞을 가로막는 콜린스의 팔을 가차없이 잘랐다.

바밀군이 지펴놓은 화톳불에 어른거리는 츠바르드비스의 모습은 어둠을 가르고 튀어나온 마귀 같았다.

심연에서 태어나 존재하는 모든 생명체를 말살하려는 마귀.

일말의 망설임도 없었다.

[타이탄은 없다고 하지 않았나. 츠바르드비스라니…….]

[지금 그게 중요한 게 아니다. 그릴로 기사단은 포위망이 무너지지 않도록 제2기사단의 뒤를 받쳐라.]

각 기사단의 리더들이 혼란에 빠진 전열을 수습하기 위해 그렁그렁 소리쳤다.

생각지 못한 츠바르드비스의 등장에 대하여 의문을 품고 있을 만큼 상황이 여유롭지 않았다. 우리에 완전히 가둔 줄 알았던 난폭한 맹수가 철창을 부수고 마구 난동을 부리고 있었다.

[방패로 몸을 가리고 밀어붙여라.]

움직일 공간조차 나지 않도록 밀어붙인다면 제아무리 바람을 느끼는 오너라 해도 옴짝달싹 못하리라.

그러나 츠바르드비스는 바밀 기사들의 기대에 응해주지 않았다.

스걱!

도저히 금속이 내는 소리 같지 않은 미약한 절단음이 파동이 되어 전장을 은은히 울리고 눈부신 불똥이 일어나더니 콜린스와 스줄멘의 몸체가 거짓말처럼 분리되었다.

베고, 베고, 또 베었다.

제4기사단 간부들을 손에 든 채 뒤따르는 피리운의 보투스를

보호하려면 최선을 다하는 것만으로는 부족했다.

츠바르드비스는 크게 검을 휘둘러 바밀의 타이탄을 뒤로 물리치고는 소리쳤다.

[마지막으로 경고한다! 물러서라. 목숨을 헛되이 하라 마라.]

오직 살아남기 위한 본능만 존재하는 원시신, 살육으로써 살아 있음을 증명하는 원시신으로 완전히 동화되기 전에 제이는 인간의 말을 그렁그렁 토해냈다.

완전히 원시신이 되고 나면 보이는 모든 물체가 파편이 되어 흩어지리라.

찰나의 침묵이 전장을 지배했다.

검은 산맥에서 불어오는 산바람이 먼지를 일으키며 거인들을 휘감고 지나갔다.

겁이 나고, 살고 싶고, 달아나고 싶었다.

그러나 국가의 명령에 충실한 삶을 살도록 키워진 바밀의 오너들은 본능을 가리는 무언가를 붙들고 땅에 박힌 듯 굳건히 버티고 서 있었다.

[놈도 사람이다. 지친 게 틀림없다. 힘을 내라!]

용기를 북돋우고.

[물러서지 마라, 우리는 바밀의 기사다!]

충성을 상기시키고.

[내가 뚫리면 동료가 죽는다. 버텨라!]

희생을 되새겼다.

[쳐라!]

쿵쿵쿵쿵!

타이탄들이 힘을 쥐어짜 달려들었다.

달려드는 바밀의 타이탄을 바라보는 츠바르드비스의 눈이 새빨갛게 타올랐다. 묵빛 기운이 뭉클뭉클 피어올라 거대한 몸체를 휘감았다.

살육을 즐기는 원시신은 달려드는 먹잇감을 가소롭다는 듯이 바라보더니 너무나 간결한 움직임으로 검을 횡으로 그었다.

타이탄전의 상식이 완전히 무너졌다.

강철과 강철이 충돌하고, 방패와 방패가 부딪치고, 무쇠 파편이 튀고, 그로 인한 굉음이 골수를 뒤흔드는 일은 일어나지 않았다.

그저 갈라졌다.

어스름을 가르고 나온 원시신이 휘두르는 검의 궤적에 따라 선이 생기고, 그 선은 깔끔한 절단면이 되어 반짝였다.

화톳불에 비친 시커먼 형상이 어른거릴 때마다 전열이 하나씩 스러졌다.

국왕의 청을 받자마자 빠르게 이동하여 페이런군보다 먼저 도착하기 위해 지원팀을 빼고 오너와 기사들만 이끌고 달려온 국왕의 처가, 그릴로 가문의 기사단은 순식간에 괴멸되었다.

좌라락!

대바밀의 수도를 지키는 최정예, 중부군 제2기사단은 상체와 하체가 분리된 채 변경 렉지오 시의 흙바닥을 뒹굴었다.

푸푹!

츠바르드비스가 휘두르는 검은 파동은 뒤를 받치던 타이탄의 몸체에도 깊은 자국을 새겼다. 건물의 벽이 파이고 나무 기둥이

잘려 나갔다.

“이건… 지옥이야.”

지켜보던 기사 하나가 몸을 부르르 떨며 중얼거렸다.

쿵!

쿵!

쿵!

쿵!

심연에서 태어난 원시신은 한 번의 칼질에 바닥을 나뒹구는 약해 빠진 먹잇감에는 관심이 없는지 한 걸음 한 걸음, 느릿느릿 앞으로 걸어갔다. 피리운이 손에 세 사람을 쥐고 조심스럽게 그 뒤를 따랐다.

두 개 기사단이 무너진 뒤에도 아직 중부군 제3기사단과 페레로 기사단이 남아 있었지만, 그 누구도 악마의 앞길을 막아서지 못했다.

이건 재앙이었다.

홍수, 산사태, 태풍 같은 자연재해를 인간이 어찌 막아선단 말인가.

시간이 멈춘 듯 그저 그 자리에 서서 침만 꼴딱꼴딱 삼키며 츠바르드비스가 북문을 향해 걸어가는 모습을 바라볼 뿐이었다.

그렇게 츠바르드비스가 모두의 시선을 받으며 천천히 걸어 북문에 거의 다다랐을 즈음, 그렁그렁한 목소리나 나직이 울려 퍼졌다.

[피리운, 달려라.]

제이의 명령에 피리운은 두말 않고 앞으로 내달렸다.

쿵쿵쿵쿵!

렉지오 시를 둘러싼 성벽은 포치요새처럼 타이탄을 막기 위한 것이 아니어서 수십 톤의 타이탄이 충돌하자 순식간에 부서졌다.

손에 든 사람들이 다치지 않도록 손을 뒤로하여 어깨로 성문을 부수고 한참을 달리던 피리운은 뒤따르는 츠바르드비스의 발소리가 들리지 않는 것이 이상하여 걸음을 멈추고 몸을 돌렸다.

그리고 보았다.

부서진 성벽 사이로 쓰러지는 거인의 모습을.

충격에 잠시 뇌가 회전을 멈춘 피리운은 이내 사태를 파악하고 사람들을 내려놓고 츠바르드비스를, 제이를 향해 달려갔다.

한편, 멀어지는 괴물을 멍하니 지켜보던 바밀군도 그 광경을 보았다.

희열에 몸이 떨렸다. 놈도 사람이었던 것이다.

"놈이 쓰러졌다!"

[잡아라!]

국왕의 명령이 무엇이었는지는 기억도 나지 않았다. 이제 아군의 복수를 해줄 차례였다.

기사로 태어나 칼로 충성하는 법을 익히며 살아왔다. 두려움을 잊은 삶을 살았다. 그런데 원초적 두려움을 느끼고야 말았다.

기사로 살아오며 두려움을 느꼈다는 자괴감에서 벗어나려면

놈을 죽여야 한다.

가루도 남지 않게 짓밟은 뒤 흔적도 없이 마셔 버리리라.

쿵쿵쿵쿵!

쿵쿵쿵쿵!

수십 기의 타이탄이 일제히 돌진했다.

땅이 울었다.

죽이기 않기 위해 애쓰며 홀에서 벌인 전투, 신체의 균형을 미묘하게 깨뜨린 술, 스톤만큼 익숙하지 않은 츠바르드비스.

그리고 너무도 많은 적 타이탄을 상대하며 피리운과 제4기사단의 간부들을 보호하느라 통제를 벗어난 힘을 써버렸다.

결정적으로 마나 고갈의 후유증에서 완전히 회복된 줄 알았는데 아니었던 것이다.

쓰러진 츠바르드비스를 사이에 두고 피리운의 타이탄과 바밀의 타이탄들이 양쪽에서 달려들었다.

양측은 거의 동시에 다다랐다.

피리운은 쓰러지는 츠바르드비스를 보고 놀라 달려오기는 했지만, 거대한 파도가 되어 덤벼드는 수십 기의 적을 상대할 방법이 없었다. 바닥에 쓰러져 있는 츠바르드비스를 뛰어넘어 맨 앞의 적을 찔렀으나 곧 거센 물결에 휩쓸리듯 튕겨 나가고 말았다.

생각이 행동을 지배할 틈이 없었다. 재빨리 일어난 피리운은 제이를 보호하려고 본능처럼 츠바르드비스 위로 몸을 날렸다.

츠바르드비스를 조각 내려 내려친 바밀의 복수 검이 뛰어든 피리운의 타이탄 등판을 꿰뚫었다.

쩌정!

불똥이 튀며 파편이 비산했다.

귀찮은 방해꾼도 함께 보내 버리겠다는 듯 다른 타이탄이 빛을 씌운 검을 몽둥이처럼 마구 휘둘렀다.

퍼퍼퍼퍽!

등갑이 뜯어지고 등이 움푹 파였다.

스줄멘 하나가 어깨를 밟더니 팔을 관절 반대 방향으로 꺾어 버렸다.

끼이이익!

견갑을 고정한 볼트가 떨어져 나갔고 부러진 팔이 너덜거렸다.

몸체가 부서져 나갈수록 피리운은 마나가 쑥쑥 빠져나가며 극도의 이물감을 겪었다. 차라리 정신을 놓아버리는 게 덜 고통스러울 것 같았다.

그러나 피리운은 동화가 급격히 흔들리는 것을 애써 견뎌내며 제이가 다치지 않도록 몸체로 버티고 또 버텼다.

걷어차이고, 베이고, 파이고, 꺾이고, 부서져 나가도 바닥을 벅벅 기어 조종석이 있는 츠바르드비스의 가슴 부위를 기를 쓰고 보호했다.

[충신 나셨군.]

바밀의 오너들이 츠바르드비스의 손끝 하나 건드리지 못한 채 두려움에 떨었던 울분을 피리운을 가지고 놀며 풀었다.

기절하고도 남을 만한 고통을 참아내며 주군을 보호하려 꿈

틀대는 기사의 처절한 몸짓이 바밀 오너들의 분노를 더욱더 부
채질했는지도 모른다.

[그만 끝내라!]

보다 못한 누군가가 그렁그렁 소리쳤다.

그 말에 콜린스 하나가 피리운이 탑승한 타이탄의 목을 쥐고
츠바르드비스에게서 억지로 떼어내 바닥에 던졌다. 그리고 빛
을 씌운 검을 조종석이 자리한 타이탄 가슴에 대고 온몸을 실어
내리눌렀다.

끼이이이익!

소름 끼치는 금속 마찰음이 밤을 찢었다.

＊　　　＊　　　＊

빛의 적자인 울목의 아이들은 어릴 때부터 타자와의 동화에
익숙했다.

자신이 직접 동화할 수 있는 능력이 없어도 옆집 누나, 건넌
마을 할아버지의 도움으로 새와 짐승, 풀과 나무 등 눈에 보이
는 존재에 자신의 감각을 투영해 보았다.

기나긴 세월 그러한 동화를 경험해 온 그들은 타자와 동화하
는 데 있어 이질감을 거의 느끼지 않았다.

그리하여 범들은 타이탄에 금세 익숙해졌다.

싸우고 죽이는 전장에 난생처음 발을 디딘 후 도덕적 고민과
정신적 괴로움에 시달려왔지만, 타이탄을 탄 일곱 명의 범들은
모두 건재했다.

산전수전 다 겪은 용병들도 떨어져 나갔던 그 험한 포치요새 공략전에서도 타이탄을 탄 지 1년밖에 되지 않은 범들은 전원 살아남았다.

표범처럼 날쌔고 유연한 움직임, 기회를 놓치지 않는 날카로움에 하그리브스나 카모르찬처럼 경력이 오랜 오너들도 그들의 움직임에 혀를 내둘렀다. 공교롭게 제이에 가려 이름이 널리 알려지지 않았을 뿐이었다.

그러하기에 하그리브스가 이들이 렉지오 시로 들어가는 것을 허락한 것이다.

범들이 탄 보투스는 수십 톤에 달하는 중량이 무색할 정도로 경쾌하게 렉지오 시로 달려갔다. 깜깜한 어둠도 그들의 질주를 방해하지 못했다.

한참을 산길을 내달려 시의 북쪽에 도착한 그들의 눈에 타이탄 한 기가 손에 들고 있던 사람들을 내려놓고 뚫린 성벽으로 급히 되돌아가는 것이 보였다.

그루와 빈이 파악한 바밀의 타이탄은 백 기가 훨씬 넘었다. 자신의 타이탄을 아직 소환하지 않은 오너가 있다면 얼마나 될지 모르는 상황이었다.

그럼에도 범들은 주저하지 않았다.

굳이 더 살피지 않아도 다급한 분위기가 느껴졌다. 성안에서 울리는 타이탄의 진동이 여기까지 전해졌다.

[서두르자.]

깨진 북문으로 달려가는 중 피리운의 손에서 벗어난 제4기사

단의 지휘관들이 갑자기 북쪽에서 출현한 타이탄에 놀라 얼른 옆으로 피하는 모습을 보았지만, 멈춰 서서 사정을 물어볼 여유는 없었다.

나란히 서서 북문 쪽으로 돌진하는 일곱 기의 보투스에 의해 북쪽 성벽이 와르르 무너졌다.

[뭔가?]

[적?]

쓰러진 츠바르드비스 근처에 모여 있던 백여 기의 타이탄이 북쪽에서 난 굉음에 일제히 고개를 돌려 쳐다보았다.

그러다 고작 일곱 기뿐인 것을 알고 어이없어했다.

[북부 것들은 다 자기가 바람을 느끼는 오너라도 되는 줄 아나?]

타이탄에 타지 않았다면 비웃음이 섞여 있을 말이 그르렁거리며 울렸다.

그러나 적은 적, 숙련된 오너들답게 재빨리 자세를 낮추고 전투에 대비했다.

범들이 탄 보투스가 달리는 속도를 늦추지 않고 몸통박치기 자세를 취하더니 마주 달려오는 바밀의 타이탄과 충돌했다.

콰콰콰!

어마어마한 충격파가 렉지오 시를 뒤흔들었다

충분한 가속을 확보하여 더 빠른 속도로 달린 보투스가 바밀의 타이탄들을 뒤로 떠넘겨 버리고, 거대한 타이탄 검에 새하얀 빛을 씌우더니 곧바로 난전에 돌입했다.

스줄멘 하나를 떠넘긴 산은 형체를 알아보지 못할 정도로 짓뭉개진 타이탄 가슴에 검을 반쯤 박아 넣다가 새로운 적의 출현에 고개를 돌리고 있던 콜린스를 노리고 뛰어올랐다.

표흘하고 우아한 도약으로 근방의 시선을 모두 사로잡은 산은 새하얀 빛의 검을 휘둘렀다.

산이 휘두른 검은 뱀처럼, 채찍처럼 휘는 듯 보였다.

스컥!

흰 채찍이 지나가고 콜린스의 가슴이 갈라졌다.

순식간에 콜린스를 처치하고 착지한 산을 노리고 바밀의 타이탄들이 온몸으로 충돌해 왔다.

쾅!

쩌정!

모든 타격을 피할 수 없었던 산은 충격을 최소로 받도록 공격을 흘리고 옆으로 넘어졌다. 그리고 얼른 일어나 앉은 자세 그대로 자신을 공격한 타이탄의 다리를 베어버렸다.

좌릿!

쿵!

쓰러진 타이탄을 무시하고 산은 앞으로 달렸다.

다른 범들도 유연한 움직임으로 바밀 타이탄의 숲을 헤집었다.

그러나 제아무리 범들이라 해도 감당할 수 있는 수준이라는 게 있는 것이다.

칠 대 백.

이런 대결이 일상적으로 통한다면 상식이라는 게 무의미할 것이다.

범들이 유연함과 날카로움으로 대처해 나갔다면, 오랫동안

타이탄을 조종해 온 바밀 오너들에게는 조직력과 굳센 힘이 있
었다.

[라치오, 배후를 막아라!]

[티사레, 발을 붙들어!]

한 번씩 몸체를 타격하는 바밀 타이탄의 강력한 검은 충격흡
수치를 넘어서는 충격으로 범들을 뒤흔들었다.

타이탄의 출력에서도 보투스는, 스줄멘은 물론이고 콜린스보
다도 아래였다.

범들이 무한 에너지를 뿜어낼 수 있는 것도 아니니 이대로는
전멸하는 게 시간문제였다.

애초에 바밀 타이탄을 모두 무찌를 생각이 없었던 범들은 난
전을 유도하며 쓰러져 있는 제이와 피리운의 곁으로 다가갔다.

크게 검을 휘둘러 다가오는 바밀의 타이탄을 뒤로 물린 뒤 산
은 얼른 츠바르드비스를 들어 어깨에 걸쳤다.

그러자 마로와 사란이 재빨리 다가와 산을 엄호했다.

한쪽에서는 한이 만신창이가 된 피리운의 타이탄을 둘러멨
다.

[가자!]

범들은 일제히 북쪽으로 뛰었다.

앞을 가로막는 바밀의 타이탄을 개울과 혜가 몸을 던져 막으
면 그 틈에 한이 달리고, 엄호하는 범들이 없을 때는 지그재그
피하면서 북쪽으로 미친 듯이 달렸다.

사란이 적에게 둘러싸이자 반전하여 사란을 구출하고 다시
뛰었다.

유연한 몸놀림으로 타격을 최소화했다지만, 범들이 탄 보투스는 장갑이 이미 너덜너덜해졌다.

일곱 기의 타이탄이 달려가고, 그 뒤를 백여 기의 타이탄이 뒤쫓았다.

[이게 대체 무슨 꼴이냐! 무슨 일이 있더라도 저놈들을 붙잡아라!]

분을 이기지 못한 페레로 기사단의 리더가 그르렁거리며 크바시르로 진입한 보투스들의 뒤를 쫓았다.

크바시르 협곡은 마차로 검은 산맥을 넘을 수 있는 유일한 통로로 수백 년간 사람이 통행해 온 길이라 제법 넓고 단단했다.

그러나 타이탄 대군이 한꺼번에 들어올 수 있을 정도는 아니었다. 보통 다섯 기 정도가 옆으로 늘어서면 꽉 차고 어떤 곳은 한 기가 겨우 통과할까 말까 할 정도로 좁았다.

범들은 교대로 바밀의 타이탄을 막아가며 제이와 피리운이 들어 있는 타이탄을 앞쪽으로 보냈다.

하지만 월등히 수가 많은 바밀의 타이탄을 언제까지 감당할 수는 없었다. 이미 타이탄을 움직일 힘이 바닥난 터라 서 있는 것이 신기할 정도였다.

그때 티마이라가 타이탄을 타고 범들에게 달려왔다.

[내 발걸음을 그대로 따라오게.]

범들은 티마이라의 말을 듣고 그를 따라 달렸다.

크바시르는 협곡이라는 명칭이 붙었지만, 크게 봐서 협곡이라는 것이지, 그 길 중간에는 산비탈에 난 협도도 있고 얕은 물

길도 있었다. 자칫하면 벼랑에서 떨어질 수도 있었다.

그런 길을 타이탄을 타고 빠른 속도로 달려갔다.

맨 앞에서 공방하던 바밀의 타이탄도 티마이라의 말을 들었기에 무슨 허방이 있지나 않을까 싶었으나 그렇다고 뒤쫓지 않을 수도 없었다.

주춤주춤 뒤를 쫓던 바밀의 오너들은 별 이상이 없자 전력을 다해 뒤쫓았다. 주춤거리는 사이 적의 모습을 놓쳤던 것이다.

그렇게 뒤를 쫓다가 갑자기 땅이 푹 꺼졌다.

[함정이다!]

함정은 포치요새 전면에 펼쳐진 타이탄 함정처럼 깊거나 타이탄을 철저히 상하게 하는 장치는 없었다. 그렇지만 시간을 지체시키기는 했다. 무게가 수십 톤에 달하는 타이탄이 혼자서 기어오르기란 난망하기 때문이다.

이를 간 바밀의 지휘부는 추격의 속도를 늦출 수밖에 없었다.

페이런 제4기사단은 전 병력이 1,500여 명에 달했다. 하그리브스는 이 병력을 이용해 이동 중 곳곳에 함정을 팠다. 그리고 범들이 간간이 나타나 뒤를 쫓는 바밀 타이탄을 급습했다.

그런 식으로 제4기사단은 먼 옛날 검은 산맥에 살던 용의 이름에서 땄다는 크바시르 협곡을 지나 페이런에 도착했고, 이후로도 한참을 추격하던 바밀의 기사들은 많은 피해를 입은 채 발걸음을 돌려야 했다. 바밀의 기사단이 타이탄을 타고 페이런의 땅에 발을 들여놓는 것은 완전히 다른 문제이기 때문이었다.

CHAPTER 3

[피리운]

용병이 꿈꾸는 세상

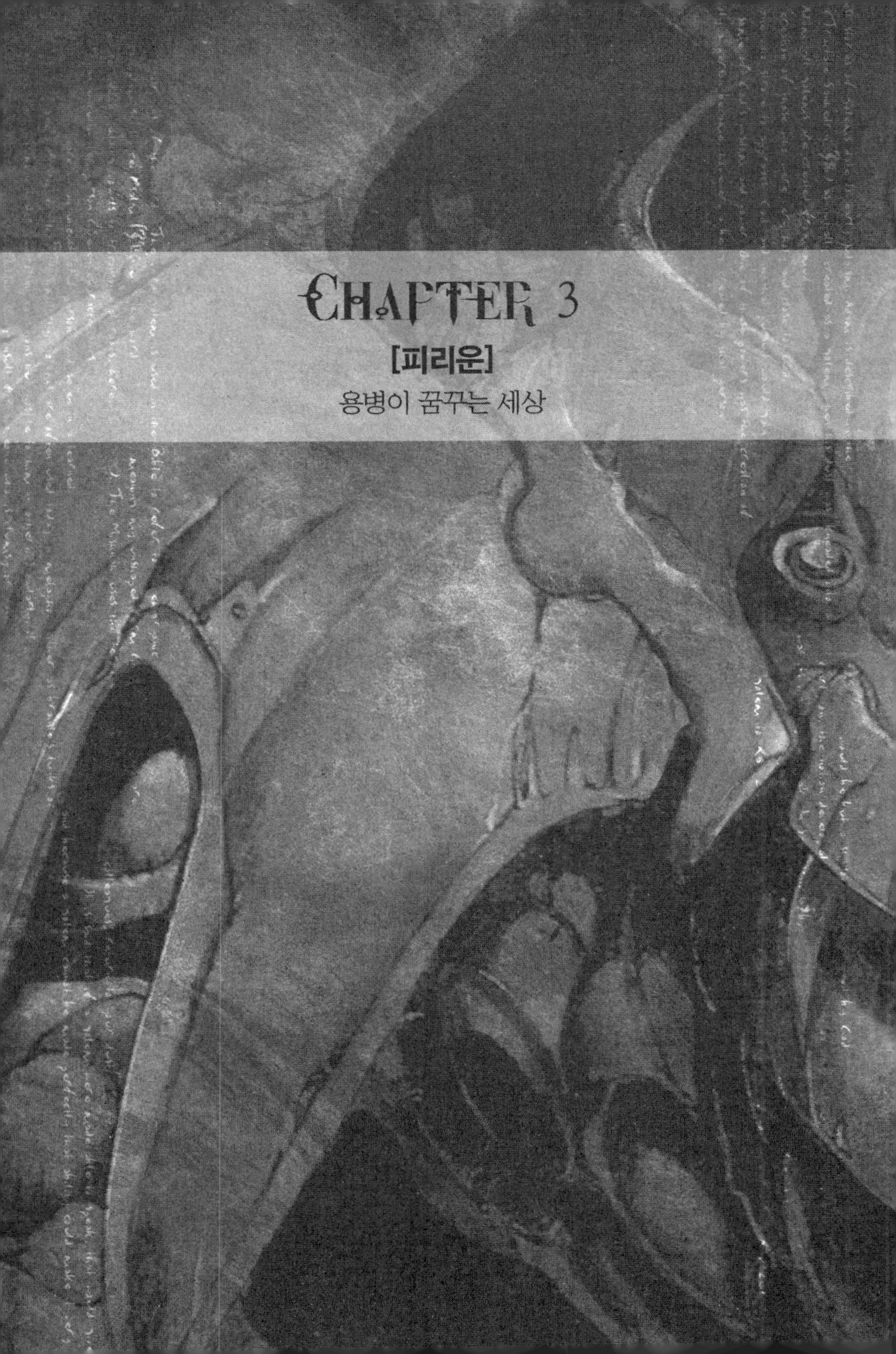

루미나스 정보 조직의 하란 책임자인 주방장은 본국으로부터 긴급 호출을 받고 귀국했다.

"얼마 전에 우리 상선 한 척이 만신창이가 되어 돌아왔다. 검은 바다에서 충돌이 있었는데 겨우 도망쳐 왔다는군. 함께한 다른 배들은 어찌 되었는지도 모르고 말이야. 뭐, 보지 않아도 뻔하지."

주방장은 정보 조직 마스트의 수장이 왜 자신을 불러 이런 이야기를 하는지 알 수 없었다. 그것도 긴급이라는 이름을 붙여서 말이다.

검은 바다라면 중앙해 권역이 아닌 북부 권역이라는 말인데 그쪽을 담당하는 사람은 따로 있었던 것이다.

그래도 일단 묵묵히 들어보았다.

"그래서 조사를 해봤지. 자네는 잘 모르겠지만, 최근 북부 항로는 미약하나마 수익이 줄어들던 곳이었어. 우리 루미나스의 배가 아닌 다른 무역선의 수가 늘어난다는 뜻이야. 그런 와중에 이 일이 벌어졌다는 건 꽤 심각한 사태일 수도 있어. 그런데 조사 결과 의외의 이름이 나오더란 말이지."

"……?"

"제이 코플래닛. 자네도 잘 아는 이름이지? 요즘 한참 명성이 자자하더구만. 예전 자네가 쓴 보고서에 등장하는 그 사람 맞지?"

"……!"

"페이런 왕국으로 가라. 그동안 하란에서 보여준 자네의 능력을 다시 한 번 보여주길 바란다, 하스토르발."

하란에서 루미나스 호텔 주방장의 신분으로 지내온 하스토르발은 그날로 페이런행 상선에 몸을 실었다.

＊　　　＊　　　＊

바밀군이 나구사에서 완전히 철수하기 전 폴카도는 길을 나섰다.

그는 전쟁이 삶을 얼마나 피폐하게 만드는지, 특히 전쟁에 패한 사람들이 어떤 고초를 겪는지 수십 년간 용병으로 살아오며 누구보다 잘 알았다. 사막 부족 사람들이 노예로 개처럼 끌려가는 것도 바로 눈앞에서 지켜본 적도 있었다.

바밀, 마이네, 루미나스가 연합하면 소슬은 패할 게 분명했

고, 소슬에 사는 가족들이 걱정되었던 것이다.

자신을 버린 것이나 다름없는 가족이라도 가족은 가족. 어쩌면 나이가 들어서인지도 모른다고 생각했다.

마이네의 군인들이 길목마다 검문을 하고 곳곳에 도적들이 들끓었지만, 폴카도 일행은 평범한 사람들이 아니었다. 마이네 군을 피해 산을 넘고 도적을 가볍게 제압하며 고향으로 들어갔다.

바로 가족들을 찾아갈 수는 없어 여러 날 지켜보며 알아보았다.

평범하게 살다가 전쟁이 터지기 전에 죽은 형도 있었고, 아직 살아 있지만 전란 중에 먹을 것도 제대로 구하지 못해 쭈그렁 할아버지가 되어버린 형제들도 있었다.

옛 아내, 디틀레닌의 엄마 되는 여인은 일찍이 다른 사람과 재혼하여 슬하에 두 자녀를 두었다 했다. 소슬의 기사로 참전한 남편은 죽었다고 했던가. 그 여인도 힘들기는 마찬가지였다.

"돈을 좀 빌려주시겠습니까?"

폴카도는 카모르찬 등에게 손을 내밀었다. 그 자신도 가진 돈이 적지 않았지만, 조금이라도 더 마련해 주고 싶었던 것이다.

전란의 시기에 화폐의 가치는 바닥으로 떨어지고 현물은 천정부지로 가격이 올라간다. 그래도 두카 금화는 여전히 효력을 발휘했다. 조금 가치가 떨어지겠지만 말이다.

폴카도와 함께하며 그의 사정을 잘 알았기에 카모르찬과 그의 예비 오너 출신 오너들은 기꺼이 주머니를 털었다.

폴카도는 밤이 이슥할 즈음에 형제들과 옛 부인의 집에 몰래 들어가 돈주머니를 놓고 나왔다.

"여기까지 왔는데 만나보지 않소?"

"그들을 데려갈 수 있는 것도 아닌데 만나서 무얼 하겠습니까? 얼굴을 봤으니 됐습니다."

카모르찬의 물음에 대한 폴카도와 말은 긴 한숨 같은 것이었다.

"젠장!"

어슴푸레 밝아오는 동녘을 바라보며 카모르찬은 퉁명스럽게 내뱉었다.

인생이란 게 참으로 지랄맞다는 생각을 했다.

폴카도는 가족들에게 주고 간 돈이 독이 될 수 있다는 것도 알았지만, 그것까지 어찌할 능력은 없었다. 그저 무탈하기를 바랄 뿐이었다.

그렇게 며칠 몰래 얼굴을 본 것으로 자신을 다독인 폴카도는 일행과 함께 다시 먼 길을 떠났다.

미르 강 이남의 구 소슬 영토는 마이네군이 길목을 완전히 장악한 채 새로운 질서를 사람들에게 주입하기 위해 강권 통치를 하고 있었다. 이러한 때 길을 떠난다는 것은 보통 사람들은 엄두도 내지 못할 것이다. 잡히면 어떻게 되는지 보지 않아도 뻔한 일이었다.

그러나 평생 험한 일을 하고 살아온 폴카도와 오너들은 산을 타고 강을 건너 코발트 해 연안에 무사히 도착했고, 밀수선을 수배하여 바밀로 들어갔다.

제이가 부탁한 일을 하기 위해서였다.

　지난날 하란에 있는 타이탄 격투장의 초청으로 그곳으로 건너가 제이를 만나기 전까지 카모르찬은 바밀에서 주로 활동하는 용병이었다. 그것도 꽤 이름있는 용병 오너였다.

　하란 용병단에 몸담은 뒤에도 몇몇 의뢰는 바밀의 용병들과 함께 수행한 경험이 있어서 바밀의 용병들에게 카모르찬은 아주 익숙한 사람이었다.

　그중에는 눈살을 찌푸리는 사람도 있었지만…….

　"뭐 먹을 게 있다고 예까지 찾아왔나?"

　타이탄 용병들이 자주 모이는 주점에서 얼굴이 긴 흉터가 난 용병 하나가 카모르찬을 발견하고 퉁명스럽게 내뱉었다.

　"어이, 케니. 반가우면 반갑다고 해, 괜히 팅기지 말고."

　"누가 너를 반긴단 말이냐!"

　케니가 주먹을 말아 쥐고 버럭 소리를 질렀다.

　"젠장, 그래 안 반가워해라. 됐지?"

　"제길."

　과거 두 사람은 한 영지전에서 서로 상대 진영에 참전한 적이 있었다. 케니의 얼굴에 남은 긴 흉터는 그때 카모르찬의 공격에 의한 것이었다.

　그래도 말로만 죽일 놈! 하는 것이지 복수하겠다는 생각도 의지도 품어본 적이 없었다. 용병으로 사는 자라면 누구라도 맞닥뜨릴 만한 일에 그저 재수없이 당한 것이다.

　"그래, 무슨 일로 왔어? 이 먼 곳까지 괜히 오지는 않았을 테고."

케니가 카모르찬 쪽으로 거칠게 술잔을 밀며 말했다.

"일감을 주러 왔다."

주점의 구석진 방으로 바밀의 용병 오너들이 모였다. 탁 트인 곳에서 말하기는 부담스러운 내용이라 카모르찬이 안으로 불러들인 것이다.

"일감이라니?"

"말하자면 좀 긴데 말이지……."

"돈 주는 이야긴데 좀 길면 어때. 말해보라고."

"이건 보통 의뢰가 아니라 용병으로서의 삶과 장래에 대한 이야기랄까. 젠장, 내가 뭔 소리를 하는 거냐. 어쨌든 일반적인 의뢰는 아니야."

카모르찬은 장난기 어린 표정을 지우고 용건을 꺼냈다.

"대륙이 거한 전쟁을 치렀다. 소슬은 망했고, 바밀과 마이네의 영토는 어마어마하게 넓어졌지. 넓어진 만큼 주둔할 군대가 더 필요하겠지? 그런데 군대가 빵 만들 듯 바로바로 구워낼 수 있는 게 아니잖은가. 앞으로 몇 년간은 군대의 밀도가 낮아진단 말이야."

"그래서?"

"그런 와중에 용병들이 타이탄을 타고 돌아다닌다고 생각해봐. 귀족들이 불안해하겠냐 안 하겠냐? 당연히 전과는 다르겠지. 감시하는 눈이 더 많아질 테고 살아가는 데 적잖이 제약을 받을 거야."

몇몇은 고개를 끄덕였고, 몇몇은 갸웃했다.

“어쨌든 귀족들의 군사력이 크게 빈다면 의뢰는 더 많아질 테니 우리야 더 좋은 거 아니오?”

젊어 보이는 오너가 카모르찬의 말을 가로막았다.

“젠장, 너 같은 핏덩이가 뭘 알겠냐? 의뢰가 더 늘어날 수는 있지. 그런데 그 수요가 누가 되는가가 문제란 말이야. 영지에서도 용병이 필요하고 국가에서도 용병이 필요하다면 결국 우리를 고용하는 게 국가가 된다. 맞지?”

“그렇소.”

그 오너는 불퉁한 표정을 지었지만 수긍했다.

“그렇지 않아도 병력이 부족한 판에 후방에 타이탄을 가진 용병들을 활보하는 걸 불안한 눈으로 지켜보느니 국가가 고용해서 전방으로 끌어가 감시하는 게 훨씬 낫단 말이다. 바밀과 마이네는 결국 싸우게 될 테니 더 말할 것도 없지. 한 손이 아쉬운데 용병이고 뭣이고 간에 끌어가지 않겠어?”

“…….”

“작은 나라의 전쟁도 아니고, 바밀과 마이네 같은 큰 나라 간의 전쟁에 고용되면 결과는 뻔하지.”

“끄응.”

말하지 않아도 안다.

화살받이.

물론 모두 다 죽는 일은 없겠지만, 영지전이나 믄스터 토벌에 비하면 살아남을 사람은 극히 드물 것이다. 국가는 목적을 위해 수단을 가리지 않으니까.

국가로서는 여타 귀족의 사병과는 달리 용병은 막 써도 눈치가 보이지 않는 편리한 수단인 것이다.

"영지에 병력이 비니까 몬스터 소탕 같은 영주들의 의뢰는 분명 늘어날 거야. 어쩌면 예전과는 비교할 수도 없을 정도로 많은 돈을 벌지도 몰라. 내가 말한 게 나이를 먹어가는 늙다리 용병의 노파심일 수도 있고……. 그런데 말이야, 그 돈 벌어서 뭐 할 텐가? 무덤까지 지고 갈 거야?"

"그건 또 뭔 소리야?"

케니가 볼에 난 흉터를 씰룩하며 말했다.

"자네나 나나 이제 나이가 있지 않나. 젊은 객기 뽐내며 다닐 나이는 아니라는 거야. 객지에서 언제 칼 맞아 죽을지 모르는 생활은 이제 접어야 하지 않겠어?"

"후우, 용병이 다 그렇지 뭐. 자네 입에서 그런 말이 나오다니, 세월이 많이 지나긴 지났다 보이."

케니의 눈에 가는 주름이 졌다.

"그런지도 모르지. 이봐, 핏덩이. 자네 이름이 뭔가?"

"이익! 핏덩이라니……. 론이오."

"그래, 론. 자네는 자식이 있나?"

"계집애가 둘 있소."

"나도 아들이 하나 있다네."

"그건 좀 놀랍군."

케니의 눈이 커졌다가 작아졌다.

"나도 놀랍다고! 어쨌든! 객사는 하지 말아야겠다는 생각이 들더란 말이지, 자식 놈 때문에라도 말이야. 뭐랄까, 좀 닭살 돋는 말이기는 한데… 죽더라도 떳떳한 아비가 되고 싶다는 거야.

기사나 용병이나 사람 죽이고 객지에서 뒈지는 건 마찬가진데 기사 자식들은 지 아비를 자랑스러워하잖아. 좀 더 의미있… 에 잇, 젠장! 모르겠다! 배운 게 이것밖에 없고 태어나길 이렇게 태어나서 사람 죽이는 것밖에 못하지만, 그것도 남부끄럽지 않게, 자식이 지 아비를 자랑스러워하게, 그렇게 살고 싶단 말이다!"

카모르찬은 민망함을 감추기 위해 고개를 돌리고 술을 벌컥벌컥 들이부었다.

"……."

한동안 침묵이 흘렀다.

"그래서 자네가 하고 싶은 말이 뭐야?"

케니가 침묵을 깨고 물었다.

"페이런으로 와라."

"페이런?"

"그래, 북부 페이런. 거기서도 타이탄 타고 남 죽이는 일을 할 테지만, 조금은 다를 거다. 최소한 자식은 사람답게 키울 수 있을 거야. 원하는 놈은 작위도 주고 영지도 주고 한다니까 그런 데 관심있는 놈도 올 테면 오고."

"페이런이라……. 코플래닛 남작인가 하는 자가 그곳 출신이라지 아마?"

"하하, 벌써 소문이 여기까지 전해졌나? 그 녀석이 바로 제이라네. 케니 자네도 봤잖은가, 예전에 말이야."

"제이?"

"예전 시나페의 영지전 때 말이야."

기억을 더듬던 케니의 눈이 화등잔만 해졌다.

"그 젊은 친구가 소문의 그란 말인가?"

"하하, 대단하지?"

"혼자서 바밀 기사단 둘을 작살낸 북부 기사가 그 친구라니!"

"응? 그건 또 뭔 소리야?"

카모르찬이 말한 소문은 포치요새와 나구사의 일인데 반해 케니는 렉지오 사건을 말한 것이었다.

케니의 이야기를 들은 카모르찬이 화통하게 웃어젖혔다.

"바밀이 아주 식겁했겠구만!"

"웃을 일이 아니야. 자네 말을 듣고 조금 감동이라는 걸 받았었는데 없던 일로 해야겠군. 바밀을 적으로 삼고 어찌 무사하길 바란단 말이야. 자네 말대로라면 우릴 페이런으로 데려가 바밀과 싸우게 한다는 얘기 아닌가? 차라리 바밀군에 고용돼 마이네와 싸우는 게 현명하겠다. 그렇게 안 봤는데 너! 그러면 안 돼."

그 말에 카모르찬이 정색했다.

"젠장, 나 카모르찬이야. 자유로운 바람, 카모르찬! 내가 페이런이란 나라의 앞잡이가 돼서 옛 동료들을 죽을 자리로 꼬드긴다는 거야 뭐야!"

"흥, 엎어치나 메치나."

쾅!

카모르찬이 주먹으로 탁자를 내려쳤다.

"제가 말씀드리지요."

폴카도가 카모르찬을 말리며 대화에 끼어들었다. 사람들의

시선이 그에게 쏠렸다.

"쉽게 말하면, 아주 간단합니다. 어렵게 말하면 복잡하지요."

"쉽게 말해보쇼."

"의뢰를 하겠다는 겁니다. 그 의뢰 조건과 대가가 조금 다를 뿐입니다. 일단, 의뢰인은 페이런 왕국이 아닌 제이 코플래닛 남작입니다."

"그게 무슨 차이가 있소? 국왕이 제이… 아니, 코플래닛 남작에게 나가 싸우라고 하면 싸워야 할 처지가 아니오?"

"그렇긴 합니다만, 크게 다른 점이 있지요. 코플래닛 남작은 결코 용병을 화살받이로 쓰지 않는다는 점입니다. 자신의 전력을 아끼기 위해 용병을 앞세우는 일은 없습니다. 영지군이라는 게 따로 없으니까요. 여기 있는 카모르찬님이나 다른 용병 동료들이 함께하고 있을 따름입니다. 자신은 뒤에 숨고 용병을 앞세우는 일은 없을 겁니다."

"흠……."

"저도 오랜 세월 용병으로 살아왔지만, 이 점 하나만으로도 이 의뢰를 받아들일 이유가 충분하다고 봅니다. 당연히 전력이 필요하니 용병을 고용하려 합니다. 전쟁 중에 죽을 수도 있습니다. 그러나 결코 용병의 목숨을 다른 이들, 아니, 본인의 목숨과도 차별하지 않을 것입니다."

목숨을 차별하지 않는다는 폴카도의 차분한 말이 용병들의 한 많은 가슴에 비수가 되어 파고들었다.

"만약 용병으로 고용하여 함부로 굴리고자 했다면 투발루님이나 여기 계신 카모르찬님 같은 분들이 함께하실 턱이 있습니까?"

"하란 용병단의 그 투발루 말이오?"

"그분 맞습니다. 그분이 하란에서 이와 비슷한 자리를 가졌을 것입니다."

용병의 도시 하란에서도 경력과 실력을 두루 갖춘 투발루는 유명했고, 이 바닥에서 모르는 사람이 거의 없었다. 투발루를 언급한 것은 그 어떤 말보다 설득력이 있었다.

"음……."

"그리고 의뢰나 고용이라는 용어를 썼지만, 용병으로 지내는 것이 아닙니다. 원하는 분에 한한다는 조건이 붙기는 해도… 아마 코플래닛 영지군이 되거나 페이런의 정식 기사단으로 들어갈 것입니다. 나중에 영주 자리를 준다는 카모르찬님의 말씀이 틀린 것이 아닙니다. 코플래닛 남작께서 페이런 국왕과 약속이 되어 있다 들었습니다. 물론 원하는 사람에 한한 것이지요."

그러나 정식 기사단의 일원이 된다는 말은 자유롭게 살던 대다수의 용병들에게 큰 매력으로 다가오지는 않았다.

"무엇보다 중요한 것은, 코플래닛 남작은… 우리의 자식들은 우리와 달리 좀 더 사람답게 사는, 그런 세상을 만들기 위해 싸운다는 점입니다. 그 싸움은, 설사 페이런 국왕의 명령을 받고 싸워도, 혹여 강대국 바밀과 싸워도, 전쟁터에서 사람을 죽이고 내가 그곳에서 죽어나갈지라도, 나 자신이 자식들에게 부끄럽지 않고 자식들이 나를 자랑스러워할 싸움이 될 것입니다."

돈에 팔려 사람 죽이는 용병.

그 말을 듣고 겉으로는 태연한 척, 아무렇지도 않은 척해도 결국 그 말의 족쇄가 평생을 따라다녔다.

일해주고 대가를 받은 것뿐이라는 말로 항변해 보아도, 사람 죽이는 일도 일이냐는 물음에는 선뜻 답할 수가 없었다.

사람들은 두려워할 뿐 존중하지 않는다.

술김에 나는 부끄러울 것 없다고 큰소리치는 게 이미 부끄럽다는 뜻이었다.

자유롭다고 자랑하는 건 자식이 없을 때까지였다.

사람이 살아가는 데 있어 대단히 중요하고 소중한 그 무언가를, 놓치고, 외면하고, 애써 피하고, 어쩔 수 없었다며 포기한 채 살아온 것인지 모른다.

잔잔한 폴카도의 웅변이 용병들의 멍든 가슴을 건드렸다.

용병들의 얼굴이 불콰해졌다. 결코 술 때문만은 아니었다.

"젠장, 내가 하려 했던 말도 그것이란 말이야."

"그게 어떻게 그 말이냐?"

케니가 카모르찬의 투정에 퉁을 놓았다. 그리고 폴카도의 눈을 똑바로 바라보았다.

"좀 더 많은 대화가 필요할 것 같소."

"그러시지요. 술은 넉넉하고 밤은 기니까요."

폴카도의 눈가에 자잘한 주름이 걸렸다.

*　　　*　　　*

세 번째 겪는 마나 고갈이었다.

급격히 기운이 흐트러지는 것을 느끼고 피리운을 떠나보냈다.

굳이 죽음의 강을 같이 건널 필요는 없었다. 괜히 라테나와 그의 자식에게 욕을 먹고 싶지는 않았다.

그런 생각을 하니 절로 미소가 지어지는 것만 같았다.

혼자 떠나도 어차피 그곳에 가면 그리운 사람을 만나볼 수 있으리라.

프로스트라트.

자신을 버리고 나를 살려준… 또 하나의 아버지.

잘살다 왔느냐?

벌여놓은 일만 많고 뭐 하나 제대로 해놓은 게 없었다.

은, 아모란, 아스트론, 아버지, 동료들… 그들이 슬퍼하지 않았으면 좋을 텐데…….

아니, 조금쯤은 슬퍼해 주었으면 좋겠다.

기억해 주지 않는다면 가슴이 채워지지 않을 테니까.

이미 떠났으면서도 남은 자들에게 기억되기를 바라다니, 우습다.

그곳에는 프로스트라트 혼자 있는 게 아니었다.

아는 얼굴, 모르는 얼굴.

유랑극단의 단장, 이름이 뭐였지?

목 없는 자가 목을 들고 걸어온다.

온몸이 찌그러지고 갈라진 자들이 다가온다.

내가 그 타이탄을 조종하던 오너라면서.

당연히 알 수 없다. 타이탄을 베었지 그 안에 든 사람까지 어찌 다 알랴.

전장에 섰으면 책임은 자기 자신이 지는 것이다. 그 정도는 용병단에서 심부름하는 소년도 알 만한 진리가 아닌가.

그들이 달라붙는다.

겁나지 않았다.

나도 내 목숨을 걸고 싸웠다. 너희들의 손에 내가 죽어야 옳단 말인가.

나의 잘못만은 아니잖은가.

그런데 사실… 겁이 난다.

그들의 압박에 숨을 쉴 수가 없다. 숨이 점점 가빠온다.

죽을 것 같다.

이미 죽었는데 죽을 것 같다니?

프로스트라트가 그들을 말리고 말했다.

가라.

더 살다 오너라.

나와 이들에게 해줄 말을 만들어 찾아오너라, 아들아.

좀 더 행복하게 살다 오너라, 아들아.

크바시르 협곡을 중간쯤 지났을 무렵 제이는 정신을 차렸다.

이번 마나 고갈은 최악이었다. 마치 타이탄이 자신의 몸을 움켜쥐고 빨래 짜듯 뒤트는 것같이 아팠다. 이대로 몸이 터져도 전혀 이상하지 않을 것 같았다.

그럼에도 제이는 신음을 흘리지 않기 위해 이를 꽉 깨물었다.

"피리운은?"

입을 벌리자 미약한 목소리가 신음처럼 흘러나왔다.

깨어난 제이를 보고 반색하던 사람들은 그의 질문에 서로 눈치를 보며 고개를 돌렸다. 어쩔 수 없이 나이가 많은 하그리브스가 나섰다.

"위중합니다. 아마… 견디지 못할 것입니다."

그 말에 제이는 눈을 감았다.

츠바르드비스가 쓰러졌을 때에도 동화가 바로 풀린 것은 아니었다. 마지막 한 줌의 힘까지 뽑아내어 쓰는 한계 수련을 해 왔기 때문인지 몰라도 제이는 그 순간에도 포기하지 않았다.

그 덕에 흔들리는 동화를 겨우 붙들 수 있었고, 가라고 했음에도 피리운이 바보같이 되돌아오는 것도 보았다.

멍청한 짓 하지 말고 가라고 외쳤지만, 말이 되어 나오지 않았다.

한 가닥 동화의 끈을 이은 채로 모두 느꼈다, 자신을 보호하려는 피리운의 천치 같은 몸짓과 만신창이가 되어 가는 그의 모습을.

발끝에서 치밀어 오른 무언가가 머리를 뚫고 터져 나가고 결국 정신을 잃은 것이다.

"피리운은… 어디 있습니까?"

눈에 담아야 했다. 물어야 했다.

누군가의 희생으로 또다시 살아남았다는 무거운 짐에서 벗어나고 싶었다.

사람들이 말렸음에도 제이는 피리운이 누워 있는 마차로 옮겨 그의 옆에 나란히 누웠다.

타이탄의 거대한 검이 조종실을 뚫고 들어가 피리운의 복부를 관통했다. 제4기사단의 치료사와 빈과 그루가 달려들어 어떻게든 살려보려 애를 썼지만, 소용없었다. 지금은 어두운 얼굴로 고통을 덜어주는 처치만 하고 있을 뿐이었다.

제이 역시 몸을 움직일 수가 없었다. 근육이 녹아내린 듯하여 고개를 가누는 것도 고통스러웠다. 마차가 덜컹거리기라도 하면 날카로운 칼이 살을 한점한점 저미는 것 같았다.

마차는, 정신을 잃은 채 시체같이 창백한 얼굴을 하고 누워 있는 피리운과 정신은 있지만 움직이지 못하고 극통에 시달리는 제이를 싣고 검은 산맥의 험한 산길을 천천히 글러갔다.

간간이 그루와 빈이 들어와 피리운을 잠재우고 제이를 안마해 주었다.

죽음을 앞둔 피리운을 옆에서 보고 듣고 느끼며 제이는 무거운 가슴으로 오만 상념에 빠져들었다.

프로스트라트가 죽었을 때와는 많이 달랐다.

그때는 어렸고, 남을 죽여야 내가 사는 극한으로 내몰린 자신의 삶이 고작 사람들의 여흥거리에 불과하다는 사실에 좌절하던 시기였고, 그런 때 만난 프로스트라트와 서로 의지하며 위로가 되어주며 아비와 자식 같은 정을 나누었다.

그는, 더 추락할 곳도 없는 나락에 피어난 한 송이 꽃, 그다지 화려하지도 않고 향기가 진하지도 않지만 소슬한 가을 들녘을 위로해 주는 상냥한 코스모스였다.

그가 있어 살아낼 수 있었다.

그러했기에 그의 죽음은 감당할 수 없는 충격이 되어 세상과 통하는 문을 모두 닫게 했던 것이다.

피리운과는 그 정도 사이는 아니었다.

피리운은 고향 마을을 구해달라고 하찮은 용병들에게 사정하던 딱한 기사였다. 삶은 다른 사람들에게 구하는 것이 아니라는 비정한 세상의 법칙을 모르는 그에게 화가 났다. 남을 불편하게 만드는 막무가내 떼쓰기가 짜증스러웠다.

그래서 살려주었다, 그렇게 자존심이며 명예며 모든 것을 버리고 매달릴 정도로 절박하다면 네 목숨을 대가로 지불하라고.

구해주었더니 역시나 다를까 목숨을 주지는 못하겠다 하였다.

그래서 억지로 그의 목숨을 움켜쥐었다. 고향도 빼앗고 기사라는 자리도 빼앗아 버리고 세상에서 가장 밑바닥 직업인 용병으로 재갈을 물려 끌고 다녔다.

그런 피리운이 어느 순간부터인가 한 사람의 몫을 해내더니 동료가 되었다. 티마이라, 폴카도, 카모르찬처럼 등을 맡길 수 있는 동료가 된 것이다.

"하아……."

제이는 신음 같은 한숨을 내쉬었다.

라테나와 그의 아들이 은과 아스트론의 얼굴과 겹치자 그의 멱살이라도 쥐고 흔들고 싶었다. 그것도 못하냐고 몰아붙이고 혼내고 다그치던 그때처럼 패주고 싶었다.

그런데 하루가 지나고 이틀이 지나고 또 시간이 흐르자 어느새 파리해진 그의 얼굴이 익숙해진 것인지 아니면 대답없이 혼자 하는 자괴와 분노와 타박이 힘들어서인지 몰라도 마음이 많

이 가라앉았다.

몸을 움직일 수 없어 아무것도 하지 않은 채 좁은 마차 안에서 가까이 붙어 긴 시간을 함께 누워 있자니 희생이니 충성이니, 관계니 이유니, 죄책감이니 마음의 짐이니 하는, 그간 머릿속을 스쳐 지나갔던 온갖 단어들로는 설명할 수 없는 친밀함이 느껴졌다.

무기력하게 누워 있자니 거의 들리지 않을 정도로 미약한 피리운의 숨소리, 따가운 목을 어렵사리 넘어가는 자신의 침 삼키는 소리, 시체 같은 두 사람을 실은 마차의 바퀴 구르는 소리가 귀를 파고들었다. 밖은 어느새 여름이 왔는지 풀벌레 소리, 새소리가 요란했다.

"하아……."

제이의 가슴을 짓누르던 답답함이 한줄기 눈물로 빠져나갔다.

살아간다는 건 이처럼 혼자서는 몸을 가눌 수도 없는 여리디여린 두 발 짐승들이 시간이라는 마차를 타고 덜컹거리는 산길을 함께 나아가는 것이다.

누군가가 기른 곡식으로 누군가가 만든 음식을 먹고, 누군가가 지은 옷을 입고 살아가는 그 약하고 겁 많은 짐승들은, 누군가의 것을 빼앗고 누군가를 찌르고, 누군가에게 자기의 것을 주고 누군가를 사랑하고… 심지어 누군가를 위해 하나뿐인 목숨을 내던지기도 하며 구절양장 험한 길을 헤쳐 나가는 것이다.

시간의 길을 지나간 마차는 돌아오지 않는다.

이미 죽고 없는 프로스트라트도, 지금 죽어가고 있는 피리운도 결코 돌이킬 수 없다.

남은 여린 짐승은 다만 그들을 가슴에 담고 또 앞으로 나아가야 한다.

훗날 그들을 만나게 되면 해줄 자랑스러운 이야깃거리를 많이 만들어야 한다.

후회없이 살아간 이야기, 행복하게 살아온 이야기를 몇 날 며칠 밤을 새도 다 못할 만큼 많이 만들어야 한다.

그것이 남은 자가 짊어진 무거운 의무이니.

"무… 무울."

간간이 깨어났다 정신을 잃기를 반복하던 피리운이 눈을 뜨고 물을 찾았다. 그루가 물 적신 천을 그의 갈라터진 입술에 대주었다.

한참 입술을 달싹이던 그는 그것도 힘들었는지 이내 천을 밀어냈다. 그리고 시체처럼 다시 눈을 감았다.

다시 정신을 잃고 잠든 줄 알았는데 아니었다.

"뭔가… 멋진 말을… 남기고… 싶었는데… 그도 쉽지… 않군요. 이럴 줄 알았으면… 쿨럭… 평소에 연습을… 좀 해놓을… 걸."

피리운의 배는 썩어 문드러지는 수박처럼 누렇게 부풀어 있었다.

그럼에도 그는 그런 고통을 참아내려 인상을 찌푸린 가운데 억지로 웃으려 했다.

피리운의 옆에 누운 제이는 무슨 말을 하려고 입을 살짝 뗐다

가 결국 아무 말도 못하고 그저 듣고만 있었다.

"약속은… 처음부터… 멋지게… 지켰어야 했는데……. 어쨌든… 약속은 지켰습니다. 크크크… 흑."

자신의 생명을 대가로 라테나와 고향 마을을 지켰던 어리석은 기사가 입꼬리를 살짝 들어 올렸다.

"나는 약속을… 지켰으니… 나, 나, 남작님도 머… 멋진… 세상을 만들겠다는 약속을… 꼬옥… 지키십시오."

눈을 부릅뜬 피리운이 어디에 그런 힘이 남아 있었는지 손을 뻗어 제이의 옷자락을 꽉 움켜쥐고 말했다.

"제프리… 라테나… 미, 미, 미안……."

호흡이 점점 차오르던 피리운은 끝내 마지막 문장을 완성하지 못하고 팔을 축 늘어뜨리고 말았다.

"후우……."

긴 한숨 끝에 제이의 눈가에 이슬이 반짝였다.

제이는 자신의 옷자락을 움켜쥔 피리운의 손에 자신의 손을 얹었다.

"당신의 아들과 당신의 아내가… 자유롭게 살아가는 세상을… 만들겠다고… 약속합니다."

자유가 무엇인지 여전히 알지 못하는 어린 짐승이 죽은 자신의 기사의 손을 붙잡고 약속했다.

*　　　*　　　*

페이런 왕궁에서는 난리가 났다. 제이가 정신을 잃었을 때 하그리브스가 보낸 보고서와 이후 정신을 차린 제이가 보낸 보고서 때문이었다.

낯빛이 하얗게 질린 채 전전긍긍하는 신료들과 제이를 성토하는 데 급급한 바밀파 귀족들을 보며 스코트 3세는 한숨을 내쉴 수밖에 없었다.

누구 하나 대책을 말하는 사람이 없었던 것이다.

수백 년간 강력한 군사력을 보유한 바밀의 눈치를 보며 지내온 것을 생각하면 그럴 만도 하다 싶기도 했다. 그러나 명색이 한 나라의 중책을 맡은 자들의 반응이라고 하기에는 너무나 실망스러웠다.

"제4기사단은 우리 페이런의 귀한 전력입니다. 산길에서 허망하게 쓰러지도록 내버려 둘 수는 없습니다. 일단 제1기사단을 크바시르 입구로 보내어 제4기사단을 보호하고 바밀의 월경에 대비해야 합니다. 이후 코플래닛 남작에게 보고를 받고 또 바밀에 조사단이나 사신단을 파견하여 진상을 파악한 뒤 대처해도 늦지 않다고 봅니다."

군사 대신 스타르코 백작이 그나마 분위기에 휩쓸리지 않고 냉정을 유지하고 있었다.

바밀의 월경에 대비하기 위해 기사단을 파견해야 한다는 말에 크게 놀란 바밀파 귀족들은 바밀과 전쟁이라도 할 거냐며 스타르코 백작을 물고늘어졌다.

"그만! 캄캄한 밤에 누군가가 칼을 들고 내 집에 들어와 내 식구를 위협하고 있소. 그자가 도둑인지 아니면 도둑질한 내 식구를 잡기 위한 경비병인지는 날이 밝은 뒤에 알아보면 되는 것이

오. 내 식구 말은 들어보지도 않고 겁에 질려 벌벌 떨며 그자의 행위를 방치한다면 어찌 한 가족이라 할 수 있겠소? 스타르코 백작, 당장 기사단을 보내시오!"

"예! 전하!"

단호하게 신하들을 꾸짖고 조치를 취했지만, 스코트 3세의 마음 또한 겁에 질린 귀족들과 별반 다르지 않았다.

바밀과 교전을 벌이며 퇴각 중이라니, 살이 떨릴 지경이었다.

그럼에도 스코트 3세는 한 나라의 왕답게 의연하게 대처하며 이 두려움의 시간을 견뎌냈다.

다행히 제4기사단을 쫓던 바밀의 기사단은 검은 산맥을 넘다가 중간쯤에서 돌아갔다.

제이는 근위기사들의 호위를 받으며 궁성으로 들어갔다. 밀착 감시가 필요하다는 귀족들의 성화에 못 이겨 스코트 3세가 취한 조치였다.

몸이 다 회복되지 않아 걸음을 옮길 때마다 마치 바늘을 밟는 듯했다.

대전에는 스코트 3세와 모든 신료들이 모여 있어 제이가 들어서자마자 눈이 일제히 그에게 쏠렸다.

"전하의 명을 받고 떠났던 제4기사단, 귀환했습니다."

한눈에 몸이 정상이 아니란 것을 알아볼 정도로 수척해진 제이가 예를 취하자 스코트 3세가 고개를 끄덕이고 달했다.

"고생 많았소, 코플래닛 남작. 포치요새와 나구사에서의 활약은 익히 들었소. 페이런의 위상을 드높인 경의 무용과 페이런을 위해 헌신한 경의 노고에 대해 크게 치하하고 상을 내리는 것이 마땅하나 사안이 사안이다 보니 쉴 틈도 주지 못하고 이런 자리를 마련하게 되었소.”

“마음에 두지 않으셔도 됩니다, 전하. 물으시지요.”

제이의 대답에 국왕은 신하들에게 눈길을 던졌다. 묻고 싶은 자, 나서라는 뜻이었다.

그러자 국왕의 숙부인 테르나 공작이 앞으로 한 걸음 내딛고 제이를 쏘아보더니 카랑카랑한 목소리로 말했다.

“렉지오에서 바밀의 기사들과 충돌한 경과를 경에게 직접 듣고자 하오.”

“보고서에 밝힌 대로입니다. 렉지오의 시장이 찾아와 연회에 초청했고 거절할 명분이 없어 응했습니다. 그곳에서 바밀 기사들의 공격을 받고 일차로 물리쳤습니다. 그다음 타이탄으로 연회장을 포위하고 있어 뚫기 위해 타이탄을 소환하여 충돌했습니다. 충돌 과정에서 많은 수의 바밀 타이탄을 격파하였고 이후 정신을 잃었습니다. 그다음은 제 기억이 아닌 제4기사단 오너들의 보고로 파악한 내용입니다. 정신을 잃은 저를 제4기사단의 오너들이 구출하여 크바시르 협곡으로 들어갔고, 추격하는 바밀 타이탄을 저지하며 검은 산맥을 넘었습니다.”

제이가 힘겹게 대답을 마치자마자 테르나 공작의 질문이 이어졌다.

“바밀이 왜 공격했단 말이오? 여태껏 이런 일은 한 번도 없었소.”

“저도 알지 못합니다. 다만, 짐작하는 게 있을 뿐입니다.”

"이번 일은 너무나 중대하니 짐작이 됐든 뭐가 됐든 숨기지 말고 말해보시오."

몹시 고압적인 테르나 공작의 태도에 눈살이 찌푸려질 만도 하건만, 제이는 태연했다.

"포치요새 전투가 끝나고 총사령관 로베르토 백작이 불렀습니다. 바밀로 오면 그에 합당한 대우를 해주겠다고 하더군요. 한 지역을 다스리는 지위를 얻을 수 있게 힘을 써준다 했습니다."

제이의 목소리는 나지막했지만, 모두가 제이의 입만 바라보고 있기에 듣지 못한 사람은 없었다.

그리고 제이의 말을 들은 테르나 공작도 깨달았다, 자신이 누구에게 질문하고 있는지를. 바밀의 공격을 받았다는 소식에 앞뒤 가리지 않고 너무 다그치고 말았다. 자신의 눈앞에 창백한 안색으로 서 있는 사람이 바로 포치요새와 나구사의 영웅, 바람을 느끼는 오너로 소문난 남자였던 것이다.

자신의 실태를 깨달은 테르나 공작의 안색이 제이 못지않게 하얗게 질렸다.

바밀군 총사령관이 한 지역을 다스리는 지위를 약속했다는 말에 신료들이 웅성거리기 시작했다.

그러거나 말거나 제이는 말을 계속 이어나갔다.

"이후에도 로베르토 백작은 만날 때마다 이야기했습니다. 나구사에 머무를 때는 더했지요. 합당한 대우를 해줄 수 있는 바밀로 오라고 말입니다. 그리고 귀국하기 전에도 포상으로 나켄을 줄 테니 함께 개선식에 가서 바밀 국왕에게 인사를 하고 바밀의 신료들과 교유하라고 하더군요.”

테르나 공작은 침을 꿀걱 삼키고 조심스럽게 물었다.

“그래서 뭐라고 답했소?”

“본국이 전쟁 중이니 서둘러 귀국해야겠다고 했습니다.”

그 말을 들은 스코트 3세가 남몰래 안도의 한숨을 내쉰 것은 아무도 몰랐다.

“그러니까 남작의 말에 따르면, 바밀로 이적하라는 권유에 응하지 않았기에 바밀이 공격했다, 그 말이오?”

“바밀군에 명령을 내리는 자리에 있지 않았는데 어찌 장담하겠습니까? 그래서 짐작한다고 하지 않았습니까?”

제이의 말은 어디까지나 정황 증거였다. 그럼에도 누구나 그렇게 짐작할 만했다.

제이 코플래닛 남작이 바밀이 탐을 낼 만한 가치가 있는 자라면, 다시 말해 바람을 느끼는 오너라는 게 확실하다면 그럴 수 있겠다 싶었다.

그러나 페이런을 크나큰 위기에 빠뜨린 사람의 말을 곧이듣고 싶지 않았다. 그리고 페이런에 있었던 사람들은 어디까지나 소문으로만 들은 것이지 눈으로 직접 본 게 아니었다. 믿을 수가 없었다.

과거 무시하고 경원하던 하찮은 용병 출신 녀석이 1년 만에 대륙을 뒤흔드는 거물이 되어 나타났다면 누가 믿고 싶을까.

“코플래닛 남작, 그대는 바람을 느끼는 오너인가?”

테르나 공작이 떨리는 가슴을 추스르고 정면 돌파를 시도했다. 이 자리에 있는 모든 사람이 궁금해하는 질문이었다.

그의 질문에 제이는 눈으로 슬쩍 곤혹스러운 웃음을 짓더니 천천히 입을 열었다.

"어떤 사람들은 그렇게 부르기도 하더군요."

"그렇다면 아니라는 말인가?"

"타이탄을 조종하는 오너라면 누구나 어느 정도는 바람을 느낀다고 생각합니다. 당사자는 그 사실을 모를지라도 말입니다. 타이탄 조종을 배우고 동화를 이루어내면 인간이 오감으로 느끼는 감각과 유사한 감각을 인지한다고 생각하는데 바람을 느끼는 것도 그중 하나가 아니겠습니까? 다만, 사람들이 말하는 바람을 느끼는 오너라는 것은 이보다 훨씬 높은 경지, 타이탄과 동화되고도 맨몸으로 느끼는 것과 똑같이 느끼는 경지를 일컫는 것일 터인데, 그것은 그렇다 그렇지 않다 말하기가 어렵습니다. 그런 것도 같고 그렇지 않은 것도 같으니까요."

누구보다 답답한 사람이 제이 자신이었다. 자신이 바로 바람을 느끼는 오너라고 장담하는 사람을 만나 그로부터 대답을 듣고 싶었다.

긴가민가한다는 제이의 말에 얼굴을 찡그리는 사람들을 위해, 그리고 향후 페이런에서 좀 더 귀찮은 일을 덜 겪기 위해 제이는 한마디 말을 덧붙였다.

"어지간한 오너보다는 강할 것입니다."

나의 강함은 너희의 상상에 맡긴다는 오만함으로 비칠 수 있는 말이었지만 제이는 개의치 않았다.

"보아하니 몸이 좋지 않은 듯한데 그렇게 강하다면서 부상이라도 입은 것이오?"

"홀로 많은 적을 상대하자면 부상이 문제겠습니까. 죽은 사람도 있는데 말입니다."

그 순간 피리운이 생각난 제이의 눈빛이 매서워졌다.

테르나는 흠칫 놀라 한 걸음 물러섰다. 그러자 군사 대신 스타르코 백작이 물었다.

"바밀에 대해 어찌 대처하는 게 좋겠소?"

"바밀은… 적대해서는 안 됩니다. 가능하다면 이번 일을 묻는 것으로 사건을 마무리했으면 합니다. 현명하다면 바밀도 그렇게 할 것입니다. 그러나 혹시 바밀이 그냥 넘어가지 않겠다고 해도 당장 군대를 보낼 형편이 아니니 크게 우려할 일은 아닙니다. 소슬이 멸망했어도 바밀의 힘이 당장 두 배가 되는 것도 아니고, 외려 확대된 전선과 새로 편입한 영토의 치안 유지로 현상을 유지하는 것조차 벅찰 것입니다. 루미나스는 몰라도 마이네와 친선 관계를 맺을 가능성은 극히 희박하니 북쪽에 새로운 전선을 만들려 하지는 않겠지요. 만약 바밀이 도저히 페이런을 용납하지 못하겠다며 군대를 보낸다면 크바시르 협곡을 틀어막으면 됩니다. 포치요새보다 훨씬 작은 장벽으로도 크바시르를 막을 수 있습니다. 평소 크바시르에 레인저의 순찰을 늘리는 것도 좋은 방법이겠지요."

바밀과의 관계는 페이런의 국왕을 만나기 전부터 생각해 둔 것이기에 제이의 대답은 거침이 없었다.

제이의 말에 수긍했는지 스타르코 백작은 고개를 끄덕이며 물러섰다.

한참 동안 제이의 말을 듣던 스코트 3세가 손바닥으로 의자

를 두드려 신료들의 시선을 붙들며 말했다.

"자자, 그만 합시다. 코플래닛 남작은 다시 부를 때까지 물러가 쉬시오."

"예, 전하."

회의가 길어져 스코트 3세가 제이를 다시 부른 것은 한밤중이었다. 물론 독대였다.

스코트 3세는 피곤이 가득한 얼굴임에도 애써 웃어주며 제이를 맞았다.

"사신단을 보내기로 했어."

"당연한 조치입니다, 전하."

자리를 권하며 국왕이 말하자 제이는 예를 표하고 대답한 뒤 의자에 앉았다.

"바밀이 정녕 가만히 있겠는가?"

신하들 앞에서는 굳건함을 보여주었지만, 스코트 3세는 여전히 불안했다. 제이는 국왕의 불안감을 해소시켜 주어야 했다.

"바밀이 강대국의 지위를 수백 년간 유지하는 까닭은 단호한 가운데서도 멈춰 다시 생각할 줄 아는 신중함이 있기 때문입니다. 이번과 같은 일로 페이런을 공격한다면 바밀은 멸망할 것입니다. 이번 전쟁으로 바밀은 병력을 적잖이 잃었습니다. 마이네라는 대적을 눈앞에 두고 그렇지 않아도 병력이 부족한 지금, 북부에 새로운 전선을 만들지는 않으리라 생각합니다."

"그래도 이번 소슬 공략전에 투입하지 않은 병력이 있지 않은가?"

이번 전쟁에 투입하지 않은 예비 병력을 말하는 것이다.

"그 병력을 빼면 바밀은 텅텅 빕니다. 내부에 무슨 문제가 일어난다면 대처할 병력이 전무합니다. 그러하기에 그 병력을 빼서 북부에 투입하지는 않을 것입니다. 더구나 그 병력도 크게 손상을 입었습니다."

"큰 손상?"

"……."

제이는 얼른 말을 잇지 못했다. 국왕이 어찌 받아들일지 몰라서였다.

"바밀은 렉지오에서 적잖은 타이탄이 상했습니다."

"얼마나 말인가?"

"정확하지는 않지만… 최소한 타이탄 기사단 두엇은 단시간 내에 회복하지 못할 것입니다."

그 말에 스코트 3세는 멍한 표정으로 제이를 한참 바라보다가 그 의미를 깨닫고 입이 점점 크게 벌어졌다. 그리고 확인하고자 했다.

"어떻게? 그대가 말인가?"

제이는 곤혹스러운 표정을 지으며 대답했다.

"그렇습니다."

"하아, 그랬군. 그랬단 말이지……."

감탄인지 탄식인지 모를 한숨을 내쉬며 스코트 3세는 상념에 잠겼다.

바람을 느끼는 오너라는 말은 사실 쉬이 와 닿지 않는다. '대단하구나!' 정도로 느낄 뿐이었다. 게다가 마나 고갈인지 뭔지

를 겪어 쓰러질 듯 위태로운 모습을 보이자 바람을 느끼는 오너도 별것 아니라는 생각마저 들었다. 그런데 기사단 두엇을 혼자 괴멸시킨 오너라면 얘기가 달라진다. 그 힘이 너무나 잘 이해되었던 것이다.

그런 기사와 홀로 마주 앉아 있다고 생각하니 저도 모르게 두려운 생각마저 들었다.

그러나 스코트 3세는 자신의 마음을 얼른 추스를 줄 아는 국왕이었다.

"크바시르 협곡에서 그대가 버티고 있다면 바밀은 절대 뚫지 못하겠군."

"제가 없어도 크바시르 협곡에 요새를 건설한다면 바밀이 쉬이 페이런을 넘보지는 못할 것입니다."

성이나 요새가 나라를 지켜주는 것이 아니다. 성주가 무능하고 요새를 지키는 사령관이 게으르면 성곽은 침략군이 진군 길에 편히 쉬었다 갈 수 있는 쉼터에 불과하다. 그러나 웬만한 장수의 공격에 어지간한 성주가 막아선다면 크바시르 협곡에 건설하는 요새는 무적일 것이다.

"크바시르에 요새를 세우는 것은 바밀을 자극할 수 있으니 바로 결정할 수 있는 문제는 아니야."

"그렇습니다. 사태의 추이를 지켜봐야겠지요. 요새를 짓지 않더라도 라키아 시에 기사단 하나 정도는 주둔시켜 크바시르의 페이런 쪽 출구를 지키는 것이 좋을 듯합니다."

"알겠네. 군사대신과 상의해 보지."

바밀이 어쩔 수 없이 이번 일을 덮는다 해도 관계가 전과 같지는 않을 터, 미리 대비하는 것이 옳다고 여긴 국왕은 제이의 의견을 긍정적으로 받아들였다.

"전하, 하르트와의 전쟁은 어찌 되었습니까?"

페이런에 도착한 뒤 누군가를 만날 틈도 없이 왕성으로 불려 왔기에 제이는 아직 하르트와의 전쟁 결과를 듣지 못했다.

"흠……. 그대가 국경을 지키고 있던 하르트의 타이탄 기사 단을 괴멸시킨 덕에 수도까지는 별 저항 없이 나아갔는데 수도 에서 저항이 거세 일진일퇴를 거듭하다가 지금은 교착 상태에 있다. 부봉 왕국에서 원군을 보냈다고 하더군. 페이런과 하르트 가 워낙 오랫동안 적대 관계로 지내온지라 점령했다고 생각한 지방에서도 간간이 교전이 벌어지고 있어서 사정이 좋지 않은 모양이야."

처음의 강력했던 기세는 조금씩 사그라지고 이제는 소모전 형국이었다.

강대국 소슬이 무너진 뒤 과거 소슬의 영향권에 있던 나라들 이 페이런의 공격에 위기의식을 느끼고 뭉친 것도 큰 이유였다.

"손실이 큰 제1기사단은 이미 귀환하여 재편 중이고 다른 기 사단도 조금씩 뒤로 물러서서 휴런 강을 경계로 확보한 영토를 아우르는 데 힘을 쏟고 있다 하네."

휴런 강 서쪽을 모두 확보한다면 하르트 영토의 삼분의 일을 획득하는 것이다.

애초 제이가 계획하고 스코트 3세가 동의한 북부 통합 논의 와는 맞지 않았다. 영토를 조금 넓히는 정도에 그친다 하여 오 랜 적대 관계가 종식되는 것은 아니다. 오히려 잃어버린 땅을

되찾기 위해 더욱 치열한 싸움이 벌어질 가능성이 짙었다.

그러나 앞으로 자신의 병력을 더 잃는 것이 마뜩치 않은 페이런의 귀족들은 휴런 강 서쪽을 차지하는 것만으로도 충분히 만족하는 눈치였다.

중요한 것은 국왕의 의지!

"전하의 뜻은 어디에 있습니까?"

제이는 묻지 않을 수 없었다.

"흠… 전쟁이라는 게 붉은 염원만으로 되는 게 아니라는 것을 알았네. 병사와 기사와 타이탄이 필요하고, 타이탄 장갑이 꾸준히 보충되어야 하지. 겨울을 날 옷도 필요하고 말이지. 굶고는 싸우지 못하니 밥은 말할 것도 없고 말이야. 그동안 치러 왔던 전쟁이야 국경 분쟁 수준을 넘지 않았었는데, 전면전 물자를 댈 능력이 지금의 페이런으로서는 많이 부족하다는 걸 이번 전쟁을 통해 절감했어. 그런데도 말이지……."

젊은 국왕의 눈이 열망으로 번뜩였다.

"한뼘한뼘 나의 권역이 넓어지는 것, 그건 참으로 좋더군. 백성들을 잘살게 한다거나 귀족들을 잘 조율한다거나 했을 때 얻는 즐거움과는 또 다른 만족이 나를 휘감더란 말이야. 땅은 넓을수록 좋은 것이지. 나의 땅이 바밀처럼 넓었다면 바밀에 억눌려 지내는 일은 없었을 것이다. 그렇지 않은가?"

제이는 국왕의 생각을 군주의 정복욕이라는 말로 폄하할 생각은 없었다. 사람은 누구나 자신의 영향력을 넓히고자 하고 왕은 왕다운 방향으로 그 경향을 표출하는 것이다. 더구나 소국의 왕으로서 갇히고 눌린 채 지내던 왕이 힘을 외부로 드러냈을 때

처음 느낀 즐거움을 괜히 깎아내리고 싶지는 않았다.

페이런의 젊은 왕은 오직 정복하는 것을 낙으로 삼는 광적인 존재와는 거리가 멀다고 제이는 믿었다.

그래서 제이는 엷게 웃어 보였다. 국왕의 의중은 충분히 알았다.

"게다가 나에게는 부족한 물자와 기사를 충분히 메우고도 남을 신하가 있지 않은가. 바로 자네 말일세."

"그처럼 대단한 사람이 아닙니다, 전하."

"아니야, 아니고말고. 타이탄 기사단 두엇을 혼자서 상대할 기사가 세상에 어디 있겠는가! 백작 아니라 공주가 있다면 혼인까지 시켜 왕실의 일원으로 삼고 싶을 정도라네."

인척으로 삼고 싶다는 말은 스코트 3세의 진심이었다. 믿음은, 관계를 통해 쉬이 느껴지는 것이기 때문이다.

"다만, 바밀과의 관계를 어그러뜨렸다고 귀족들이 워낙 드세게 들고일어나 그대의 작위를 높여주지 못하는 것이 안타까울 뿐이다."

충성은 공짜가 아니다. 합당한 보상이 충성의 대가임을 스코트 3세는 알고 있었다. 그럼에도 바밀에서도 백작의 지위를 준다고 하는 오너에게 백작은커녕 한 단계도 승작해 줄 수 없어 난감하기 이를 데 없었던 것이다.

"전하, 저는 작위와 같은 것에 움직이지 않습니다. 그러했다면 바밀과 싸우고 돌아오는 일도 없었을 것입니다. 저는, 일개 용병이었던 저를 믿어준 전하를 믿습니다. 배움이 짧아 충성이니 명예니 하는 말은 모릅니다만, 전하께서 저를 믿으시는 한

저 역시 전하의 믿음을 배신하는 일은 없을 것입니다."

제이는 국왕의 마음 한구석에 자리한 불안감을 해소하고자 투박한 언어로 자신의 마음을 표현했다.

스코트 3세 역시 사람인지라 자신에게 충성을 맹세하고 완전한 복종을 맹세하는 수족과 같은 신하를 바랐다. 그러나 달콤한 말을 하는 자는 위험하고 믿을 수 없다는 것도 알고 있었다. 그러하기에 제이의 서툰 표현이 오히려 믿음직스러웠다.

'그러나 그대를 알아갈수록 두렵구나. 그대를 잡으려 한 바밀의 행사가 이해가 된다.'

홀로 기사단을 상대하는 무력이라니…….

스코트 3세는 그런 속마음이 겉으로 드러나지 않도록 저 밑으로 끌어내렸다. 한편으로는 신하보다 큰 그릇이 되어 두려움을 극복하고자 했고, 한편으로는 더 큰 땅과 더 많은 사람을 지배할 때까지 두려움을 숨기고 지내고자 했다.

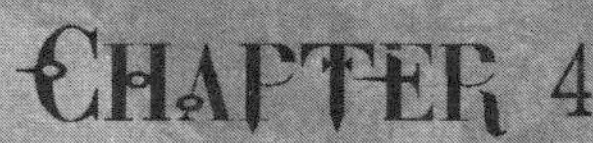

CHAPTER 4

[비석]

행복한 연대의 비

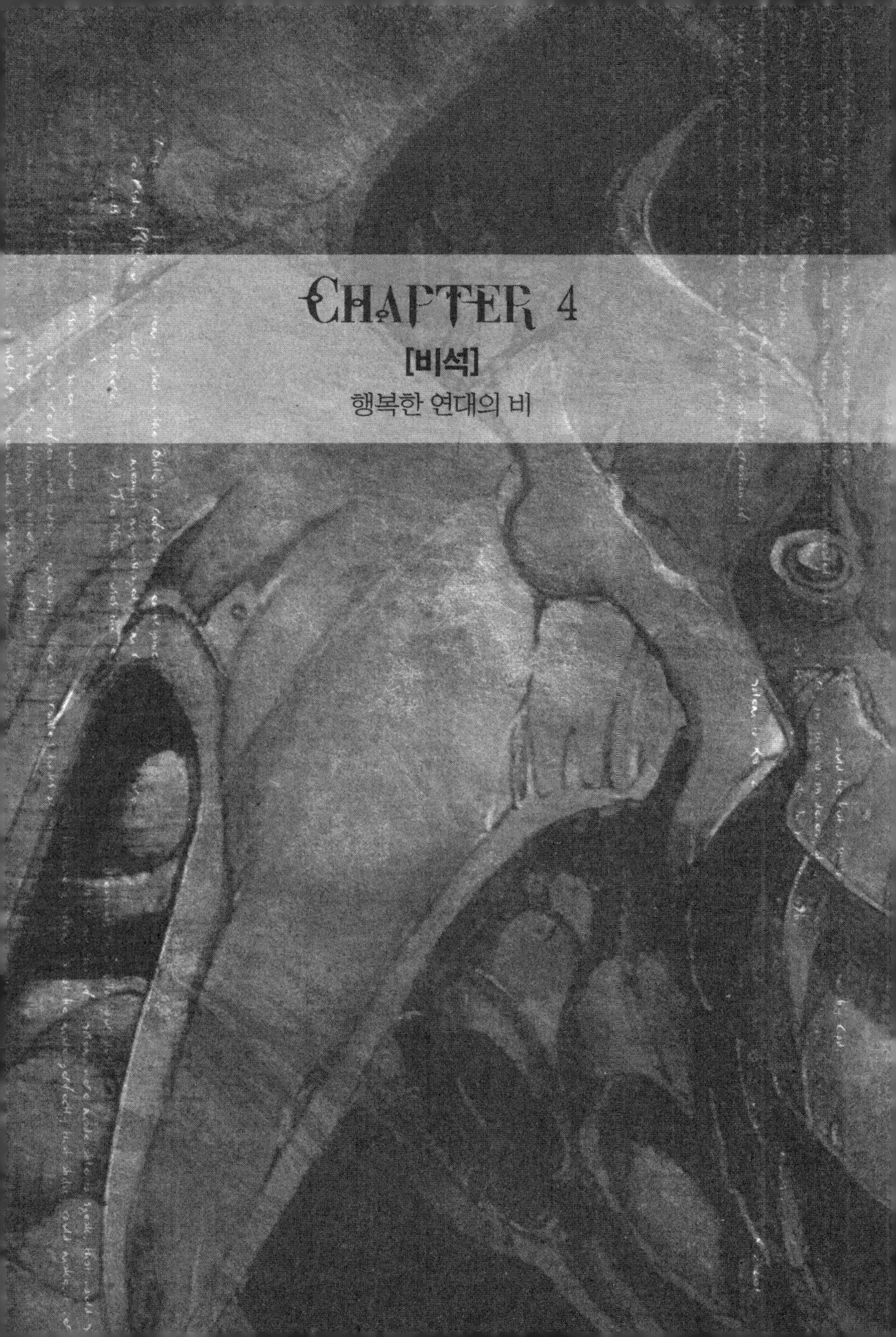

Jay
Koplanit

사각사각 뽕잎 먹고 고치로 집을 지어
곱디고운 비단실을 자아내는 누에처럼
우리도 많이 먹고 씩씩하게 자라나서
이웃 돕고 세상 비추는 고운 사람이 되자꾸나.

어린아이들이 어미 뒤를 졸졸 따르는 오리새끼마냥 선생님 뒤를 따라가며 즐겁게 지저귀고 있었다.

그중에는 초롱초롱 눈망울을 반짝이며 신나게 노래하는 제이의 아들 아스트론도 있었다.

어린아이들이 선생님을 따라 산과 들로 뛰어다니며 풀이름, 벌레 이름을 배우는 동안 건물 안에서는 소년소녀들이 다른 것을 배우고 있었다.

“여기가 중앙해에서 가장 큰 도시, 하란 시란다. 베르가키아 왕국은 중앙해에서 아주 작은 나라임에도 하란 시는 큰 도시로 성장했는데 그 이유가 뭘까? 그래, 아모란이 말해볼까.”

커다란 대륙 지도를 펼쳐 놓고 아이들을 가르치는 선생님은 마이네 출신 귀족이었다.

“마이네 제국, 바밀 왕국, 소슬 왕국은 오랫동안 서로 적대적이었습니다. 그래서 직접적인 교역은 하지 않았습니다. 세 나라가 교역하는 유일한 통로가 바로 중립 국가인 베르가키아였고 가장 유리한 곳에 자리한 하란 시였습니다. 세 나라의 상인들과 루미나스의 상인들이 모두 하란으로 모여들면서 도시가 점점 커졌습니다.”

“맞다. 하란은 중앙해를 둘러싼 나라들의 역학 관계와 지리적 이점을 살려 중계무역을 통해 성장한 것이다. 이처럼 국가들 간의 정치적 관계와 지리적 조건을 연구하는 학문을 뭐라고 했지? 사우드, 말해보아라.”

“지정학입니다.”

“그렇다. 인간사회의 큰 흐름은 자연적인 것에만 의존하는 것도 아니고 인위적인 것에만 의존하는 것도 아니다. 아무런 가치가 없는 땅도 새로 국경이 생기고 유일한 통로가 되어버리면 굉장히 중요한 땅이 될 수도 있고, 풍요로운 땅을 획득하고자 싸워서 인위적인 국경선이 만들어지기도 한다. 지리와 정치의 상관관계는 그래서 흥미롭다. 다음 시간은 말트 협곡이 대륙에 어떤 영향을 끼쳤는지 배우도록 하겠다.”

밀런의 의도대로 마이네의 귀족들 중 교양이 풍부한 사람들

은 코플래닛에서 아이들을 가르치는 일을 맡았다. 처음에는 난색을 표했지만, 갈 곳이 없는 그들은 결국 응할 수밖에 없었다.

가르치는 내용에 있어 귀족적 시선을 배제하도록 요구했고, 초기에는 밀런이 직접 참관하여 문제가 될 만한 내용과 그렇지 않은 가르침의 경계를 정했다.

완벽할 수는 없었다. 귀족이 하루아침에 귀족적 태도를 버릴 수 있는 것도 아니고, 밀런의 간섭을 거부하기도 했다.

그러나 사람은 환경에 적응하는 동물, 조금씩 조금씩 밀런이 원하는 바를 이해한 귀족들은 스스로 자제를 했고 아이들을 가르치며 흥미를 느꼈다. 누군가를 가르치고, 그 누군가가 하나하나 채워 나가며 성장하고 변화하는 모습을 지켜보는 것은 너무나 아름다운 마법이기 때문이다. 그 마법은 신분이라는 선입견이 작용하기에는 너무나 위력적이었다.

그렇게 마이네의 귀족들은 적응해 갔다.

마이네의 귀족들에게 정치와 역사와 지리를 배우고, 한노와 엘세이에게 세계 곳곳의 풍물을 배우고, 코스모스 상회의 상인들에게 셈과 돈과 흐름을 배우고, 그 외에도 마흐른 마탑의 수습 마법사와 용병들에게서 물질의 근원과 몸의 작용을 배웠다.

코플래닛의 아이들은 이 세상 어디에도 없는 교육을 받으며 소리없이 자라고 있었다.

"그들을 모두 코플래닛에 수용하는 것은 무리겠어."

가장 바쁜 사람, 밀런이 관자놀이를 문지르며 중얼거렸다.

가도 건설에 동원한 인력은 수도와 여러 도시의 빈민들이었다. 처음 그들을 충원할 때 어쩔 수 없이 강압적인 방법을 동원하기는 했어도 일하는 기간 내내 음식과 적으나마 급료를 지급하고 상회를 이용하여 다양한 방법으로 동기 부여를 해서 큰 마찰 없이 1차 가도 건설을 마무리 지었다.

원래 1차 가도 건설이 끝나면 2차 가도 건설에 투입될 인력을 제외한 나머지를 코플래닛에 수용하기로 했으나 그 수가 너무 많았던 것이다.

그들을 그대로 방치하여 도시로 돌려보내면 각종 사회문제가 일어날 것이고, 코플래닛에 모두 수용하면 코플래닛이 난민 소굴이 되어버릴 것이니 밀런은 고심하지 않을 수 없었다.

"이렇게 하면 어떨까요?"

함께 있던 랑겔이 말했다.

랑겔을 비롯한 몇몇 귀족들은 밀런의 일을 돕고 있었다. 이곳으로 이주한 마우라 부족 사람들에게 일말의 죄책감을 느끼고 있던 랑겔은 코플래닛이 이들을 노예로 다루지 않고 하나의 인간으로서 살 수 있도록 배려하는 것을 보고 내심 감탄했다. 간간이 마우라 부족 사람들이 거주하는 플래닛에 늙은 몸을 이끌고 가 함께 밭을 갈고 물길을 내며 자신이 그들에게 했던 과거의 일을 조금이나마 씻어보고자 했다.

그리고 코플래닛이 어떤 배경에서 어떻게 운용되는지를 점점 알게 되면서 밀런의 일을 적극 돕기 시작한 것이다.

다른 귀족들이 크게 반발하지 않고 적응한 데에는 이러한 랑겔의 태도가 큰 몫을 했다.

"어떻게 말입니까?"

“코플래닛에서 수용할 수 있는 인구는 많이 잡아도 2만여 명이지요. 애초 의도대로라면 각 플래닛이 대략 2,000여 명을 수용하는 것이니까요.”

“그렇습니다.”

“그렇다면 나머지 가도 건설 인력을 코플래닛 반도로 들이지 말고 코플래닛 입구와 그 주변 해안 지역으로 분산시키는 겁니다.”

“새로운 플래닛을 만들자는 말씀입니까?”

“그렇지요.”

랑겔의 말에 밀런은 미간을 좁히고 생각했다.

해안 지역 대부분은 오랜 기간 해적 활동으로 인해 초토화되어 사람이 살지 않는다. 나무가 무성히 자라고 풀이 뒤덮어 사람이 살던 흔적을 찾기도 쉽지 않을 정도였다.

그럼에도 예전 사람들이 살았던 곳은 그만큼 사람이 살기에 적합한 땅이라는 말이 된다. 코플래닛을 개발한 경험을 살리면 그곳을 다시 사람 사는 고을로 만드는 것도 크게 어렵지는 않을 것이다.

게다가 열도의 승냥이들은 최소한 페이런 왕국만큼은 약탈하지 않기로 했다. 해안선의 안전이 보장되는 것이다.

해안선을 따라 플래닛이 죽 늘어선다면 코플래닛의 방벽 역할도 할 수 있을 것이다. 적의 침입에 대한 일차 저지선 역할을 할 뿐만 아니라 코플래닛의 새로운 도전이 세상으로 뻗어나가는 충격에 대한 완충 역할을 할 수 있을 것 같았다.

그러나 이는 귀족들, 특히 레오 지방의 영주들고 부딪칠 가능성이 너무 높았다. 코플래닛은 물론이고 주변 땅은 원칙적으로 레오 지방에 속해 있었던 것이다.

코플래닛이야 당시 지금처럼 유명하지 않은 제이가 사람도 살지 않는 땅을 돈을 주고 사들였기에 별문제가 없었지만, 이제는 너무나 유명해진 제이가 자신의 영역을 넓혀 나가는 것으로 비춰질 것이다.

"문제가 없지는 않지만, 시도해 봄 직하군요."

결국 밀런은 랑겔의 제안을 추진하기로 결심했다. 문제점보다 장점이 더 많다고 여긴 것이다.

밀런은 먼저 버려진 땅의 원주인을 찾아보았다. 해적들의 등쌀에 견디지 못하고 가문의 땅을 등진 귀족들은 대부분 어렵게 살았다. 그들에게는 돈을 안겨주는 것으로 충분했다.

다음으로 레오 백작을 직접 방문했다. 어차피 레오 백작의 영역, 그와 문제를 해결하지 않으면 두고두고 마찰이 일어난다.

레오 백작과 제이의 관계는 최악이었다. 몇 년 전 가도 건설 초기에 물리적 충돌까지 있었던 것이다. 백작의 타이탄이 그때 거의 파괴되어 제이에 대한 원한이 적지 않았다.

돈으로 해결되기에는 백작이라는 지위가 너무나 높았다. 그러나 그는 힘의 저울이 어디로 기우는지 모르는 눈먼 귀족은 아니었다.

"백작님, 코플래닛에서 먼저 조아리고 손을 내밀 때 그 손을 잡아 일으켜 주는 아량을 베푸시지요. 그가 소문의 반의반만 되더라도 보통 인물이 아닙니다. 국왕께서도 마음을 두고 있어 이제 겨우 남작인 그는 위로 오를 일만 남았습니다. 적대하면 곤

란합니다. 더군다나 최근 아바 시의 상권을 대부분 그의 아비가 쥐고 있습니다. 최근 우리 페이런이 생산하기 시작한 타이탄 오베론을 중앙기사단이 먼저 채운 뒤 각 영주들에게 판매한다고 합니다. 그때 우선권을 주겠다고 하니 이 기회를 놓쳐서는 안 될 것입니다.”

밀런은 먼저 백작의 가신들에게 손을 썼다. 그리고 그 가신들은 받은 만큼 입을 충실히 놀렸다.

마침내 레오 백작이 굴복했다.

“지정한 땅을 코플래닛의 소유로 인정한다.”

그의 속마음이야 어찌 됐든 사람도 없는 황량한 땅을 코플래닛의 것으로 인정한 대가로 막대한 재물과 타이탄 우선권을 받아 챙겼으니, 나중에 이에 대해 군말을 할 수는 없게 되었다.

드디어 밀런은 코플래닛 반도 주위의 해안 지역에 가도 건설을 마치고 들어오는 인력 2만여 명을 투입하여 새로운 플래닛 열다섯 곳의 건설을 시작했다.

바밀에서 돌아온 제이가 코플래닛으로 오는 시점이었다.

*   *   *

하르트와의 전쟁이 끝나지 않은 페이런으로서는 단 한 기의 타이탄이 아쉬운 형편이었다. 그리하여 타이탄을 보유한 오너들이 모두 제이의 사병이나 마찬가지였지만, 소슬 공략전에 참전했던 제4기사단은 모두 하르트 전선으로 갈 수밖에 없었다.

제이는 국왕에게 요양이 필요하다는 말과 함께 1년의 시간을 얼어 코플래닛으로 돌아왔다. 타이탄이 없는 티마이라와 썩지 않도록 그루가 차갑게 얼려놓은 피리운의 시신이 제이와 함께 했다.

제이는 운구한 시신을 라테나에게 건네며 어렵게 한마디를 건넸다.

"미안하오."

혼절한 라테나와 그를 보살피는 사람들을 뒤로한 채 제이는 지친 몸과 마음을 이끌고 자신의 집으로 걸음을 옮겼다.

은이 말없이 제이를 안아주었다.

"나는 괜찮소."

제이는 희미한 미소를 지으며 은의 등을 한참 동안 쓸어준 뒤 작년에 태어난 아기를 안아보았다.

"네가 아그니로구나. 나의 아들……."

아스트론의 동생 아그니는 낯선 사람에게 안겼음에도 울지 않고 똘망똘망한 눈으로 제이와 눈을 맞추었다.

제이의 눈시울이 붉어졌다.

이래서 살아가는 것이다. 이래서 집으로 돌아오는 것이다.

이 행복을 더는 느낄 수 없는 피리운에게 너무나 미안했다.

미안했지만, 자신은 죽지 않고 이 기쁨을 느끼고 싶었다. 그래서 더욱 미안했다.

밀런이 보고할 내용을 산더미처럼 안고 들어왔지만, 제이는 며칠만 시간을 달라 하고 아무도 만나지 않았다.

처음에는 낯설어서 쭈뼛거리며 피하는 아스트론을 다독여 놀았다. 근육을 움직이는 게 여전히 힘들었으나 아스트론을 목말

태우고 마당을 걸어 다니는 즐거움을 포기할 만큼은 아니었다.

아모란이 최근에 배운 것을 뽐내고, 새로 사귄 사막의 친구에 대해 재잘대고, 원쿠찬이 조종하는 타이탄을 욕심내는 이야기를 쉼없이 쏟아내는 것이 즐거웠다.

그렇게 집에서 며칠간 사람답게 살았다.

그리고 다시 몸을 움직였다. 먹고살아야 하니 사람은 즐겁게만 살 수 없다. 일을 해야 한다.

더구나 많은 사람의 덕을 보고 살아남은 제이는 홀로 행복할 자유가 없었다.

"원쿠찬, 디톨레닌, 채석장에서 돌을 캐오너라."

코플래닛에 돌아온 뒤 제이가 처음 한 일은 두 사람의 어린 오너에게 지시를 내리는 것이었다.

세세한 사항을 일러준 뒤 제이는 북산을 넘어 가호른을 찾아 갔다. 스톤을 수리해야 하기 때문이다.

제이에게 귀속구를 받아 들고 스톤을 소환해 낸 마호른은 주름진 눈살을 더욱 찌푸렸다.

"휴우, 어찌 된 게 이놈은 성할 날이 없느냐. 출력이 떨어지는 것도 아니고 관절이 약한 것도 아닌데 말이다. 벌써 몇 번째냐."

92카파의 출력에 거이니움으로 보강한 관절이었다.

"오너가 약한 게지요."

웃으며 넘기려는 제이를 못마땅하다는 듯이 쳐다본 마호른은 퉁명스레 내뱉었다.

"약하긴 약하구나. 몸이 또 고장났으니 말이다. 세 번째 아니냐?"

"맞습니다."

마나 고갈을 세 번째 겪었다.

"내 마나 고갈 세 번 당하고 살아남은 오너 얘기는 듣지 못했다. 경험 부족한 오너라면 또 모를까 너 정도 되는 이가 어떻게 세 번씩이나 마나 고갈을 겪는단 말이냐. 혹 스톤의 제어에 문제가 있느냐?"

"스톤에 문제가 있는 것은 아닌 듯합니다. 다만… 동화하면 자신을 잃는 것 같습니다."

"자신을 잃는다라……. 어찌 보면 그것이 동화의 본질이니 이상할 것도 없지 않느냐?"

"그 정도가 아니라, 새로운 격이 생기는 것 같습니다. 제가 타이탄을 움직이는 게 아니라 온전히 타이탄이 되어 움직이는 것 같다는 말입니다."

"흠……."

마호른이 심각한 표정으로 볼을 씰룩였다.

"바람을 느끼느냐고 묻는다면, 느낍니다. 그런데 그 느낌을 오너인 제가 받는 게 아니라 타이탄이 받습니다. 철의 거인이 바람을 느끼고 적의를 느끼고 상대를 공격한다는 말입니다."

"너도 알다시피 타이탄은 완전히 밝혀지지 않았다. 그저 복제해 가며, 조금씩 개선해 가며 지금껏 만들어왔던 것이야. 네가 말한 그 새로운 격이라는 말이 타이탄이 원래 가지고 있는 문제점인지 아니면 네 자신의 문제인지 지금으로서는 명확히 알 수 없구나. 그러니 가능한 한 이제 타이탄을 타지 마라. 네 자신을 완전히 극복했다는 생각이 들 때까지 말이다.”

자신을 염려하여 한 말이라는 것을 알지만, 제이는 희미하게 웃으며 고개를 저었다.

“제가 여기까지 온 것은 오로지 타이탄 때문입니다. 여기 코플래닛과 이곳에 사는 많은 이들이 모두 타이탄의 발걸음 위에 서 있습니다. 제가 부순 무수히 많은 타이탄의 잔해 위에 코플래닛이 있는 것입니다.”

그것이 바로 제이가 인식하는 현실이었다.

강력한 타이탄 오너 제이가 없다면 이 많은 사람들을 끌어올 수도, 지킬 수도 없는 것이다.

새로운 체제, 자유와 희망, 이 모든 것은 제이라는 타이탄 오너의 울타리 안에서 말할 수 있는 것이다.

자신이 타이탄을 타지 않는다면, 국왕이 힘을 실어주고 귀족들이 두려워하고, 열정있는 사람들이 모여들까?

그러나 마호른은 고개를 저으며 말했다.

“따라오너라.”

마호른은 제이를 이끌고 북산을 걸어 올랐다.

검버섯이 드문드문 피어오른 늙은 마법사의 발걸음은 제이보다 가벼웠다. 이번 마나 고갈의 후유증은 전처럼 쉬이 회복되지 않은 탓이었다.

그렇게 힘겹게 제이는 마호른을 따라 북산 꼭대기에 올랐다.

남쪽으로 코플래닛의 전경이 넓게 펼쳐졌다.

일곱 플래닛이 보이고 그 안에서 움직이는 사람들이 작게 눈에 들어왔다.

"뭐든지 최초의 움직임에는 힘이 필요한 것이다. 멈춘 마차를 움직이려면 끄는 힘이 있어야 하고, 수레를 움직이려면 미는 힘이 있어야 한다. 물건을 들어 올릴 때도 마찬가지다. 세상이라고 다를쏘냐. 새로운 마을을 만드는 데는 많은 힘이 든다. 새로운 왕조를 세우는 데는 말할 것도 없지. 유지하는 힘보다 최초에 드는 힘이 훨씬 많이 필요한 것이다."

시원한 바람이 불어와 한여름의 뜨거운 땀을 식혀주었다.

"네 말대로 코플래닛은 네 힘에 의해 세워졌다. 너의 타이탄이 세상을 부순 힘에 기반한 것이다. 그러나 보아라. 이미 사람들이 살아가고 있지 않느냐. 부모에 의해 태어난 자식도 나중에는 자기 뜻대로 살아가는 법이다. 너는 어찌 품 안에 싸고돌려 하느냐. 물론 가르쳐야지. 살아가는 법을 열심히, 애정을 두고 가르쳐라. 네가 생각하는 옳은 바를 힘써 가르쳐라. 그러나 그대로 움직이지 않는다고 네가 끌고 가지는 마라."

제이는 머리를 강하게 얻어맞은 것 같았다.

"네가 타이탄을 타지 않으면 코플래닛이 좀 더 위태로울지도 모른다. 그래도 사람들은 살아갈 것이다. 네가 그들의 삶과 죽음, 그들 자손들의 삶과 죽음, 그들 자손의 자손들의 삶과 죽음을 영원히 관장하지 못하는 한 그들은 그들의 삶을 살아갈 것이다."

멍하니 서 있는 제이에게 한번 눈길을 준 마호른은 좀 더 누그러진 어투로 말했다.

"그러니 네 몸을 조금 아껴도 된다. 그래야 사람들을 좀 더 오랫동안 보살필 것이 아니냐."

다시 산을 내려온 뒤 마호른은 제이에게 새로운 타이탄을 보여주었다.

"엘리나이트라고 한다. 출력 88카파에 장갑을 착용하지 않았을 때 18.1톤이 나간다. 아공간 마법진 효율은 23퍼센트로 스톤보다 조금 낮다."

"대단하군요."

은색 타이탄이 격납고 곳곳에 박힌 불빛에 반사하여 우아한 자태를 뽐냈다.

"대단하기는. 소환 효율이 조금 나은 것 말고는 스톤보다 나을 게 없다."

그렇게 말하면서도 마호른의 얼굴에는 자부심이 깃들어 있었다.

"스톤이야 돈 귀신이었지. 사실 가격 대비 성능에서는 꽤 괜찮은 놈이다. 88카파면 거의 상급 기체고 말이야. 스톤 수리할 동안 이놈을 쓸 테냐?"

"그렇다면 저야 좋겠지만, 저는 스톤에 만족하렵니다. 당분간 코플래닛에 머물 테니 당장 쓸 일도 없고요. 다른 오너에게 주도록 하지요. 그런데 생산성은 어떻습니까?"

"이것 말고도 새로 손댄 기체가 있기는 한데……. 이놈은 넉 달에 하나 꼴로 만드는 게 가능하다."

"굉장하군요."

마호른의 마탑은 강대국의 유수 마탑처럼 대량 생산 설비가 갖춰지지 않았다. 넉 달에 고급 타이탄 한 기를 만들 수 있다는 것은 정말 대단한 것이다.

"전에 네게서 받은 재료가 많아서 가능했지. 지금 이놈을 포함하면 엘리나이트 세 기가 있다. 어차피 네놈 주려고 만든 거니 가져가 풀을 쑤든 죽을 쑤든 알아서 해라."

마호른은 미련없다는 듯 툭 내뱉었다.

"잘 쓰겠습니다."

*　　　*　　　*

제이의 부탁으로 오랫동안 하란에 머물러 있던 투발루가 돌아왔다.

세상에서 용병이 가장 많은 곳을 꼽으라면 단연코 하란이었다. 그리고 하란을 포함하여 베르가키아 왕국은 바람 앞에 등불이었다. 마이네 제국의 병력이 주둔한 지 벌써 2년째인 베르가키아는 몹시 위태로운 지경에 처해 있는 것이다.

용병은, 돈을 받고 전쟁에 몸을 던지기는 해도 죽을 자리에 알아서 기어들어 가지는 않는다. 베르가키아 왕국에서는 용병들을 묶어두어 혹시 모를―남들이 봤을 때는 거의 확실한―마이네 제국과의 전쟁에 투입하려 했지만, 부응하는 용병은 거의 없었다.

의리? 없지는 않았다. 베르가키아에서 태어나 베르가키아에서 활동해 온 용병들에게 베르가키아의 멸망은 결코 바라는 일이 아니었다. 그 정도의 의리는 있었던 것이다.

그러나 마이네 제국과 싸울 정도의 의리는 아니었다.

그러하기에 하란에 살고 있는 용병들에게 지금은 몹시 곤혹스러운 시절이었다.

그렇다고 살아온 터전을 버리고 다른 곳으로 이주하는 것은 결코 쉬운 일이 아니다. 게다가 용병이 전장을 버리고 도주한다는 느낌이 들어 스스로 먼저 다른 나라로 몸을 빼내기도 난감했다.

그러던 차에 투발루가 하란에 온 것이다.

먼저 선뜻 움직이지는 못해도 다른 누군가의 권유에 못 이기는 척 움직이는 것은 쉬운 일이다.

투발루는 카모르찬과 폴카도가 바밀의 용병들을 만나 했던 일과 똑같은 일을 했다. 그리고 카모르찬과 폴카도보다 훨씬 큰 성과를 이루었다.

바밀의 용병과 하란의 용병은 처한 상황이 그만큼 큰 차이가 있었던 것이다.

예비 오너를 포함하여 오너 40여 명, 스카우터의 수는 그의 네 배, 그리고 타이탄의 수리와 정비를 담당하는 정비 요원, 그리고 그들의 가족들까지 거의 600여 명의 인원이 코스모스 상회의 배 여러 척에 몸을 싣고 정든 고향을 떠나온 것이다.

그리고 그 사람들 사이에 의외의 인물이 끼어 있었다.

코플래닛으로 온 사람들을 만나 인사하는 자리에서 그를 처음 봤을 때 제이는 그냥 지나쳤다. 오가며 한두 번은 봤던 하란의 용병들이었기에 그 역시 용병 시절 본 적이 있으려니 했던 것이다.

그런데 그가 제이를 불렀다.

"나를 모르겠소?"

그제야 제이는 미간을 모으고 그의 얼굴을 바라보았다.

"크노르요."

크노르, 크노르, 크노르······.

"아, 크노르. 당신이······."

과거 하란 시 외곽에서 오르가니와 싸우던 날 만났던 소슬의 정보 요원 크노르였던 것이다.

크노르는 다리가 불편해 보였다.

"이렇게 되었소. 시간을 좀 내주시겠소?"

그는 쓰게 웃으며 조용히 말했다.

하란에서 온 용병들과 헤어진 뒤 제이는 밤늦게 크노르를 불렀다.

"어떻게 된 일입니까?"

"말하자면 깁니다."

크노르는 쓸쓸한 목소리로 나직이 되뇌었다.

마이네군이 하란에 상륙하기 전 사전 정지작업으로 루미나스의 요원들이 소슬의 요원들을 모조리 제거하던 그 차디찬 어둠 속에서 크노르는 온몸을 찔린 채로 오물 하천에 빠졌다.

차디찬 오물 하천에 빠져 하류로 떠밀려 내려간 그를 구한 것은 오줌을 누려고 밖으로 나온 거지 소년이었다.

얼어 죽기 직전의 크노르가 하천을 향해 바지춤을 내린 소년의 다리를 악착같이 붙들자 놀란 소년의 고함을 듣고서 아이들

이 튀어나와 그를 오물 하천에서 꺼낸 것이다.

어지간한 어른에게는 겁을 내지도 않는 아이들이었지만, 크노르는 함부로 대할 수 없는 그 무엇이 있었다. 그리하여 그는 한동안 아이들의 움막에서 다친 몸을 추슬렀다.

어느 정도 몸을 회복한 뒤 크노르는 자신을 습격한 자들의 정체를 조심스럽게 알아보았다. 처음에는 마이네의 요원들인 줄 알았는데 알고 보니 루미나스의 요원들이었다.

마이네의 대군이 베르가키아에 상륙하고 루미나스가 협조하고 바밀도 동참해서 소슬을 공격하려 한다는 사실을 안 것은 한참 후의 일이었다.

조직은 이미 괴멸되었고 성치 않은 몸으로 소슬로 돌아간다 해도 이미 늦어버렸다.

시간이 또 흘러 나구사 함락 소식을 들었을 때는 허탈하기만 했다.

부하들의 죽음, 소슬의 멸망에 크노르는 좌절했고 분노했다. 무언가를 하지 않을 수 없었다. 그러나 자신이 소슬을 부흥시킬 수도, 강대국 마이네와 바밀을 멸망시킬 수도 없었다.

그럼에도 루미나스에는 한 칼 먹이고 싶었다.

평소 속으로는 비수를 숨긴 채 겉으로는 비굴한 모습으로 강대국에 굽실거리다가 소슬을 무너뜨리는 데 가장 큰 역할을 한 루미나스, 간사한 그들의 손에 동고동락한 부하들이 사그라졌다는 사실에 견딜 수가 없었다.

적어도 루미나스만은 타격을 입히고야 말리라!

그게 다리를 저는 크노르의 유일한 목표가 되었다.

이리저리 움직여 보았지만, 그러나 조직도 없고 힘도 없는 그가 할 수 있는 일은 없었다.

그러던 어느 날 전장의 소문이 하란에까지 들려왔다.

바람을 느끼는 오너, 제이 코플래닛 남작!

아는 사람이었다.

아이들—나중에 알고 보니 붉은 토끼라 불리는 아이들이었다—의 힘을 빌리고 여러모로 알아본 결과 하란에 있는 코스모스 상회가 제이와 연관이 있다는 것을 알았다.

어떻게든 제이와 접촉하기 위해 코스모스 상회 주위를 관찰하던 어느 날 안면이 있는 용병, 투발루가 하란에 나타난 것이다.

"조국도 망하고 가진 힘도 없는 나지만, 루미나스만은 이대로 둘 수가 없소. 도와주시오."

그의 눈에 비친 것은 기이한 열망, 광기라 불러도 이상하지 않은 열기였다.

제이는 난감하지 않을 수 없었다.

"크노르 씨, 당신의 조국이 패망한 것은 유감입니다. 그러나 나도 소슬의 멸망에 일조한 사람이오. 대체 무슨 근거로 내가 당신을 도우리라 생각하는 겁니까? 그리고 이번 전쟁에서 드러났듯이 루미나스는 강한 나라입니다. 해상 전력뿐 아니라 육상 전력도 무시 못할 만큼 강력합니다. 한 사람의 힘으로 어쩔 수가 없다는 말입니다."

"당신이 비록 소슬의 멸망에 한 팔 거들기는 했지만, 페이런

은 바밀의 요구에 응할 수밖에 없었고 당신은 페이런 국왕의 명령을 들을 수밖에 없는 처지가 아닙니까. 루미나스처럼 주도한 것이 아니지요. 나도 압니다. 내가 루미나스라는 나라를 지울 수 있을 거라 생각지 않습니다. 그러나 음모와 궤계로 소슬을 멸망시킨 그 나라가 소슬 땅에 한 발 걸치고 승승장구하게 내버려 둘 수는 없습니다."

크노르는 결연한 표정으로 말했다.

"흠……. 나는 이제 용병이 아닙니다. 당신에게 고용되어 루미나스를 공격할 처지도 아니고, 강국 루미나스와 척을 져 나의 사람들이 다치게 하고 싶지도 않습니다."

제이는 거듭 거부의 뜻을 밝혔다.

"당신의 힘으로 어쩌자는 말이 아닙니다. 나는 내 힘으로 루미나스에 복수할 것이오. 비록 하란의 조직은 궤멸되었지만, 바밀이나 마이네, 그리고 소슬 본토에는 아직 우리 요원들이 적지 않을 것이오. 복수의 칼을 가는 기사들도 많이 있을 것입니다. 몸도 온전치 않은 나는 이들과 연락할 여력이 없습니다. 당신이 직접 루미나스와 상대하지 않아도 좋습니다. 이들과 연락하여 조직을 갖출 때까지만 당신의 힘을 빌려주시오. 부탁합니다, 코플래닛 남작."

크노르는 제이에게 무릎을 꿇고 간절히 빌었다. 나라를 잃은 한 요원의 간절한 염원은 사람의 마음을 흔들기에 충분했다.

그러나 그것만으로 함부로 움직일 수는 없었다.

"휴우, 일어나시오. 어떻게 도와달라는 말입니까?"

그 말에 크노르의 눈이 반짝 빛났다.

"자금과 사람을 대주시오. 물론 남작의 사람이 아니어도 됩니다. 최소한 믿을 수 있는 사람으로 붙여주면 그들을 통해 먼저 바밀이나 마이네에서 활동하던 요원들을 불러 모을 것이오. 그다음은 남작을 번거롭게 하는 일이 없을 것입니다."

"나와 나의 사람들과 페이런 왕국이 루미나스에 노출되는 일은……."

"내 장담하건대, 그런 일은 절대 없을 것이오."

크노르의 말에 제이는 묵묵히 고개를 끄덕이며 생각에 잠겼다.

루미나스, 평소 깊이 생각해 본 적이 없었다. 그런데 크노르의 말을 듣고 보니 어떤 식으로든 루미나스가 약화되면 코스모스 상회와 승냥이들에게 득이 될 것 같았다. 특히 바다에서 밥을 버는 승냥이들에게는 언젠가는 부딪칠 수밖에 없는 세력이 바로 루미나스였다.

승냥이들에게 했던 약속을 지키는 데 있어 루미나스의 약화는 도움이 되었으면 되었지 해가 되는 일은 없을 것 같았다.

생존한 소슬의 정보 요원 한 사람의 힘으로 루미나스라는 나라에 크게 위해를 가할 거라고는 생각지 않았지만, 잃는 것이 없고 얻는 게 있다면 나쁘지 않을 것 같았다.

"페이런의 수도 타슈에 가면 루스라는 청년이 있소. 내 가족 같은 녀석이오. 녀석에게 말해서 사람을 골라보시오. 그리고… 녀석들을 좀 가르쳐 주시오."

겉으로 꺼내고 싶지 않은 말이 어렵게 목을 타넘어 나왔다.

"고맙소, 남작. 내 이 은혜는 잊지 않겠소. 그리고 어차피 써

먹어서 도움 될 국가도 없는 몸. 아는 것, 모르는 것 몽땅 가르쳐
주겠소.”

크노르가 기꺼이 고개를 끄덕이며 말했다.

제이는 깊이를 알 수 없는 냄새나는 수렁에 한 발 내딛은 느
낌이었으나 이미 뱉은 말을 주워 담을 방법은 없었다.

다음날, 제이에게 자금을 받은 크노르는 타슈로 향했다.

                    *   *   *

원쿠찬과 디톨레닌이 타이탄을 탄 채 캐고 많은 사람들이 달
라붙어 다듬은 거석을 코플래닛 반도 한가운데로 날랐다.

원체 돌이 커서 캐고 다듬고 나르는 데만도 한 달이 넘게 걸
린 큰 역사였다.

나른 돌을 타이탄들이 힘을 써서 구덩이를 파고 곧게 세웠다.

그렇게 세우고 보니 가로와 세로의 길이가 각각 4미터, 높이
가 14미터에 달하는 사각, 직각 기둥이 되었다.

원쿠찬과 디톨레닌에게 이보다 작은 크기의 비석을 각 플래
닛에 세우도록 지시한 뒤 제이는 성치 않은 몸을 이끌고 작업에
들어갔다.

정과 망치를 든 제이는 비계에 몸을 싣고 돌에 글자를 새겨
나갔다.

발로 땅을 디디지 못한 채 흔들리는 비계에 앉아 손을 움직여
글자를 파는 것은 쉽지 않았다. 그래도 한자한자 정성스럽게 글
자를 새겼다.

뜨거운 여름, 땀을 뻘뻘 흘리며 커다랗게 새긴 글자가 드디어 모습을 드러냈다.

행복.
연대.

제이가 생각하는 플래닛 체제의 이상이 처음으로 세상에 모습을 드러낸 것이다.

인간 세상에서 개인의 행복보다 중요한 가치는 없다.

개인이 행복하기 위해서는 사회가 수직적 예속 관계가 아닌 수평적 연대로 이어져야 한다.

제이의 머릿속에 자유, 희망, 도전, 발전, 사랑, 믿음 등등 온갖 좋은 어귀들이 맴돌았으나 이 두 단어만큼 명확하지는 않았다.

사실 이념이라고 하기에는 너무나 포괄적이고 일상적인 단어였다.

그러므로 이념이 아닌 것이다.

행복하기 위한 방법은 알아서들 찾아서 살아가라는 말과 다름없었다.

행복을 이야기하면서 연대를 거부하는 이기주의는 행복의 상실을 낳을 수 있다는 경고가 담긴 것이기도 했다.

그러나 이러한 생각은 모두 제이의 머릿속에 있는 것일 뿐 비석을 본 사람이 읽는 것은, '행복'과 '연대' 두 단어뿐이었다. 각자의 지식과 각자의 경험에 따라 받아들이는 의미가 다를 수

있다는 것이다.

제이는 자신의 생각까지 구구하게 비석에 새기지 않았다.

거대한 비석의 한 면에 두 단어를 크게 새긴 뒤 제이는 반대쪽 면에 두 발을 디디고 한 사람의 이름을 새겼다.

피리운.

코플래닛에 터를 닦은 뒤 가장 먼저 죽어간 사람의 이름이었다.

사람이 짐승과 다른 점은 무엇인가?

똑똑함을 자랑하는 사람들은 많은 것을 들 수 있겠지만, 단 한 가지만 꼽으라면 떠난 이를 추억한다는 것이다.

과거를 되새기는 것이 현재를 위로하고 미래를 설계할 원동력이 되어준다.

그러므로 과거를 이름으로 압축하여 비석에 새기고 두고두고 보는 것이다.

그게 짐승과의 격차를 이토록 벌린 사람의 가장 큰 힘이다.

피리운, 이 짧은 이름을 새기는 동안 제이는 프로스트라트를 떠올렸고, 아모란과 만난 때를 기억해 냈고, 밀릭으로 들어가 데스테나와 포옹한 날을 추억했다. 세상에서 가장 높은 만년설에서 죽음과 직면했던 기억, 울목에서 새로운 세상을 보고 은을 만나고 아들을 얻어 마음에 두껍게 얼린 얼음벽이 무너졌던 기억, 다시 세상에 나와 다마스 섬에서 자하드와 싸우고 나구사에서 오르가니와 싸운 기억, 살며 상처 입고 치유되었던 모든 기억을 떠올렸다.

그와 처음 만나 싸우고 마을을 구해주고 스카우터로 뛰어다니는 것을 지켜보았던 때가 기억이 났다.

사람의 기억력은 온전하지 못하다. 시간이 지나면 잊어버리고 새로운 정보에 옛 기억이 뒤로 밀린다.

그래서 이처럼 바위벽에 새겨놓아 오가며 보고 기억을 되살리는 것이다. 울목의 석수들이 그러했던 것처럼.

행복.
연대.
피리운.
이 세 마디를 새긴 뒤 제이는 밀런을 불렀다.
"코플래닛에 사는 모든 사람들을 이곳으로 부르세요."
밀런은 제이의 말에 충실히 따랐다.

해가 지고 별이 밝게 빛나는 밤, 코플래닛 반도의 중간 넓은 벌판에 7천여 명의 사람이 모여들었다.

영주님의 부름이라는 말에 혹시나 늦을까 염려하여 아침 일찍 출발하여 이곳에 도착한 사람도 있고, 한 번도 얼굴을 본 적 없는 영주를 본다는 기대에 흥분한 사람도 있었다.

이렇게 많은 사람들이 한자리에 모인 것을 본 적이 없는 아이들이 사람 사이를 뛰어다니며 놀았고, 부모들은 자식을 잃어버릴까 야단을 치고 아이들을 불렀다.

처음 모인 코플래닛의 사람들은 그렇게 복잡하고 소란스러웠

166 

다. 그리고 점차 분위기가 진정되고 사람들은 어느 날 갑자기 들어선 거대한 비석의 남쪽 벌판에 자리를 잡고 앉았다.

곳곳에 켜진 횃불이 어둠이 사람들을 뒤덮는 것을 막아주었다.

이윽고 제이가 미리 설치해 놓은 단상 위로 올라갔다.

제이가 올라오자 누군가의 입에서 영주님이라는 말이 나왔고 어떤 이들은 분분히 일어나 고개를 조아렸다. 그러자 사람들이 다른 사람들을 따라 일어나 고개를 깊이 숙였다.

제이는 쓴웃음을 지으며 같이 고개를 숙였다.

"여러분! 이제 되었습니다. 모두 자리에 앉으세요."

아이들도 어른들의 분위기에 휩쓸려 감히 큰 소리를 내지 못하여 7천여 명이 모였음에도 사위가 고요했다.

몸이 완전히 회복되지 않아 제이의 목소리는 그리 크지 않았지만, 사람들은 모두 알아들었다.

그럼에도 함부로 자리에 앉는 사람은 없었다.

영주님 앞에 함부로 앉다니… 아무리 이곳이 다른 곳과 차이가 난다고 듣고 배웠다지만, 있을 수 없는 일이었다.

게다가 영주님은 굉장히 강한 기사라 혼자서 강철거인 수십 기를 부숴 버린다는 말도 들었다.

사람들은 쭈뼛거리며 서로의 눈치만 살폈다.

제이는 나직이 한숨을 내쉬더니 입을 열었다.

"아모란, 어디 있느냐?"

제이가 부르는 소리에 아모란은 무거운 분위기의 군중 속에서도 손을 들고 살짝살짝 뛰었다.

"여기 있어요, 아빠… 영주님!"

"그래, 거기 있었구나. 아모란, 엄마와 동생들 손을 잡고 자리에 앉아라."

아모란이 은과 아스트론의 손을 잡고 자리에 앉았다.

"자, 그 옆에 서 있는 분들도 앉으세요. 괜찮지요?"

그러자 파문이 번지듯 사람들이 차례로 자리에 앉았다. 모두가 앉는 데는 시간이 조금 걸렸다.

모두가 자리에 앉자 제이는 그들을 한 번 죽 둘러보았다.

코플래닛의 사람들이었다.

"여기 모인 여러분들 중에는 서로 아는 사람도 있고 모르는 사람도 있을 것입니다. 이처럼 모두가 한자리에 모인 일이 처음입니다. 제가 바쁜 척하며 사방으로 돌아다니느라 이런 자리를 미처 만들지 못했습니다."

사람들의 눈과 귀가 모두 제이에게로 쏠렸다.

"여기 모인 여러분은 모두 이곳 출신이 아닙니다. 여기 코플래닛에서 태어난 이는 제 둘째 아들을 포함하여 세 명뿐이라고 알고 있습니다. 페이런, 코코움, 안투, 고이센, 티굴, 소슬, 마이네, 루미나스, 바밀, 저 멀리 남쪽 사막에서 오신 분들도 있습니다. 스스로의 의지로 이곳에 오신 분들도 드물 것입니다. 어떤 이는 노예로 팔려 오고, 어떤 이는 살던 터전을 잃고 떠밀려 오고, 어떤 이는 누군가의 권유로 찾아왔습니다. 이렇듯 모두 출신 지역이 다르고 신분이 다르고 이곳으로 오게 된 계기가 다릅니다. 그럼에도 다르지 않은 게 있습니다. 그것은 바로, 지금! 여기에서! 함께 살아가는! 사람이라는 것입니다!"

바람이 불어와 여름 햇살에 뜨겁게 달궈진 땅을 식혀주었다. 그러나 사람들은 반대로 조금씩 달아오르기 시작했다.

"살던 터전을 떠나 이곳까지 오게 되었다는 것은, 여러분의 삶이 그리 순탄치 않았다는 것을 말해줍니다. 저 역시 평탄하지 않은 삶을 살았습니다. 전쟁터에서 포로로 잡혀 노예가 되었고, 사랑하는 사람의 죽음을 두 눈으로 지켜보아야 했으며, 싸움터를 전전하며 돈을 벌어 빚을 갚고, 약한 사람을 핍박하기도 하고, 죽음의 강을 넘나들며 살아왔습니다. 죽는 게 낫다 싶을 정도로 괴롭고 아프게 살아왔습니다. 여러분도 그러했으리라 생각합니다. 그러나 여러분! 쓰라리고 아픈 인생을 살아오며 제가 깨달은 것은, 그럼에도 산목숨은 어떻게든 살아간다는 것입니다. 그리고… 이왕 살아질 목숨, 스스로를 비하하고 자책하고 자학하고 괴로워하는 것보다는, 행복을 느끼며 사는 것이 훨씬 낫다는 것입니다. 이 괴로운 인생, 행복이 어디 있느냐! 그 말도 맞습니다. 이 세상에는 아무리 발버둥 쳐도 조그만 행복의 끈도 잡을 수 없는 삶이 분명 있습니다."

사람들은 지난 과거를 떠올리며 회한의 파도를 일으켰다.

"코플래닛은 다릅니다. 사람 사는 세상, 달라봤자 뭐가 다를까? 그렇습니다. 그러나 그럼에도 다릅니다. 코플래닛은 여러분에게 어떤 희생도 강요하지 않을 것입니다. 원치 않는 삶을 강제하지 않을 것입니다. 여러분은 자신의 노력으로 행복하게 사십시오. 이웃과 다툼없이, 이웃에게 양보하며, 이웃과 화목하게 행복을 찾으십시오. 세상의 거센 풍랑은 제가 막아낼 것입니다. 저와 뜻을 함께하는 동료들이 바람을 막을 것입니다. 그러니 여러분은 코플래닛에서 행복하게 사십시오. 여러분이 행복하게 사는 것을 보는 게 저의 행복입니다. 제가 늙고 병들어 세상의 폭풍을 막을 힘이 없어지면 이 안에서 행복하게 자라나 담대해지고 강해진 저의 자식들, 여러분의 후손들이 저를 대신할 것입니다. 이 비석을 보십시오.”

제이가 단상 옆 거대한 비석을 가리키자 사람들의 시선이 일제히 쏠렸다.

“앞으로 코플래닛에서 살다가 생을 마감하는 모든 이들의 이름이 여기에 새겨질 것입니다. 남은 사람들은 오가며 그들의 이름을 한 번씩 보고 추억하고 또 잊을 것입니다. 벌써 한 사람의 이름이 비석에 올랐습니다. 피리운, 그의 이름입니다. 여러분은 행복하게 살다가 가끔이나마 이곳을 지키기 위해 보이지 않는 곳에서 싸워 나가는 누군가가 있다는 것을 기억해 주십시오. 또 행복하게 살다 간 누군가를 추억해 주십시오.”

수척한 얼굴을 한 라테나가 눈물을 흘렸다.

“여러분, 코플래닛이 여러분에게 강요하지 않는다 하여 여러분이 절로 행복해지는 것은 아닙니다. 행복은 누가 가져다주지 않습니다. 여러분이 찾아내어 스스로 지켜 나가는 것입니다. 마지막으로, 오늘 밤 이 자리에서 행복을 찾고 지키는 방법을 일러 드리겠습니다. 혼자서 도저히 감당 못할 어려움을 이겨내는 방법을 가르쳐 드리겠습니다. 누구나 알고, 생각보다 훨씬 쉽지만, 또 생각보다 어려운 것입니다. 바로, 연대입니다. 손을 내밀어 상대의 손을 잡는 것입니다. 민망하고, 부끄럽고, 계면쩍고, 용기가 나지 않습니다. 그러나 잠깐만 용기를 내보십시오. 일어

나서 모두 옆 사람의 손을 잡으십시오.”

사람들이 주춤주춤 자리를 털고 일어났다. 그러나 선뜻 손을 내밀지 못했다.

여자도 있고, 남자도 있고, 소년도 있고, 소녀도 있고, 노인도 있고, 아이도 있었다.

아는 사람도 있고 모르는 사람도 있었다.

손을 잡는다는 것은 생각보다는 훨씬 어려운 일이었다.

그러다 이 밤의 열기를 빌려 용기 내어 한 사람씩 옆 사람의 손을 잡기 시작했다.

“밀런 선생, 옆 사람 손을 잡으세요. 아모란도 옆 친구 손을 잡아라. 모두 모두 손을 잡으세요.”

제이도 분위기에 몸을 맡긴 채 단상에서 내려와 군중 속 누군가의 손을 잡았다.

막상 해보니 별거 아니었다.

옆 사람의 손을 잡고 제이는 옆으로 천천히 걸음을 옮겼다.

사람들이 하나씩 손에 손을 잡고 옆으로 돌았다.

자연스럽게 거대한 비석을 중심으로 그 주위를 돌기 시작했다.

원 하나가 생기고, 원을 둘러싼 다른 원이 생기고, 더 큰 원이 만들어져 갔다.

민망해하던 랑겔도 얼떨결에 누군가의 손을 잡고 돌았다.

얼마 전 하란에서 온 용병들도 멀뚱거리다 손을 잡힌 채 돌았다.

남자, 여자, 노인, 아이, 귀족 출신, 용병 출신, 노예 출신 가리지 않고 그저 옆 사람의 손을 잡고 돌았다.

발걸음이 점차 경쾌해졌다.

절로 흥이 났다.

"아스트론, 노래를 해보렴."

아스트론의 손을 잡고 돌던 은이 즐거운 얼굴로 아들을 부추 겼다.

"노래? 음음음……."

고민하던 아스트론이 생각난 노래를 불렀다.

사각사각 뽕잎 먹고 고치로 집을 지어

곱디고운 비단실을 자아내는 누에처럼

우리도 많이 먹고 씩씩하게 자라나서

이웃 돕고 세상 비추는 고운 사람이 되자꾸나.

"사각사각 뽕잎 먹고……."

"…고치로 집을 지어……."

아이들이 따라 부르는 쉬운 가락의 누에 노래가 아스트론의 입에서, 또래의 아이들의 입에서, 흥이 난 사람들의 입에서 점 점 흘러나왔다.

"…고운 사람이 되자꾸나."

손에 손을 잡고 '행복한 연대의 비'를 도는 사람들은 한목소 리로 노래를 불렀다.

코플래닛 사람들은 그렇게 연대를 배웠다.

너무나 즐거웠고, 너무나 행복했다.

흥겹고 신이 났다.

그래서 제이는 눈물이 났다.

*   *   *

　조금씩 몸이 회복되어 가는 것을 느끼면서도 제이는 타이탄을 타지 않았다. 마호른의 말이 결정적이었다.
　코플래닛 사람들은 자신의 손을 떠난 것이다.
　물론 여전히 막강한 영향력을 행사할 수 있지만, 그렇게 하고 싶지 않았다.
　손에 손을 잡고 사람들은 연대를 느꼈다. 그 한 번으로 완성되었다고 말할 수는 없을 테지만, 자신이 없어도 사람들은 그렇게 살아갈 거라고 느낀 것이다.
　이 사람들이 행복하게 사는 것을 지켜보려면, 좀 더 오래 지켜주려면 내 몸을 아껴야 한다.
　제이는 그렇게 생각했다.
　밀런의 일을 도와 코플래닛 반도 바깥 해안선을 따라 새로 건설되는 플래닛을 돌아보고, 원쿠찬과 디톨레닌 같은 어린 오너들을 지도하고, 아모란, 아스트론, 아그니와 놀아주고, 은과 저녁 산책을 하고, 아버지와 식사를 하고… 제이는 평범한 가장으로서의 삶을 보냈다.
　국왕과 약속한 1년이 다 되어가는 어느 날, 폴카도와 카모르찬이 돌아왔다. 바밀에서 밀항선을 타고 하란에 도착한 뒤 하란에서 코스모스 상회의 배를 타고 온 것이다.
　그들은 바밀의 용병 몇 사람과 함께 왔다.

“오랜만이오, 남작.”

좀 애매한 호칭으로 케니가 인사했다.

“반갑습니다, 케니 씨.”

제이는 개의치 않고 손을 내밀었다.

케니 외에도 A형 타이탄을 소지한 오너 세 명이 자신의 팀과 가족들을 이끌고 왔다.

찾아온 오너는 네 명. 아무래도 하란 용병들보다는 처지가 절박하지 않은 탓도 있고 또 제이가 바밀과 싸웠다는 말에 꺼림칙해하는 사람도 있었던 것이다.

그러나 먼저 간 사람들이 어떻게 지내는지 지켜보고 나중에 오겠다는 사람도 있다고 했다.

피리운이 죽었다는 소식에 폴카도가 가장 슬퍼했다. 그를 처음 만났을 때부터 많이 챙겨주고 많이 가르쳐 온 사람이 바로 폴카도였던 것이다.

“젠장, 죽으면 저만 손해지.”

카모르찬은 이렇게 말하며 술 한 잔 마실 뿐이었다.

어찌 됐든 산 사람은 또 살아가야 한다. 제이는 사람들을 이끌고 또 전장으로 살러 갈 준비를 서둘렀다.

“어떻게, 생각은 좀 해보셨습니까?”

제이가 랑겔에게 물었다.

제이는 랑겔이 누구인지 잘 알았고, 랑겔 역시 이곳에 살면서 밀런과 사막 전투에 참전했던 투발루에게서 영주가 누구인지 들어 알았다. 옛날 마우라 부족의 오아시스에서 만난, 상처 입

은 짐승의 눈빛을 하고 있던 용병이 참 많이도 변했다는 생각이 들었다.

싸움을 잘하는 오너라서가 아니다. 행복한 연대의 비에서 제이가 사람들에게 했던 말, 그리고 그날 밤 함께 손을 잡고 노래하며 느낀 연대감이 정말 생경하면서도 가슴에 절절히 스며들었던 것이다. 그런 모습을 자아낸 사람이 되어 있는 것이다.

'그 짐승이 이러한 영주가, 이런 사람이 되었구나!' 라고 생각하니 시간의 힘은 그 어떤 마법보다 강력한 것 같았다.

마이네의 비둘기파 귀족들은 코플래닛에서 그런대로 적응하여 살고 있었다. 어떤 이는 아이들을 가르치고 어떤 이는 밀런의 일을 도왔다.

제이는 랑겔을 다른 곳에서 쓰고 싶었다. 바로 전장이다.

랑겔은 일군을 지휘한 경험이 있는 노련한 장군이었다. 반면 제이는 그저 싸움 잘하는 오너일 뿐 군의 지휘에 대해서는 경험이 전무했다. 싸움을 잘한다는 게 남보다 조금 나은 수준을 훨씬 넘어서 이제껏 그것으로 버텨온 것일 뿐이다.

그래서 랑겔에게 군무에 쓰고자 한다고 말했다.

정상적인 예법에는 한참 어긋날지도 모른다. 랑겔은 제이와는 비교도 되지 않게 높은 직책을 경험했고, 대제국 마이네에서도 손에 꼽히는 유력 귀족이었던 것이다.

"내가 응하지 않으면 마이네 출신들에게 불이익이 있는 것이오?"

랑겔이 담담히 물었다.

"거절하신다고 해도 마이네 출신 사람들은 지금처럼 살아갈 것입니다. 여기 사는 사람은 모두 코플래닛 사람이니까요. 다만, 이곳 사람들이 자신의 아비와 아들과 남편을 잃는 슬픔을 덜어주고 싶습니다. 저에게는 그런 능력이 없습니다."

이기심이라 불러도 좋다. 적군은 죽이면서 아군은 살리고 싶다는 말이니까.

그러나 자신의 영역을 지키며 외부 영역과 끊임없이 부딪쳐야 하는 사람에게는 숙명과 같은 이기심이었다.

"흠……."

랑겔은 전장에 다시 발을 디디고 싶지 않았다.

처음 코플래닛에 도착하여 느낀 불안감과 걱정이 살아가는 동안 어느새 사라지고 과거 자신의 행위로 고향을 떠나 힘겹게 살아온 사람들을 미약한 힘으로나마 도와가며 사는 지금의 삶이 만족스러웠다. 마이네에서 추방 조치를 푼다고 해도 돌아가고 싶지 않다는 생각을 가끔 할 정도였다.

그러나 주름이 무성하고 흰 머리칼이 싱싱한 머리털을 온통 밀어내고 들어앉은 지금에 와서 생각해 보니, 산다는 건 철없던 젊은 시절 헝클어놓은 매듭을 철이 들면서 하나씩 하나씩 어렵게 풀어나가는 건 아닐까 싶었다.

결국 매듭을 묶은 장소로 돌아가야 한다.

새롭게 헝클어놓지 않는다고 장담하지 못하지만, 자신이 발을 디딘 장소에서 어떤 식으로든 좀 더 나은 방향으로 생을 마감하고 싶은 것이다.

전쟁에 선은 없다.

그러나 정말 세밀히 살펴보면 차선이 있지 않을까 싶었다.

"이 늙은 몸이 어디 소용이 있을까 싶지만, 한번 가봅시다."

마이네 출신 노장이 허리를 꼿꼿이 펴며 말했다.

"고맙습니다."

제이는 허리를 깊이 숙였다.

*　　　　*　　　　*

정치를 하는 사람은 돈의 힘을 잘 안다.

정치는 사람을 움직이는 것이고, 돈이 바로 사람을 움직이는 가장 효과적인 힘이라는 것을 안다.

그럼에도 정치를 하는 사람들은 종종 돈을 쥔 사람들을 경시한다.

정치를 하는 사람들은 자신이 돈이라는 적나라하고도 직접적인 수단보다 더 높은 가치를 위해 행동한다고 믿기 때문이다.

그래서 보통 정치를 하는 사람들은 상인의 존재감을 인정하기는 해도 상인을 높이 쳐주지는 않는다. 필요할 때 꺼내 쓸 수 있는 돈주머니 정도로 보는 것이다.

전에 하란에 있는 루미나스 호텔 주방장 신분으로 지냈고 이제는 페이런에서 모종의 일을 꾸미고 있는 루미나스의 정보 요원 하스토르발은 평생 정치만 하도록 태어난 귀족들의 이러한 심리를 잘 아는 사람이었다.

하스토르발은 루미나스 상선을 타고 페이런에 도착한 뒤 이쪽에서 활동하는 요원들로부터 보고를 들었다.

검은 바다에서 루미나스 상선단이 괴멸당한 사건의 배경에 아바 시에 근거를 둔 코스모스 상회가 있고, 코스모스 상회는 검은 열도의 승냥이들과 밀접한 관계가 있으리라는 요원들의 짐작은 몇 달에 걸쳐 코스모스 상회를 감시하고 뒤를 밟는 등 구체적 사실을 기초로 한 것이라 신빙성이 있었다.

코스모스 상회가 아바에서 제법 큰 규모를 자랑하기는 했어도 처음부터 무역선을 보유하고 있었던 것은 아니다. 상회 총수의 아들, 제이의 귀환 이후 급격히 확장된 것이다.

일의 배경을 세세하게 알 수는 없었지만, 제이는 아바로 돌아온 뒤 금세 남작이 되었고, 승냥이와 손을 잡고 무역선단을 꾸렸으며, 페이런의 국왕에게 엄청난 힘을 실어주어 바밀에 의존하던 귀족파를 약화시켰다.

그리고 소슬 공략전에서 이름을 만방에 떨쳤다.

한마디로, 거물이 된 것이다.

경제와 정치는 별개로 보이지만, 알고 보면 한 몸체에서 뻗어난 두 가지에 불과했다. 제이는 그것을 알고 있었다는 듯이 경제적으로도 정치적으로도 어마어마한 힘을 지니고 있었다. 페이런이라는 작은 나라가 감당할 수 없어 보일 정도였다.

보고를 듣고 서류를 살피던 하스토르발이, '페이런의 국왕은 바보가 아닐까?' 라고 생각할 정도였다. 어떤 권력자가 신하의 힘이 이처럼 비대해지는 것을 방치한단 말인가. 지닌 무력 하나만 놓고 보더라도 버거운데 경제력까지 뒷받침된다면 어느 누가 견제한단 말인가.

제이를 만나기 전의 페이런 국왕의 처지와 제이의 목적에 대해 하스토르발이 알지 못했기 때문에 가능한 생각이기는 해도

작은 나라 페이런에서 제이가 지닌 힘은 이토록 엄청난 것이었다.

그러거나 말거나 루미나스는 방해없이 무역만 하면 된다. 이득을 빼앗기지만 않으면 페이런에서 무슨 일이 일어나든 상관할 바 아니었다.

그런데 자신의 파이를 야금야금 갉아먹는 대상이 결코 무시할 수 없는 힘을 지녔기에 루미나스가 적극적으로 관여할 수밖에 없었다.

하스토르발은 쉽게 해법을 발견했다.

공식적인 지위와 비공식적인 힘이 균형을 잃으면 파탄이 나게 되어 있다. 신하의 힘이 감당할 수 없을 만큼 커지는 것을 두고 볼 왕은 없는 것이다.

그리고 왕의 곁에는 전에는 경쟁자였다가 이제는 구석에 찌그러져 있는 바밀파 귀족들이 있었다. 그들을 부추기는 것은 너무나 쉬운 일이었다.

사람의 의지는 산과 같이 무겁지 않아서 말의 파도에 쉽게 휩쓸린다. 있는지 없는지 모를 작은 알갱이 하나가 어느 틈에 의지의 밭에 뿌려지면 언젠가는 의심이라는 열매가 주렁주렁 맺힐 것이다.

하스토르발은 비천한 루미나스의 상인이 되어 정치를 하는 테르나 공작의 문을 두드렸다.

테르나 공작은 너무나 쉽게 대문을 열어주었다.

CHAPTER 5
[북부통일전쟁]
국가

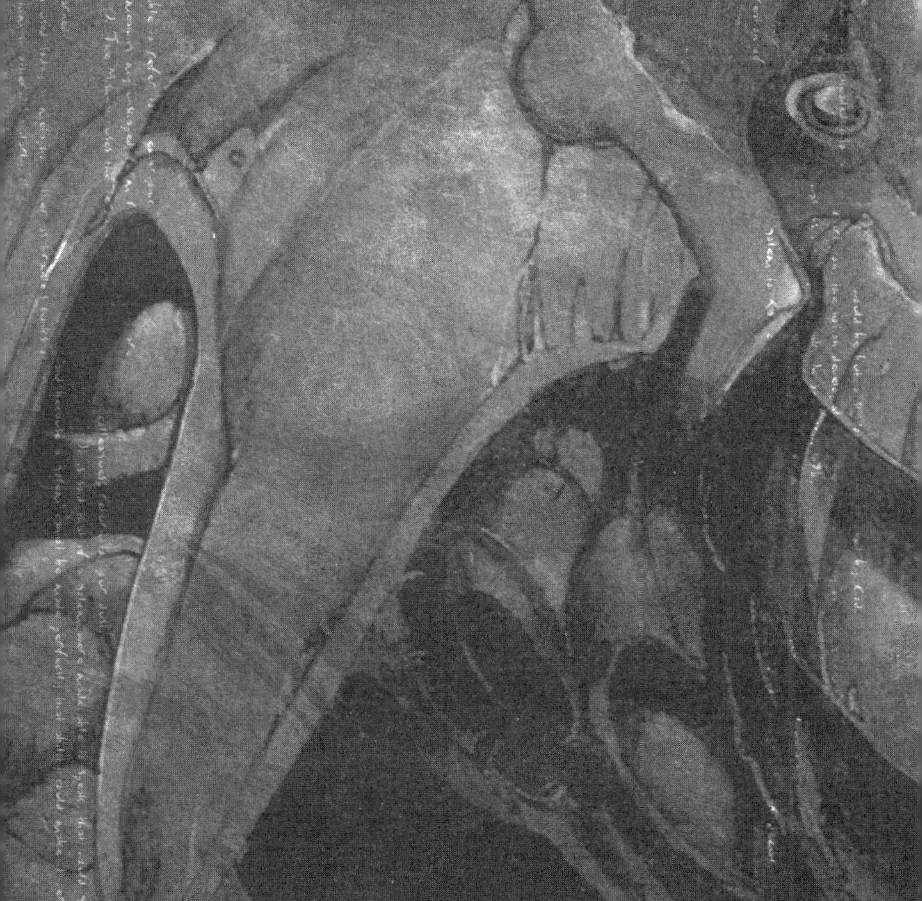

Jay
Koplanit

데스테나가 제이 코플래닛 남작을 붙잡기 위해 기사단 넷이 급파되었다는 소식을 들은 것은 수도로 돌아온 뒤였다.

분노한 데스테나는 다짜고짜 오라버니 국왕을 찾아갔다.

"전하, 어찌 이런 말도 안 되는 처사를 승낙하신 것입니까? 공을 세운 동맹국의 귀족을 붙잡다니요? 명을 거두어주십시오."

"철없이 굴지 마라, 데스테나. 네가 그자와 전쟁터에서 무슨 일이 있었는지는 묻지 않으마. 그러나 국익과 사사로운 감정을 혼동한다면 아무리 너라 해도 용서하지 않겠다. 공주로서 처신을 똑바로 하라!"

데스테나는 시뻘게진 얼굴로 돌아 나오고야 말았다.

오라버니는 자신이 전장에서 제이와 자주 만난 것을 알고 있었던 것이다. 제이가 과거의 그라는 사실은 모를 테지만, 데스테나는 이 시점에서 더 말해보아야 소용이 없다는 것을 알고 물러났다.

그러나 걱정이 되어 견딜 수가 없었다. 마나 고갈에서 완전히 회복되었는지도 염려스러웠다.

헤어질 때 보는 눈이 많아 잘 가라는 인사도 못했다.

당장 달려가고 싶었지만, 국왕이 궁 밖으로 나가는 것조차 막았다.

데스테나가 이러지도 저러지도 못하고 전전긍긍하는 동안에도 시간은 흘러갔고 새로운 소식이 수도로 전해졌다.

"두 기사단이 완파되고 다른 기사단도 피해가 적지 않다. 결국 제이 코플래닛 남작은 크바시르를 넘었다."

군 수뇌부에서 이 소식이 퍼지는 것을 막았지만, 알 만한 사람은 모두 알게 되었다.

데스테나는 그제야 안도의 한숨을 내쉬었다. 그러나 바밀과 척을 졌으니 제이의 앞날이 너무나 빤해 보였다. 홀로 타이탄 몇백 기를 부순다 해도 그 역시 사람인 것이다. 미약한 페이런 왕국의 힘으로 그를 보호할 수나 있을 것인가.

'어떡하지?'

데스테나는 고민했다.

이 사태에 대해 고민하고 제이에 대해 고민했다.

제이에 대해 생각하다 보니 그가 했던 말이 떠올랐다. 그래서

또 고민했다.

"국가는 사람에게 해가 된다. 국가 자체의 목적과 격이 만들어져 그것을 달성하기 위해 사람을 쥐어짠다. 반드시 국가여야 할까? 코스모스가 바밀에 핀다고 해서 바밀 코스모스가 아니고 페이런에 핀다고 해서 페이런 코스모스가 아닌 것처럼 사람도 그저 사람으로 살 수는 없을까?"

데스테나는 어리석지 않았다. 충성스런 기사의 사랑 이야기에 잠 못 이루는 꽃다운 어린 소녀가 아니다.

오라버니 국왕이 제이 코플래닛이란 사람이 미 워서 그를 잡으려는 것이 아니었다. 얼굴도 본 적이 없는 그를 어찌 미워한단 말인가.

로베르토 백작이 제이 코플래닛이란 남자를 갑자기 증오하여 죽이려는 것이 아니었다. 그 덕분에 전쟁에서 승리할 수 있지 않았는가.

국왕이나 백작 개인의 감정에 따른 조치가 아니라, 국가라는 놀라운 격의 세포로서 국가를 위해 움직이려 했던 것이다. 외부의 강력한 힘이 언젠가는 자신에게 위협이 될 것이라는 국가의 의지가 기사단을 움직이게 한 것이다.

'국가는 진정 개인을 억압하는가?

제이가 위태롭게 된 것은 국가 때문인가?

그렇다면 나는 어찌해야 하는가?

국가라는, 손에 잡히지 않는 놀라운 격이 자신을 짓누르는 것 같았다.

어찌하지 못하는 자신이 괴로워서 데스테나는 고민하고 또 고민했다.

그러던 어느 날, 일을 마치고 궁을 빠져나가는 시나페 백작을 보았다.

시나페는 데스테나가 아는 사람 중 가장 현명한 인물이었다. 그리고 최근에는 소슬 공략전을 성공적으로 치러낸 주전파에 밀려 입지가 몹시 좁아진 사람이기도 했다.

데스테나는 시나페를 만나보기로 했다.

"에리노 경, 그대는 나의 사람인가?"

시나페의 영지전 때부터 데스테나를 수행해 온 에리노는 뜬금없는 질문에 대답을 찾지 못했다. 그러자 데스테나가 다시 물었다.

"나의, 거동을, 국왕 전하께, 보고하는 자가, 그대인가 묻는 것이다."

"아닙니다. 단 한 번, 공주님께서 그를 따라 하란으로 가셨을 때 보고를 드렸을 뿐입니다."

충성을 의심받은 에리노는 무거운 표정으로 필요한 말만 꺼내어 답했다.

"좋아. 앞으로는 나의 어떤 일도 그대의 입을 통해서는 전해지기 않기를 바라는데, 그대의 생각은 어떤가?"

"전하께서 물으신다면, 그 자리에서 죽겠습니다."

"잘 알았다. 에리노, 궁을 나갈 것이니 손을 써놓도록."

"…공주님, 그를 찾아가시겠다면 저는 말릴 수밖에 없습니다."

"그게 아니다. 바깥에서 만나볼 사람이 있어서 그렇다."

"그럼… 알겠습니다."

밤이 이슥하여 데스테나는 에리노만 대동하고 궁을 벗어나 시나페의 집을 찾아갔다.

느닷없는 공주의 방문에 시나페의 가복들이 당황했으나 조용히 시나페에게 알렸고, 두 사람은 곧 조용한 방에 마주 앉았다.

"공주님, 다 늦은 시간에 어인 일이신지요?"

"미안해요, 시나페 백작. 물어볼 것이 있어서 찾아왔어요."

시나페는 당황하지 않았고, 공주도 개의치 않았다.

"말씀하시지요."

"……."

막상 시나페가 멍석을 깔아놓으니 데스테나는 무슨 말부터 꺼내놓을지 갈피를 잡지 못했다. 그러다 생각을 정리하고 천천히 입을 뗐다.

"누군가가 그런 말을 했어요. 국가는 사람에게 해롭다고 말이지요. 자유를 구속하고 억압한다고 합니다. 국가 자신의 고유한 격을 위해 무엇이든 한다고요. 백작께서는 어떻게 생각하시나요?"

"글쎄요. 그 정도의 말로는 무슨 뜻인지 알기 어렵군요, 공주님. 넘어져서 피가 나는 아이를 보고 '나가 죽어' 한다고 해도, 어미가 한 말이라면 걱정되어 야단치는 말인 것이고, 동네 건달이 한 말이면 그렇지 않겠지요. 국가는 분명 그런 측면이 있습니다만, 말씀하신 내용만으로는 국가를 부정하는 것인지 국가의 그런 측면을 경계하고자 한 말인지 모르겠습니다.”

시나페의 차분한 대응에 데스테나는 입맛을 다셨다.

“좋아요. 이런 말도 했어요. 코스모스가 바밀에 핀다고 해서 바밀 코스모스가 아니고 마이네에 핀다고 해서 마이네 코스모스가 아닌 것처럼 사람도 그저 사람으로 살 수는 없을까?”

시나페는 고개를 끄덕였다.

“어떤 의도인지 대략 짐작이 가는군요. 대체 누가 한 말인가요? 제가 아는 누군가의 말이라면 본의를 가늠하는 게 훨씬 쉽겠지요.”

데스테나는 잠시 주저했다. 그러나 이내 말하고 말았다.

“제이 코플래닛 남작의 말이에요.”

시나페는 놀라는 눈치였다.

“흠……. 그는 위험한 사람이군요.”

“위험…한가요?”

“매우 위험합니다. 말씀하신 표현대로 하자면 국가는 고유한 자신의 격을 갖고 있습니다. 그리고 국가는 매우 강력하지요. 그런 국가에 사람들은 때때로 반발합니다. 그리고 자신의 입맛에 맞게 옷을 바꿔 입히려는 시도를 하기도 합니다. 고작 옷을 갈아입히려는 시도에 얼마나 많은 사람들이 죽어나가는 줄 아십니까? 루미나스를 보면 답이 나옵니다. 전에 말씀드렸지요, 저도 나름의 계획이 있습니다. 그런데 저의 뜻은 옷을 갈아입히는 것도 아닙니다. 옷은 그대로 둔 채 얼굴에 묻은 얼룩만 조금 닦으려는 것이었습니다. 그런데도 많은 사람의 피를 묻혀야 했

습니다.”

들고 있던 데스테나는 한숨을 내쉬었다.

시나페의 말이 이어졌다.

“얼룩을 닦는 것도 아니고, 옷을 갈아입히는 것도 아니고, 국가를 죽이려 하는군요. 얼마나 많은 사람이 죽을까요? 저는 짐작도 하지 못하겠습니다.”

둘 사이에 침묵이 흘렀다.

방 안의 침묵과는 달리 두 사람의 머릿속에는 온갖 언어들이 치고받고 투쟁하는 중이었다.

시나페가 그 침묵을 먼저 깼다.

“어린 소년의 치기 어린 말이 아니라 일가를 이룬 성인의 입에서 나왔다면 우스개로 한 말이 아니겠지요. 그런데 제 생각에는 국가가 없는 세상이란 지극히 이상적인 말입니다. 너무나 이상적이어서 공상에 가깝습니다. 현실의 여러 요소들, 그중 특히 인간에 대한 고려가 빠진 이상론이라는 말이지요.”

“인간에 대해 고려하지 않았다?”

“그렇습니다. 사람은 완전한 존재가 아닙니다. 아니, 이건 적절한 표현이 아니군요. 음… 사람은 먹어야 살아가는 존재입니다.”

“먹는다.”

“먹는다. 이것이 출발점입니다. 이점에서는 동물과 다를 바가 없습니다. 먹을 것을 구하기 위해 무슨 짓이든 합니다. 동물은 어떻습니까? 힘이 세면 약한 동물이 사냥한 먹잇감을 빼앗습니다. 그게 절도나 강도나 살인죄가 됩니까? 안 됩니다. 그러나 사람에게는 죄가 됩니다. 사람은 동물보다 더 오래 살고 싶고

먹을 것 때문에 매일매일 힘겨운 생존 투쟁을 벌이고 싶지 않아 규칙을 만들었으니까요. 그럼에도 먹을 것을 구하는 것은 쉽지 않아서 이 규칙을 자주 어깁니다. 그런데 규칙을 어겼는지 어기지 않았는지 시비가 발생합니다. 누가 판단합니까? 어긴 사람이? 아니면 뺏긴 사람이? 옆집 사람이? 아무도 수긍하지 않습니다. 그러면 동물 세상과 다를 바가 없습니다. 내가 옳다, 네가 그르다 매일 싸울 테니까요. 그래서 지엄한 권위가 필요해졌습니다. 엄격히 판단을 내리고, 판단에 수긍하지 않으면 강제로 진압하는, 무척이나 강력하고 무서운 권위가 만들어진 것입니다. 그것이 바로, 국가입니다."

데스테나는 몸을 부르르 떨었다.

"국가는 왕의 것도 아니고 통령의 것도 아닙니다. 국가는 인간이 모여 사는 곳이라면 어디에나 있는, 지엄한 권위체입니다. 사람은 언제나 먹고살아야 하고, 먹을 것을 구하는 것은 항상 쉽지 않으니 국가는 저절로 만들어집니다. 국가가 무너지면 사람들은 먹을 것을 구할 때마다 목숨을 걸고 싸워야 하니 사람들에게는 불행한 일이 될 것입니다. 견디지 못한 사람들이 다시 국가를 세우겠지요. 사람이 먹지 않고도 살 수 있다면 모를까 국가가 없어지는 일은 없을 것입니다."

시나페는 단언했다.

"그러면 국가는 사람에게… 좋은 것인가요? 국가는 틀린 판단을 내리지 않나요? 국가가 그렇게 필요한 것이라면 왜 죽는 사람이 생기고 자유를 잃는 사람이 생기나요? 권위… 체를 모두 국가라고 칭하는 것은 과하지 않나요?"

너무나 단정적인 시나페의 말에 데스테나가 발끈했다.

시나페는 쓴웃음을 지으며 말했다.

"공주님, 진정하십시오. 말씀드리면, 국가의 본질론과 국가의 운용론은 다른 것입니다. 현실적으로는 둘을 혼용하기는 하지만, 그렇게 하면 오해가 생깁니다. 본질로서 국가는, 옳고 그름이나 선악 판단이 개입할 여지가 없습니다. 그저, 있는 것입니다. 왕정이든 공화정이든 그저 국가입니다. 국가는 판단을 하기만 하면 됩니다. 옳은 판단, 그른 판단이 상관없습니다. 시비를 가리고 불복하는 자를 제압하는 것으로 족합니다. 극단적으로 말해, 죄없는 자가 벌을 받아도 상관없습니다. 그것으로 시비가 끝난다면 말이지요."

무슨 뜻인지 이해는 했지만, 데스테나는 눈살을 찌푸렸다.

"운용 면에서 볼 때, 국가는 실수를 합니다. 운용하는 것이 바로 사람이기 때문입니다. 왕이 하고, 통령이 하고, 귀족들이 하는 일입니다. 국가가 실수를 한다고 말할 때 이 운용하는 자들을 일컫는 것입니다. 죄없는데 벌을 받았다, 참을 수 없지요. 이런 일이 거듭되면 사람들이 들고일어나 운용하는 자들을 바꿀 것입니다. 국가의 옷을 바꾸는 일도 일어나는 것입니다. 그러나 국가 자체는 존재합니다."

"……."

"권위체를 모두 국가라고 칭하는 것은 과하다 하셨지요. 듣고 보니 공주님 말씀이 맞는 것 같습니다. 엄한 아버지는 강력한 권위를 지녔지만, 바로 국가라고 칭하기에는 어려움이 있습니다. 조그만 부족의 족장이 막강한 권위를 지녔다고 하여 국가라고 할 수는 없습니다. 사람들이 결코 부정하지 않고 따르는 신관도 국가라고 하지는 않습니다. 저의 공부가 부족하여 적절한 표현을 당장 찾을 수는 없겠습니다.”

“국가가 개인을 억압하고 자유를 빼앗는다는 것을 백작님은 운용이 잘못되어서라고 생각하시는 건가요?”

“아닙니다. 처음에 말씀드렸다시피 국가에는 그런 측면이 있습니다. 운용이 잘못되면 그런 면이 더욱 강하게 드러나 사람들을 억울하게 핍박할 테지만, 아무리 운용을 잘해도 국가는 개인의 자유를 어느 정도 억압합니다. 힘이 세서 혼자서 먹을 것을 잘 구하는 사람도 국가 때문에 다른 사람의 손에 든 것을 함부로 빼앗지 못할 테니까요. 그런 점에서는 자유롭지 못하겠지요.”

“아무래도 백작님은 국가 옹호론자시군요. 예를 들어도 그런 부정적인 느낌을 풍기는 예를 드시는 걸 보니 말이에요.”

“솔직히 말씀드리면, 저는 국가에 대해 공부하고 생각해 보기는 했어도 국가를 부인하는 생각은 해본 적이 없습니다. 아마 그래서 그렇게 비춰졌을지도 모르겠습니다, 공주님. 그러나 사람이라는 존재가 먹고 살아가는 문제에서 자유로울 수 없으니 국가가 없을 수는 없다고 생각합니다.”

“부족한 것을 나누어 먹고 서로 양보하면 다툴 일이 없지 않겠어요? 사람은 동물이 아니니까요. 그리된다면 국가가 없어도 되겠군요. 사람을 너무 원초적으로 보시는 것이 아닌가요?”

“코플래닛 남작의 말이 인간에 대한 고려가 부족한 이상론이라는 말씀을 드렸지요? 저는 사람을 그렇게 이상적으로 보지 않

습니다. 국가에 대한 생각에서 그 사람과 저의 차이라면 그 점이겠군요."

그것이 바로 핵심이었다.

"저는 국가를 운용하는, 정치를 하는 사람입니다. 국가는 예산에 의해 움직이고 국왕의 말 한마디에 출렁이는 것을 잘 압니다. 사람은 돈에 의해서 움직이고 권력에 의해서 움직입니다. 이상이 아닌 있는 그대로의 모습을 보면 그렇지요. 국가론에 대해 말하자면, 저는 운용하는 사람의 실수를 줄이고자 애를 씁니다. 그것이 오히려 현실적이지요."

"휴우, 그렇군요. 잘 배웠습니다, 시나페 백작."

이상을 향해 나아가는 사람과 현실을 개선시키려는 사람, 어느 것이 더 나은지 데스테나는 판단을 내릴 수가 없었다. 그러나 시나페의 말이 더 잘 이해가 되었다.

"그럼 국가를 운용하는 사람에게 묻지요. 제이 코플래닛 남작에 대한 바밀의 처사는 어떻다고 생각하나요?"

"…공주님, 무례한 말씀이오나 개인적인 마음과는 상관없이 들으실 수 있겠습니까?"

공주의 일을 시나페도 알고 있었던 것이다.

데스테나는 눈살을 찌푸렸다.

"말씀해 보세요."

"성급하긴 했지만, 바밀로서는 충분히 있을 수 있는 일이라고 생각합니다."

현명한 시나페가 그렇게 말하니 데스테나는 왠지 배신감이 들었다.

"그러나 성공했을 때의 이야기입니다. 이미 그물을 뚫고 나간 물고기를 다시 잡으려고 씨름하는 것은 현명한 어부가 아닙니다. 넓은 물을 휘젓고 다니는 물고기를 잡으려고 그물 안에 든 물고기를 버려서야 되겠습니까? 바밀은 전선이 넓어졌습니다. 페이런과 싸워서는 안 됩니다. 관계가 원래대로 회복될지는 의문이지만, 페이런도 함부로 바밀에 적대하지는 못할 테니 화친하는 게 상책입니다."

"흠, 그렇군요. 전하와 신료들은 지금 어떤 생각인가요?"

"저도 아는 이치를 모르실 전하가 아니십니다. 신하들이 모두 어리석은 것도 아니고요. 그러나 알면서도 어쩌지 못하는 경우가 있습니다. 자존심이냐, 이익이냐. 그 자존심이 나중에는 결국 이익으로 연결되는 경우가 있으니 쉬이 판단 내리지 못하는 것입니다. 자존심을 굽히면 가벼이 여기고 무시당하는 수도 있으니, 어려운 일이지요."

데스테나는 침을 꼴깍 삼켰다.

"응징… 하는 쪽으로 결론이 났단 말인가요?"

"더 크기 전에 응징하는 것이 낫다는 의견이 중론입니다. 저는 반대하고 있으나 소슬도 격파한 자부심에 상처를 입은 귀족들이 훨씬 많은 듯합니다."

"백작께서는 전부터 전쟁에 반대해 오셨지요?"

"그렇습니다. 그러나 전쟁에 무조건 반대하지는 않습니다. 바밀에 이익이 되지 않는다고 생각할 때 반대합니다."

"바밀에 이익이 된다는 건 무슨 뜻인가요?"

시나페와 대화하던 중 하나의 끈을 붙잡은 데스테나가 집요

하게 물었다.

"그것은… 결국 바밀의 영속성에 해가 되지 않는 방향을 말합니다. 국가도 영원할 수 없다는 것은 알지만, 제가 속한 국가가 영원하길, 아니, 발전하며 가능한 한 오래 살아가기를 바랍니다. 어쩌면 수명이 제한된 인간이 수명의 제한이 없는 국가에 자신을 이입시키기 때문에 이런 마음을 품는지도 모르지만, 어쨌든 저의 생각은 명확합니다. 바밀의 무궁한 발전을 바라는 게 제 마음입니다."

담담한 시나페의 말에서 그의 마음이 절절이 느껴져 데스테나는 절로 고개가 숙여졌다.

"국가는 두 방향에서 항상 위협을 받습니다. 바로 외부와 내부입니다. 제가 전쟁을 반대한 이유는 그동안 지속된 전쟁으로 내부 상황이 너무나 악화되었기 때문입니다. 영토가 늘어났다고 귀족들은 희희낙락하지만, 늘어난 영토만큼 군사력을 확충해야 하기에 백성들은 전비를 대느라 허리가 휠 지경입니다. 영토가 넓고 타이탄이 많은 국가는 영원히 발전해 나갈까요? 백성들이 더는 참지 못하겠다고 들고일어나면 결국 망합니다. 그래서 전쟁에 반대하는 것입니다."

"백작의 높은 생각을 잘 알았습니다. 그러나 현실적으로 백작의 힘은 약합니다. 그렇지 않나요?"

시나페는 쓸쓸하게 웃으며 대답했다.

"그렇습니다."

제이의 생각은 뭔가 감성을 자극했다면 시나페의 말은 머리로 충분히 이해가 되었다.

데스테나가 오늘 밤 깨달은 게 있다면, 자신은 혁명보다는 정치라는 것이다. 그것으로 전쟁을 일으킬 수도 막을 수도 있고, 백성들을 굶길 수도 먹일 수도 있고, 또 제이를 살릴 수도 있을 것 같았다.

시나페의 충성은 국왕보다 국가를 향해 있다. 사람 사이의 관계라 섣불리 단정 지을 수는 없어도 그것은 확실해 보였다.

국가를 운용하는 자의 권위는 자신의 피에도 흐른다.

쉽지는 않을 것이다.

데스테나는 입술을 질끈 깨물었다.

"어쩌면 바밀을 위하는 백작님께 힘이 되어드릴 수 있을 것 같군요. 정치… 어떻게 하나요?"

＊　　　＊　　　＊

최근 코플래닛으로 온 용병들 중 A형 타이탄을 소지한 자는 바밀 출신과 하란 출신을 합해 모두 아홉이었다. 그리고 소슬 공략전에서 파괴된 타이탄 중 수리가 된 것이 일곱, 완성된 엘리나이트의 수가 여덟 기였다.

또한 제이는 어지간한 파손은 현장에서 직접 수리가 가능하도록 용병들로 강력한 지원팀을 새로 꾸렸다.

이렇게 상당한 전력을 충원하여 수도로 갔다.

그러나 이처럼 페이런으로서는 적지 않은 규모의 전력을 국왕의 허락도 없이 임의로 중앙기사단에 편입할 수는 없는 일, 국왕에게 보고를 해야 했다. 아무리 제이가 용병 출신이라지만,

타이탄 용병이 흔하지도 않은 북부에서 용병으로 이런 전력을
꾸리는 것은 어떤 식으로든 해명이 필요한 것이다.

"몸은 쾌차하였는가, 코플래닛 남작?"

"염려해 주신 덕분에 많이 나았습니다, 전하."

이어 스코트 3세와 제이는 날씨 이야기, 곡물의 작황 이야기
등 의례적인 인사말로 대화의 문을 열었다.

그렇게 잠시 서로를 데운 뒤 곧 민감한 이야기가 나왔다.

"바밀이 공식적으로 우리를 공격해 오지는 않았지만, 여전히
압박이 심하네. 전에 보냈던 사신단을 통한 그들의 전언 수위가
통상적인 예법을 벗어난 지 오래되었어. 참, 그리고 그대가 전
에 렉지오에서 탑승한 타이탄이 츠바르드비스라면서 마이네와
어떤 관계냐고 추궁하더군."

해가 갈수록 정치 감각이 절륜해지는 스코트 3세는 지나가는
말인 척 넌지시 제이의 기색을 살폈다.

그러나 이 건은 전부터 언젠가는 걸고넘어지리라 짐작했기에
제이는 침착하게 응대했다.

"제가 하란에 근거를 두고 용병으로 오래 생활해 왔다는 말
씀은 드렸을 것입니다, 전하. 그 시절에는 소슬, 바밀, 마이네를
가리지 않고 의뢰를 나갔지요. 츠바르드비스는 그 시절 전리품
으로 얻은 것입니다."

용병의 생리에 대해 잘 알지는 못해도 제이의 답변에서 딱히
흠 잡을 만한 구석이 없어 스코트 3세는 아무렇지 않은 듯 고개
를 끄덕였다.

"그런 거였군그래. 잘 알아보지도 않고 그저 흠을 잡아 읽아

매려고 들지. 쯧쯧쯧.”

“제가 보유하고 있는 것 말고도 고용된 용병들 중 츠바르드비스가 몇 기 더 있을 것입니다. 또 옛 소슬에서 만든 아드리오나 트리오파 같은 기종을 보유한 자도 있을 것이니 혹 그런 기종을 보더라도 오해가 생기지 않았으면 합니다, 전하. 아, 티굴의 티쿠마를 타는 자도 있습니다.”

제이가 부드럽게 넘어가고자 엷게 웃으며 말했다.

“이를 말이오. 알지 못했다면 모를까 설명을 들으니 충분히 이해가 되었어. 용병들이란 참으로 출신이 다양하지 않은가. 언젠가 한번 그들을 한자리에 모아 이야기를 나눠보고 싶군.”

스코트 3세도 대범하게 넘기는 모습을 보였다. 애초에 제이가 용병 출신이고 용병들을 고용했다는 것을 모르고 여기까지 온 것도 아니니 이런 일로 의심해서는 지금껏 일군 신뢰가 너무 값없어진다는 것을 알기 때문이다.

국왕은 제이가 있음으로 해서 자신이 여기까지 온 것을 잘 알았다.

“저도 그렇지만, 용병들은 워낙 거칠게 살아온 터라 예법에 익숙지 않아 전하께 불경을 범하지 않을까 걱정됩니다. 그럼에도 원하신다면 언제든 전하 앞에 기꺼이 나설 것입니다.”

제이는 의심할 것 없다는 말을 돌려서 했다.

“언제 한번 자리를 만들어봅시다.”

“그리고 전하, 이왕 용병 이야기가 나왔으니 말씀드립니다. 지금 베르가키아의 정세가 한 치 앞을 보지 못하는 형국입니다.”

"그렇다고 들었소."

"마이네가 베르가키아를 병합하려 한다는 것은 모두가 아는 일입니다. 그러하니 하란을 포함하여 베르가키아에서 활동하던 용병들의 처지가 무척 곤란해졌습니다. 그러던 차에 그곳 출신인 제가 이곳 페이런에서 작으나마 이름을 떨치고 전하의 신하가 되었다는 소식과 저와 함께하는 용병들이 있다는 소식을 들은 그곳 용병들 일부가 찾아왔습니다."

"오, 그런가? 몇이나 왔는가?"

"N형 타이탄은 운반해 올 수 없어 빈 몸으로 찾아온 오너도 몇 있고, 자신의 팀을 통째로 이끌고 찾아온 A형 타이탄 오너도 아홉이나 됩니다."

"아홉이라… 처음에 고용한 수보다는 많지 않군."

타이탄 없이 찾아온 오너의 수는 그보다 몇 배는 많았지만, 제이는 괜히 오해를 부를 것 같아 말하지 않았다.

"그렇습니다. 그러나 소슬 공략전에서 적지 않은 타이탄이 상한 지금, 큰 도움이 될 것입니다."

제이의 말에 국왕은 기껍게 고개를 끄덕였다.

"좋소. 그들도 같은 조건으로 고용하는 것으로 하지. 한 기의 타이탄이 아쉬운 형편이니 그들을 환대하는 게 마땅하다. 그들도 전에 고용했던 용병들과 같은 조건으로 되겠는가?"

"그렇습니다."

제이가 동료들과 공식적으로 함께하기 위해 국왕에게 말했던 고용 조건은, 공을 세운 뒤 원하는 자는 페이런의 작위나 영지를 받는 것이었다. 소국 페이런은 비싼 타이탄 용병 고용 비용을 바로 지불할 형편이 아니기 때문이다.

그러나 사실은 이런 조건 때문에 용병들이 페이런에 온 것은 아니었다. 원하는 사람은 작위나 영지를 받겠지만, 그렇지 않더라도 제이가 그들의 고용 비용을 지불했다.

그리고 그것과는 별개로 용병들은 제이가 제시한 용병의 꿈을 듣고 찾아왔다. 겸연쩍어 말은 하지 않아도 객사하는 삶, 돈에 팔려 전장을 전전하는 삶, 자식에게 용병의 굴레를 대물림하는 삶을 벗어난다는 꿈에 일말의 기대를 품고 가족을 이끌고 온 것이다.

그러나 그런 말을 국왕에게 하기에는 난감한 부분이 있었다. 단순한 계약 관계를 벗어나 감춘 의도가 있다는 말에 기꺼울 사람은 없기 때문이다.

"오베론은 어떻습니까, 전하?"

"하하, 그대도 오너이니 그것이 궁금했군. 메테오보다 출력이 높고 거의 보투스 급이니 기사들이 만족해하더군. 무게가 메테오나 보투스보다 좀 무거운 게 산지가 많은 이곳 북부에서 기동성 면에서 제약이 조금 있다고 하는데, 출력으로 어느 정도는 극복이 된다는 보고야. 처음에는 두 달에 한 기 겨우 생산하던 것이 지금은 숙련이 되어 20일에 한 기 생산이 가능한 수준이라 하네. 90카파가 넘는 타이탄을 생산하는 강대국에 비할 바는 아니지만, 우리 페이런도 어엿한 타이탄 생산국이 되었으니 언젠가는 강대국을 넘어서겠지."

스코트 3세의 얼굴에 자부심과 자신감이 어렸다.

"그러고 보니 우리가 타이탄을 생산할 수 있게 된 것도 모두

자네 덕이군. 이 공을 어찌 다 감당할까?"

"당치 않습니다, 전하. 페이런이 강해져 외침을 받지 않게 된다면 더 바랄 게 없습니다."

그 말에 만족한 듯 스코트 3세는 은은한 미소를 지으며 고개를 끄덕였다.

"지금은 비록 바밀과의 불화로 그대에게 정당한 보상을 할 수 없지만, 언젠가는 그 공을 다 갚을 것이다."

다른 신하들이 귀가 따갑도록 제이의 흠을 늘어놓았기에 뭔가 짚고 넘어갈 이야기가 몇 가지 더 있었으나 스코트 3세는 서로 화기를 상할 만한 이야기를 일부러 꺼내지 않고 기분 좋게 대화를 마무리 지었다.

제이의 작위는 변함없이 남작이었다.

그러나 직위는 제4기사단의 리더에서 제4기사단장으로 승격했다. 그리고 제이의 힘을 충분히 발휘할 수 있도록 제4기사단은 타이탄 기사단뿐 아니라 소슬 공략전에 파병되던 때의 구성처럼 레인저와 보병대, 그리고 정비대까지 포함된, 단독 작전이 가능한 부대로 편성되었다.

그리고 제이가 조심스럽게 국왕에게 말하여 추가한 사항으로, 필요하다고 생각할 때는 보고만 하면 언제든지 용병을 고용할 수 있게 하였다.

제4기사단은 지휘 체계에는 물론 따라야 하지만, 중앙기사단의 이름을 빌렸을 뿐 제이의 뜻대로 운용할 수 있게 되었다는 것을 말한다.

이는 스코트 3세가 여전히 제이를 신뢰한다는 것을 보여주는

증표였고, 용병 출신인 제이를 귀족 출신 기사들과 섞어놓는 것
보다 활발하게 움직이도록 자유를 주는 것이 더 나은 결과를 가
져온다는 것을 파악한 스코트 3세의 현명함을 보여주는 증거였
다.

그리고 아직까지는 제이에 대해 어지간한 흠집을 내어서는
스코트 3세의 믿음을 깨지 못했다는 것을 보여주는 것이다. 페
이런이 독자적인 목소리를 내고 북부를 통일한다는 꿈은 바로
제이가 있기에 가능하다는 것을 스코트 3세는 똑똑히 인식하고
있었다.

제4기사단장으로 보임된 제이는 지리한 공방전이 한창인 하
르트 전선으로 떠났다.

*　　　*　　　*

중앙군 제1, 제2, 제3기사단이 주축이 되고 각 영주들의 타이
탄이 가세한 페이런군은 제이가 국경을 지키는 하르트의 기사
단을 무력화시킨 것을 기화로 초반에 기세 좋게 하르트를 압박
했다. 그렇게 하르트의 수도까지 진격했던 페이런군은 그러나
사력을 다해 덤벼드는 하르트의 기사들과 하르트가 무너진 이
후를 염려한 부봉 왕국의 지원군에 밀려 다시 휴런 강까지 후퇴
하고 말았다.

전쟁 초기 큰 타격을 받은 제1기사단은 후방으로 빠져 오베
론으로 채워진 뒤 혹시 모를 바밀의 침입에 대비하여 크바시르
협곡을 지키느라 하르트 전선에 다시 투입되지 않았다.

휴런 강 전선을 지키는 제2, 제3기사단은 타이탄의 피해가 경미하지는 않았으나 페이런이 자체 제작한 타이탄 오베론의 생산성이 향상되어 한 기, 한 기 충원되었고, 제4기사단의 타이탄 여덟 기의 가세로 전선의 균형을 유지할 수 있게 되었다.

특히 나이 든 오너 하나와 젊은 오너 일곱으로 구성된 제4기사단의 활약은 눈부셨다.

그들은 기습 공격을 감행한 부봉의 아드리오 22기를 단독으로 막아내며 측면이 붕괴되는 것을 막았고, 혼전 상태에서 포위되어 파괴 직전에 놓인 제2기사단의 메테오 다섯 기를 구출하는 등 1년 동안 수많은 전투에서 혁혁한 공을 세웠다.

그로 인해 제4기사단은 다른 기사단 오너들의 부드러운 질시와 강렬한 선망의 대상이 되었다.

강대국 간의 전투처럼 수백 기의 타이탄이 한꺼번에 격돌하는 장대함은 없었지만, 하르트와 페이런의 전투는 오랫동안 싸워온 해묵은 원한으로 인해 더없이 처절했고 격렬했다.

오너들의 피로도는 극에 달했고, 장기간 선전해 온 하그리브스는 나이를 이기지 못해 결국 자신의 타이탄을 파괴당하고 말았다.

그러나 젊은 범들은 싸우면 싸울수록 강해지는 마법 병기인 양 날이 갈수록 더 빨라지고 더 유연해지고 더욱 매서워졌다.

치열한 격전의 1년을 보낸 범들이 나이에 걸맞지 않게 숙련된 오너의 기운을 절로 뿜어내는 그 시점에 제이가 전선에 도착했다.

“어서 오시오, 코플래닛 남작.”

“고생이 많으십니다, 사령관님.”

페이런군의 사령관 르보넨 백작이 제이를 반겼다.

르보넨 백작은 대대로 하르트와의 접경 지방을 다스리던 영주로 전형적인 기사 귀족이었다. 과거 진심으로 원해서 한 일은 아니지만, 어쨌든 제이를 국왕에게 천거한 것이 바로 르보넨이라 제이와는 인연이 제법 깊다고 할 수 있다.

더구나 제이가 대륙에 명성을 떨치는 오너가 되고 바밀의 기사단을 홀로 상대하여 혼쭐을 내줬다는 말을 들었을 때 페이런의 신하로서 한편으로는 걱정도 되었으나 한 사람의 오너로서 열광했고 통쾌함을 느꼈기에 제이에 대한 마음이 맨 처음 만났을 때와 같지는 않았다.

이제 홀로 기사단 규모를 상대할 수 있는 오너가 지원군으로 도착했으니 답답한 전선에 대단한 변화가 일어나리라 믿어 의심치 않았다.

“전세에 대한 브리핑을 들어봐야지요?”

“그래 주시면 감사하겠습니다.”

작위나 지위 모두 제이보다 높은 르보넨이었으나 그는 함부로 제이를 하대하지 않고 명성에 걸맞은 대우를 해주었다.

검은 산맥에서 발원한 휴런 강은 하르트를 북으로 가로질러 검은 바다로 들어가는 거대한 강이었다. 거대하다고 하여 처음 보는 사람이 바다로 착각하는 미르 강처럼 엄청나지는 않았다. 그러나 강폭이 가장 좁은 곳이 700미터, 넓은 곳이 3킬로미터에 달하고 총 길이가 400킬로미터가 넘을 정도로 큰 강이었다.

이런 휴런 강을 경계로 양 군이 대치하고 있다고 하여 400킬로미터에 달하는 강의 모든 지점이 모두 전선이 될 수는 없었다.

전쟁은 타이탄전으로 결판이 난다는 점이 강을 경계로 한 전선이 무한정 확대되는 것을 가로막는 가장 커다란 요인이었다. 타이탄의 특성상 조종석이 위치한 가슴 높이보다 깊은 강은 건널 수 없고, 그처럼 큰 강을 타이탄이 건널 때는 특수한 수송선이 필요했고, 북부 소국은 타이탄 특수 운반선을 보유하지 못했다.

그러므로 전선은 타이탄이 넘나들 수 있는 강의 상류, 산에서 내린 비가 작은 계곡을 지나 시내로 들어가고 샛강을 만나는 지점으로 국한될 수밖에 없었다.

그런데 그 지점도 그리 좁은 지역은 아니었다.

페이런과 하르트의 전선은 검은 산맥의 북쪽 기슭, 굽이굽이 작은 계곡들이 절벽과 바위를 휘돌고, 계곡에서 모인 시냇물로 살아가는 산촌 마을이 군데군데 들어서 있고, 시내가 모인 샛강 주위에 작은 도시들이 생겨난 하르트의 남부 지방 일대에 형성되었다.

사정이 이러하니 대개 평야전보다 산악전이 주가 되어 기습과 매복이 일상처럼 일어날 수밖에 없었다.

"사령관께서는 어떤 방안을 갖고 계신지요?"

브리핑을 들으며 머릿속을 스치는 생각이 있었으나 제이는 먼저 사령관의 의견을 물었다.

"몇 가지 안이 있기는 한데, 그게 실현 가능성이 적어놔서 말이오. 굳이 말하자면 정공법이오."

"정공법이라 하심은?"

"남작도 알다시피 오베론이 충원되면서 조금씩 타이탄의 수에서 우위를 점해가고 있소. 확실한 우위는 물론 아니지만 말이오. 그래서 수의 우위를 바탕으로 적의 주력이 있는 곳을 치고 들어가는 것이오."

어떤 전투든 수의 우위로 밀어붙이는 것은 상식 중의 상식이었으니 르보넨의 생각은 그리 나쁘지 않다고 제이는 생각했다.

"그런데 적의 주력이 주둔한 곳이 지형이 워낙 험해서 병력이 뭉쳐 들어가다 갇힐 가능성이 높다는 것이 문제요."

"이를테면, 호리병처럼 생겼다거나 높다란 협곡이 길게 늘어서서 운신의 폭이 좁아진다는 말씀인가요?"

"그렇소."

르보넨의 말에 제이는 고개를 끄덕였다.

굳이 그런 지형이 아니더라도 산지에서는 타이탄의 기동에 많은 제약을 받는다. 비탈이 무너져 미끄러지고 계곡에 빠지고… 작은 산을 하나 넘는 것도 힘들었다.

"남작이 생각한 바가 있다면 말씀해 보시오."

"얼핏 떠오르는 생각은 있으나 조금만 여유를 주시기 바랍니다. 생각을 정리한 뒤 말씀드리겠습니다."

"그러시오."

지휘 막사를 빠져나온 제이는 랑겔을 불러 전선의 사정을 이야기했다.

이야기를 듣고 미간을 좁히고 한참 생각에 잠겨 있던 랑겔이

마침내 입을 열었다.

"두어 가지 안이 떠오르는군요."

"그렇습니까?"

"남작께서 기사단 둘, 그러니까 타이탄 100여 기를 홀로 상대하실 수 있다면 계획이고 뭐고 필요하지 않지요. 사령관의 말대로 정공법으로 쳐들어가고 남작께서 맨 앞에 서는 겁니다."

농담조로 말했지만, 완전히 장난만 섞인 말은 아니었다.

"휴우, 나는 마법병기가 아닙니다. 고장나면 부품 바꿔 끼고 다시 가동하는 타이탄이 아니에요. 피도 나고 뼈도 부러지는 사람입니다. 저를 높이 봐주시는 것은 고마운 일이나 그 방법을 쓰면 죽을지도 모릅니다."

제이는 쓴웃음을 지으며 랑겔의 말을 받았다.

평지만 되었더라도 제이 역시 이 방법을 고려해 봤을 것이다.

그러나 활동의 폭이 자유로운 평지도 아니고 좁은 계곡에 갇혀 100여 기의 적을 홀로 상대한다면 죽을 것이다. 최소한 마나 고갈에 빠질 것이고 이번에도 마나 고갈에서 회복된다는 보장이 없었다.

물론 죽음이 두려워서 이러는 것은 아니었다. 코플래닛에서 사람들과 어울려 오래오래 행복하게 살고 싶다는 생각과는 별개로 전장에서 남의 목숨을 앗으며 살아온 인생, 전장에서 지는 것이 당연하다고 생각해 왔다. 그러나 얼토당토않게 목숨을 내던지겠다는 것은 아니었다.

무엇보다 전쟁은 독불장군 혼자서 치르는 것이 아니다. 전술

적 필요에 따라서는 강한 기사의 힘을 투입해야 하는 순간도 있겠지만, 매번 기사 하나의 용력에 의지한다면 군대가 있을 필요가 없다.

특정 기사의 희생을 대가로 승리하는 것이 아니라 군의 모든 구성요소들을 적재적소에 투입하여 아군의 희생을 최소화하면서 승리를 거두는 것, 이것이 군 지휘부의 역할인 것이다.

"허허, 저는 남작께서 그보다 강한 사람인 줄 알았습니다. 그러면 제가 하나의 안을 꺼내놓았으니 이번에는 단장께서 말씀해 보시지요."

랑겔이 허허 웃으며 제이에게 순서를 넘겼다. 그러자 제이가 질문을 받은 학생처럼 생각하던 바를 꺼내놓았다.

"현재 우리 제4기사단의 타이탄은 모두 37기입니다. 전부 A형이고요."

"대단한 전력입니다!"

랑겔이 나직이 감탄했다.

과거 제국의 남부사령관으로 있을 때 랑겔은 이보다 몇 배나 많은 전력을 거느리고 작전을 펼친 적이 있지만, 지금 한 말은 결코 빈말이 아니었다.

북부 소국 페이런에서 A형 타이탄 37기로 기사단 하나를 꾸린다는 것, 그리고 그 기사단장이 바람을 느끼는 오너라는 평을 받는 대단한 오너라는 것은 적어도 북부에서는 모든 타이탄전의 양상을 송두리째 바꿀 수 있는 엄청난 요소로 작용할 것이다.

소국들만 올망졸망 들어선 북부에서 이는 전술 차원을 넘어

서 전략적으로 전쟁을 뒤흔들 수 있는 결정적인 요소라고 생각한 것이다.

"A형 타이탄은 기동에 있어 제약이 덜합니다. 굳이 이 복잡하고 위험한 지역에서 드잡이할 필요가 없다는 것이지요. 산을 넘어도 되고 강을 건너도 됩니다."

"그래서 A형 타이탄이 만들기도 어렵고 몇 배나 비싼 것이지요."

"그렇습니다. 제 생각은 이겁니다."

제이는 작은 지도의 한 지점을 짚더니 손가락으로 선을 그려 나갔다.

"이곳을 건너 그대로 수도까지 말을 타고 단기간에 주파하는 겁니다. 근위기사단의 타이탄 수는 많아도 30을 넘지 않습니다. 나머지 타이탄은 모두 이곳에 있지요. 국왕을 잡고 전쟁을 끝내는 것입니다."

제이의 계획에 랑겔은 고개를 끄덕였다. 그 역시 그 생각을 했던 것이다.

"계획은 좋습니다. A형 타이탄의 장점을 잘 살렸다고 할 수 있겠지요. 그런데 이 전쟁의 목표가 무엇입니까?"

랑겔이 무슨 의도로 물은 것인지 몰라 제이는 고개를 갸웃했다.

"하르트를 병합하는 것이지요?"

"그렇습니다."

"일반적인 전쟁이라면 국왕을 붙잡는 것으로 전쟁이 끝날 터이고 배상금을 받거나 항복을 받거나 할 것입니다. 그러나 페이런과 하르트는 사이가 굉장히 나쁩니다. 국왕을 잡았다고 하여 다른 귀족들과 기사들이 바로 항복할까요? 할 수도 있고, 안 할 수도 있습니다. 그런 상황에서 수도의 근위기사단을 무력화시켰다 해도 여기 있는 기사단과 병력이 건재하다면 이는 커다란 위협 요소를 떠안은 불안한 승리입니다. 위협 요소를 모두 제거해야 완전한 병합이 되는 겁니다. 이들이 분노가 폭발하여 페이런 진지에 난입하거나 혹은 페이런 병력을 뚫고 페이런의 수도로 무작정 달린다거나 유격전을 획책한다면 승리는 했지만 남는 게 없을 것입니다. 제4기사단의 타이탄이 빠진 상태에서 이들과 전면적으로 맞붙는다면 이곳의 병력은 만신창이가 될 테지요."

"흠……."

랑켈의 말이 옳았다.

"그럼 어떻게 하는 게 좋을까요?"

"A형 타이탄 오너들이 강을 건너는 것까지는 좋습니다. 그런데 A형 타이탄이라고 하여 항상 존재를 숨길 필요가 없습니다. 강을 건넌 뒤 말을 타고 달리지 말고 타이탄을 드러낸 채 수도로 진군하는 겁니다."

"아!"

"여기저기 전서구가 날고 전령이 달리고 소란이 일겠지요? 수도가 위급한데 한가하게 전선을 지키고 있을 수는 없습니다. 병력을 급히 빼서 갑자기 등장한 타이탄 무리를 잡으려고 달려갈 겁니다. 전선이 무너지면 곤란하다는 것을 알지만 어쩔 수 없습니다. 이게 바로 알면서도 당하는 계책입니다."

210

“알면서도 당하는 계책이라……."

제이는 감탄하여 고개를 끄덕이며 중얼거렸다.

“이제부터가 중요합니다. 제2, 제3기사단은 뚫린 전선을 지나 적당한 거리를 두고 적의 꼬리를 잡고 뒤따릅니다. 그리고 제4기사단은 수도로 급속 진군하여 적을 허둥대게 하다가 적당한 시점에 발걸음을 돌립니다. 그때 유리한 싸움터를 미리 선정하여 시간을 잘 맞춰야 합니다. 드넓은 평지라면 남작이 계신 페이런군이 압도적으로 적을 분쇄할 수 있을 것입니다. 그렇게 제2, 제3기사단과 협력하여 여기 있는 하르트와 부봉의 타이탄을 모조리 섬멸하는 것입니다. 얼마 남지 않은 하르트의 근위 타이탄은 문제 삼을 것도 없지요. 이렇게 하면 위협 요소를 남기지 않고 전쟁을 승리할 수 있을 것입니다.”

“대단합니다.”

제이가 진심으로 감복하여 바라보자 랑겔은 외려 자신이 내놓은 계책이 부끄러워 씁쓸하게 웃으며 고개를 돌렸다.

“전장에서 오래 살다 보면 누구나 알 수 있는 것입니다.”

르보넨 사령관과 다른 기사단의 단장들은 제이의 계획을 곧바로 수용했다. 한눈에 크게 이기는 방법임을 알아본 것이다.

문제가 있다면 제4기사단이 빠져나가고 강을 건너 정체를 드러낼 때까지 제2, 제3기사단과 여타 영주들의 타이탄만으로 적을 상대해야 한다는 것이었다. 그러나 여기 있는 자들도 모두 기사이고 오너이고 군인이었다. 그 정도는 걱정 말라며 두 눈을 부라렸다.

이즈음 제이는 전쟁을 빨리 끝내는 방법에 대해 자주 생각했다.

제이가 생각하기에 페이런의 북부 통일에는 나름의 충분한 합리적 이유가 있었다.

사람이 사는 세상에 분란이 일어나는 것이야 어쩔 수 없지만, 작은 나라들이 난립하는 것보다는 강하고 큰 나라 하나만 존재하는 것이 분란이 전쟁으로 비화될 소지를 줄일 수 있다. 나라 안에서의 갈등은 전쟁이 아닌 다른 방법을 통해 소화할 가능성이 있다고 생각한 것이다.

그리고 통일로 가는 과정에 왕의 힘이 커지고 귀족들의 힘이 줄어들면—밀런이 입안한 정책들은 대개 귀족들의 힘을 줄이고 국왕에게 힘을 몰아주는 정책들이었다—영지전과 같은 작은 전쟁도 막을 수 있다고 생각했다.

그러나 그러한 명분이 있다 해도 통일의 방법이 전쟁이라면 애먼 사람들이 철퇴를 맞고 불행해진다. 자신이 생각한 명분이 그들의 불행을 정당화할 수는 없는 것이다.

또한 전쟁을 통해 제이는 코플래닛의 안정된 지위를 보장받는다는 이익을 얻는다. 이 또한 자신과는 하등 상관없는 사람들의 피를 바탕으로 이득을 보는 것이니 아무리 좋은 옷을 입혀도 본질을 정당화할 수 없었다. 용병이 돈을 받고 어떤 전장이든 참전해서 피를 뿌리는 것과 다를 바 없기 때문이다.

그래서 진정으로 제이는 전쟁을 빨리, 최소한의 피해를 입고, 최소한의 피해를 입히고 끝내고 싶었다.

홀로 고민하던 어느 날, 제이는 랑겔에게 물었다.

"어떻게 하면 전쟁을 빨리 끝낼 수 있을까요? 사람을 안 죽이고, 아니, 가장 적게 죽이고 전쟁을 끝내는 방법이 무엇입니까?"

랑겔이 대답했다.

"저항 의지를 꺾는 것입니다."

"저항 의지를 꺾는다?"

"그렇습니다. 전쟁 전의 정치와 전쟁 후의 정치를 배제한 채 두 군사력의 충돌 그 자체만 놓고 말하자면, 저항 의지를 꺾는 것이 전쟁으로 인한 인명 손실을 최소화하는 방법입니다."

"구체적으로 어떻게 말입니까?"

"상황에 따라 다르겠지요. 어떤 경우에는, 국왕 한 명만 잡아도 전쟁이 끝날 수 있을 겁니다. 지휘부를 제압하여 끝나는 경우도 마찬가지겠지요. 어떤 경우는 보급을 차단하는 방법도 있을 겁니다. 굶주린 채 싸울 수는 없으니까요. 상황에 따라 다르니 그때그때 판단해야겠지요. 그러나 보통의 경우라면, 압도적인 힘의 우위를 보이는 것입니다."

"압도적인 힘의 우위……."

"그렇습니다. 열 배, 스무 배의 병력 차가 난다면 감히 저항할 수 있을까요? 또 남작처럼 엄청난 오너의 싸움을 지켜본 뒤 감히 앞으로 나설 오너가 있겠습니까? 이때는 힘의 우위를 만방에 떨칠 전투를 마련하는 것이 관건입니다. 적이 다 죽어버리면 소문을 내줄 사람이 없겠지요? 그래서 전투는 아무 때나, 아무 곳에서나 벌이는 게 아닙니다."

"그렇군요."

"적의 희생을 줄이고 싶다라… 참으로 기이한 목표로군요.

휴우, 그러나 이해가 됩니다. 노파심에서 다시 한마디 덧붙이자면, 상황 판단을 잘해야 합니다. 어떤 경우는 지휘부를 제압하는 게 피를 적게 흘리고 이기는 방법이 될 수도 있지만, 지휘부를 잘못 제거하면 감당 못할 피를 흘리게 됩니다. 항복을 명령할 지휘관이 없는 군대는 겁먹은 이리처럼 이리저리 부딪치다 모두 죽을 수가 있습니다.”

“명심하겠습니다. 그리고 앞으로도 우리 군의 승리와 더불어 전쟁에 흘리는 피를 최소화할 방법을 일러주시기를 부탁드립니다.”

“허허, 이 늙은 몸을 너무 부려먹으려 하는 것 아닙니까? 이기는 것도 어려운데 적을 덜 죽이고 이기는 법을 찾으라니요. 어쨌든 힘닿는 데까지 해봅시다.”

랑겔은 제이의 어이없는 주문에 기꺼워했다.

그리고 제이는 적이 감히 저항할 생각도 갖지 못하도록 압도적인 우위를 보이기로 마음먹었다. 겁에 질려 손에 든 무기를 쥘 힘도 없도록 공포를 심어주기로 했다. 그렇게라도 조금이라도 덜 죽이고 싶었다.

서로 목숨을 내걸고 싸우는 치열한 전장에서 어찌 보면 오만하기 이를 데 없는 결심이지만, 이 전쟁을 통해 이득을 얻고 누군가의 행복을 짓밟는다는 죄책감을 조금이나마 덜기 위한 그만의 몸부림이었다.

온갖 상념들과 새로운 결심들이 두 발로 땅을 디디는 짐승들의 머릿속을 휘젓는 그때, 제4기사단의 오너들과 레인저들이 어둠을 틈타 휴런 강을 건넜다.

휴런 강 상류 지역에서 페이런군과 접전을 벌이던 하르트군에 급보가 전해졌다. 전령이 처음 당도했을 때는 잘못된 정보려니 했는데 시도 때도 없이 전령이 도착했고, 그들이 수도를 향해 일직선상에 놓인 지역의 영주들이 보낸 전령들이라 믿지 않을 수가 없었다.

"어디서 튀어나온 타이탄이란 말인가?"

하르트군도 소슬이 멸망한 재작년 전투에서 크게 이름을 떨친 제이 코플래닛 남작을 알고 있었다. 그에 의해 국경 기사단이 궤멸된 일도 있었기에 온 신경을 곤두세우고 정보를 수집해 왔던 것이다.

제이와 그의 기사단이 A형 타이탄을 지니고 있다는 것도 알고 있었다. 그러나 소슬에서 많은 타이탄이 파손된 것으로 파악했고 A형 타이탄 단 몇 기로는 후방 교란과 같은 작전은 펼칠 수 없으리라 판단했다.

그런데 거의 마흔 기에 가까운 타이탄이 갑자기 나타나 수도로 진격하고 있다 하니 크게 놀라지 않을 수 없었다.

휴런 강 상류 지역에서 물러나면 대치하고 있는 페이런군에 길을 내주는 형국이 되지만, 하르트군은 입술을 깨물고 재빨리 철수를 결정했다.

타이탄 서른 기로 페이런군을 견제하며 천천히 군을 뒤로 물리고 나머지 모든 타이탄은 예비 오너들을 총동원하여 잠자는 시간을 아껴가며 달렸다. 갑자기 나타난 타이탄을 잡아야 하기 때문이다.

　그 움직임을 파악한 페이런군은 제2, 제3기사단을 앞세워 하르트군의 뒤를 바싹 추격했다.

　충돌은 자제한 채 근접하여 추격하다가 하르트군이 반전하면 조금씩 뒤로 물러나기를 반복하며 하르트군의 신경을 잔뜩 곤두세웠다.

　근 보름간 그렇게 신경의 끈을 팽팽히 당긴 추격전이 이어졌다.

　그런데 하르트의 수도로 향하던 제4기사단의 속도가 조금씩 늦어지더니 어느 순간 멈추었고 이틀 뒤에는 방향을 돌려 추격해 오는 하르트의 기사단을 향해 나아갔다.

　페이런군을 꼬리에 달고 달려오는 하르트군과 제4기사단은 점점 가까워졌고, 마침내 르보프 지방의 너른 벌판에서 만나게 되었다.

　하르트와 부봉의 타이탄은 모두 140여 기, 뒤따르던 페이런군은 오베론이 꾸준히 충원되어 150여 기, 제4기사단의 타이탄이 37기였다.

　쿵쿵쿵쿵쿵!

　강철거인들의 투쟁에 인간이 서 있을 공간은 없었다.

　300여 기의 타이탄이 르보트의 한적한 들판을 뒤흔들었다.

　여름이 지나가고 따가운 초가을 햇살에 반사한 금속 거인들은 여물어가는 곡식을 짓밟아 버렸다.

　쩌정!

　금속 방패와 금속 방패가 부딪쳐 굉음을 일으키며 깨져 나갔다.

제이에게 엘리나이트를 받고 휴런 강을 건너 수도로 진격하는 것으로 새로운 타이탄 적응 훈련을 갈음한 범들은, 내리쬐는 햇빛에 반사한 은빛 엘리나이트로 험악한 전장을 화려하게 수놓았다.

꿍음이 울리고 격전이 벌어지는 것처럼 보였지만, 페이런군은 애초의 작전대로 공격보다는 수비에 치중하며 하르트의 타이탄 부대를 넓게 에워싸고 있었다.

그렇게 페이런군이 하르트군을 감싸는 반원 형태의 포위망이 완성되어 갈 때 반대쪽에서는 제4기사단의 예리한 칼날이 가운데에 모인 하르트군의 타이탄을 난자할 준비를 마쳤다.

제이는 제4기사단 오너들의 희생을 줄이기 위해 실력이 처지는 오너들은 스크럼을 짜고 앞으로 나오지 못하게 했다. 하그리브스에게 그들의 지휘를 맡겼다. 그리고 난전에서도 충분히 살아남을 실력이 되는 일곱 범과 카모르찬만 자신의 뒤를 따르도록 지시했다.

제이는 마호른의 말대로 가급적 타이탄을 타지 않을 생각을 했었다. 좀 더 오래 살아서 행복을 만끽하고, 사람들을 지켜보며 행복해하고, 그 사람들을 좀 더 오래 지키고자 했었다.

자신이 나서지 않아도 이 전투는 충분히 이길 수 있었다.

그러나 이곳에서 힘의 우위가 무엇인지 보여주기로 마음을 먹었다.

압도하고자 했다.

공포를 심어주고자 했다.

그래서 앞으로 걸어가는 발걸음 밑에 흐르는 피를 줄이고자 했다. 자신이 행복을 느끼는 게 조금이나마 덜 죄스럽고 싶었다.

제이는 스톤이 되었다.

검붉은 스톤의 원래 이름은 블러드스톤.

강철거인의 피를 빨아먹는 검붉은 타이탄.

제 생명 갉아먹는 줄도 모르고 모든 힘을 쥐어짜 동족을 죽이는 원시신.

대낮임에도 스톤의 주위에 검은 안개가 일렁였다.

그 안개는 점점 넓어져 엘리나이트의 찬란한 은빛도 집어삼켰다.

스톤의 뒤를 바짝 뒤따르던 카모르찬과 범들이 견디지 못하고 거리를 두었다.

홀로 하르트의 타이탄 숲으로 뛰어든 스톤은 검은 칼날로 거대한 육신을 베어 넘겼다.

스격.

검은 안개로 들어온 타이탄들은 모두 스톤의 먹잇감, 스톤은 쓰러진 타이탄을 뛰어넘어 새로운 먹잇감을 노렸다.

가장 효율적인 동작으로 가슴을 찌르고, 목을 베고, 팔을 잘라 생명을 앗았다.

따사로운 빛이 내리쬐는 초가을 들녘에는 크고 작은 수많은 생명들이 산다. 저마다의 터전에서 삶을 구하려 애쓰며 새 생명을 잉태하고 키우고 죽어간다. 새, 쥐, 귀뚜라미, 지렁이가 난데없이 닥친 환란을 피하려 꿈틀댄다.

그러나 스톤은 그것을 알지 못했다.

오직 죽음만 아는 스톤은 미물의 고통에 아랑곳없이 검은 안개를 뿌리며 서서 움직이는 적들의 가슴을 능숙하게 갈라갔다.

스톤이 온통 헤집어놓은 틈으로 카모르찬의 티쿠마와 범들의 엘리나이트가 길을 넓혔고, 그 뒤로 제4기사단의 타이탄들과 포위망을 형성한 페이런의 타이탄들이 짓밟고 들어왔다.

하르트의 거인들은 두려움에 몸부림치다 죽어갔다.

멀리서 하르트의 병사들이 공포에 젖은 채 이 광경을 지켜보았다.

하르트의 타이탄은 르보프의 벌판에서 페이런군 타이탄에 둘러싸인 채 단 한 기도 남김없이 전멸했다.

*　　　*　　　*

그럼에도 하르트는 항복하지 않았다.

정확히 말하자면, 하르트의 왕과 주요 대신들이 항복하지 않았다.

그래서 하르트의 마지막 타이탄인 근위 타이탄들이 죽었다.

왕도 죽고 왕의 피붙이도 모조리 죽었다.

저항했던 귀족들도 무수히 죽었다.

제이의 힘이 미친 것은 근위 타이탄의 죽음까지였고, 그다음의 죽음들은 제이가 아닌 정치의 영역이었다.

그럼에도 사람들은 제이를 무서워했다.

이번 전쟁에서 제이의 손에 죽은 사람은 모두 타이탄 오너들로 아무리 많이 잡아도 50명을 넘지 않는다. 수도가 함락된 뒤 붙잡혀 죽은 사람들은—여전히 죽음의 행렬이 이어지고 있었다—그보다 수십 배는 더 될 것이다.

그래도 사람들은, 심지어 페이런의 군인들도 제이를 무서워했다.

"전쟁이 더 오랫동안 지속되었다면 훨씬 많은 사람들이 죽었을 것입니다. 레인저, 보병들도 이보다 몇 배는 더 죽었을 것입니다."

랑겔이 위로의 말을 건넸지만, 제이는 쓰게 웃을 뿐이었다. 정치 영역에서의 죽음들이 자신의 보인 힘과 무관하다고 할 수는 없다는 것을 알기 때문이다.

페이런과 워낙 적대적인 하르트였기에 죽음의 행렬은 몇 달간이나 지속되었다가 겨우 잦아들었다.

그 몇 달 동안 제2기사단과 보병사단들이 각 지역을 장악해 나갔고, 본국에서 행정관들이 쏟아져 들어왔다.

그사이 계절이 바뀌고 해가 바뀌었다.

하르트에 남아 있는, 몇 안 되는 타이탄이 몰수되었고, 강압적이나마 어느 정도 치안이 회복되었다고 판단이 되자 페이런군은 제2기사단 일부와 보병사단을 하르트에 남겨두고 부봉 왕국을 향해 나아갔다.

페이런을 비롯한 북부의 몇 나라들이 바밀의 영향 아래 있었던 것처럼 하르트, 부봉, 스타츠, 이 세 나라는 이미 멸망한 소슬의 입김을 강하게 받은 나라들이었다.

기댈 곳이 사라진 이 세 나라는 서로 뭉칠 수밖에 없었고 그

래서 페이런이 하르트를 압박했을 때 부봉이 원군을 보낸 것이
다.

　페이런은 동쪽으로 부봉 왕국까지만 점령할 생각이었다. 스
타츠 왕국은 내버려 두는 것이 이롭기 때문이었다.

　스타츠까지 점령하면 검은 산맥이 끝나는 부분에서 옛 소슬
의 땅과 닿게 되는데 그렇게 되면 동부의 강대국과 국경을 마주
해야 하는 부담을 져야 한다. 현재 그곳은 루미나스와 바밀이
서로 차지하려고 신경전을 벌이는 땅으로 누가 차지하든 페이
런으로서는 국경을 마주하기가 벅찬 상대인 것이다.

　그래서 스타츠 왕국은 완충지대로 두기로 결정했고, 하르트
점령 이후 사신을 보내 밀약을 맺었다.

　부봉 왕국에 원군을 보내지 않는 것을 조건으로 동맹을 맺기
로 한 것이다.

　스타츠 왕국으로서는 받아들일 수밖에 없는 내용이었다.

　하르트 전쟁을 통해 페이런의 기사단이 얼마나 막강한지 확
인한데다가 스타츠를 점령하지 않으려는 페이런의 처지도 충분
히 이해가 되었고 훗날 루미나스가 되었든 바밀이 되었든 강대
국이 자신의 남쪽을 차지했을 때 힘이 되어줄 나라가 있어야 한
다는 점을 제대로 인식했다.

　그리하여 부봉은 스타츠의 원군 없이 페이런군을 상대하게
되었다.

　지난겨울, 하르트에 머무르는 동안 제이는 부봉에 많은 용병
출신 스카우터들을 파견했다.

　페이런은, 하르트와는 오랜 세월 싸워온 터라 어느 지역의 누

가 얼마만큼의 병력을 보유하고 있는지 비교적 정확하게 파악하고 있었으나 부봉에 대한 정보는 거의 없었다. 최소한 영주들의 타이탄 보유수는 확실히 파악해야 했다. 그 역할을 스카우터들에게 맡긴 것이다.

시간이 지날수록 페이런은 오베론의 생산성이 향상되어 이제는 한 달에 두 기 제작이 가능해졌다.

물론 생산성이 향상되었다고 해서 갑자기 없던 자원이 생기는 것은 아니라서 한 달에 두 기가 한계였다. 사실 그것도 스코트 3세가 국채를 발행하여 빚으로 만드는 것이나 다름없었다. 점령한 하르트 땅의 통치가 정상 궤도에 오를 때까지는 어쩔 수 없는 일이었다.

어쨌든 오베론의 원활한 보급으로 인해 하르트에 남겨둔 일부 타이탄을 제외하고도 제2, 제3기사단은 완편되었고 당당하게 부봉으로 나아갔다.

하르트에 기사단 둘을 원군으로 보냈다가 모두 파괴된 부봉은 거의 초상집 분위기였다.

북부 소국들은 중앙기사단의 수가 기껏해야 둘에서 넷 정도였다. 타이탄 제작 기술이 없는데다 바밀과 소슬의 감시를 받아왔기 때문에 보유수에 한계가 있었던 것이다. 바밀이나 소슬이 선심 쓰듯 판매한 구형 타이탄을 조금씩 사서 그동안 유지해 오고 있던 게 전부였다.

그런 와중에 기사단이 둘이나 사그라졌으니 견딜 수가 없었다.

바람을 느끼는 오너의 놀라운 위용에 대한 소문, 그리고 수적

인 열세. 부봉은 감당할 수가 없었다.

하르트처럼 페이런과 수백 년 동안 싸워 원한이 뿌리 깊이 박힌 것도 아니어서 국경에 어른거리는 페이런군의 그림자에 내부 분열이 일어났다.

부봉이 그처럼 쉬이 결론을 내리지 못할 때 페이런군이 국경을 넘었다.

구체적인 대응 지시를 받지 못한 부봉의 국경 기사단은 당연히 침략군에 맞서 싸웠고, 30여 기의 타이탄은 200여 기의 타이탄에 둘러싸인 채 파편이 되어 흩어졌다.

이후 겨울 동안 스카우터들이 수집한 정보를 토대로 제2, 제3, 제4기사단은 세 갈래로 나뉘어 타이탄을 보유한 영지를 지나가며 미리 빼돌리지 못한 채 한두 기씩 남아 있는 타이탄을 고스란히 수거했다.

수도를 눈앞에 두고 만난 페이런의 세 기사단 앞에 몇몇 영주의 타이탄과 합세한 부봉의 하나 남은 중앙기사단이 나타나 길을 막았다.

제이는 스톤에 탑승한 채 움직이지도 않았고, 은빛 엘리나이트와 카모르찬의 티쿠마가 선진을 돌파하고 그 뒤를 200여 기의 타이탄이 짓밟는 것으로 싸움이 끝나고 말았다.

그리고 마침내 부봉 왕국은 항복했다.

대국 소슬이 멸망하고, 소슬을 공격한 바밀, 마이네, 루미나스 세 나라가 피해를 수습하고 보충하며 앞으로의 전쟁에 대비해 숨고르기를 하는 동안 북부에서는 페이런이 비슷한 규모의 소국 둘을 합병해 버렸다.

그것도 입은 피해가 거의 없이 이뤄낸 성과였다.

제이가 소슬 공략전에 참전한 동안 스코트 3세가 전격적으로 하르트를 공격했을 때 적잖은 피해를 입었으나 그때를 제외하면 단 몇 기의 타이탄이 파손된 것에 그쳤다. 특히 제이와 제4기 사단이 합세한 전투에서는 피해가 거의 없었다.

오히려 오베론의 생산성이 늘어나며 그동안 입은 손실은 모두 벌충하고도 남았고, 간간이 노획하고 몰수한 타이탄을 합하면 온전한 중앙기사단 하나를 새로 창설할 정도로 보유 타이탄 수가 늘어났다.

게다가 그동안 파괴된 적 타이탄의 잔해가 고스란히 페이런의 타슈로 들어가 앞으로 생산될 오베론의 재료로 쌓였으니 향후 몇 년간 오베론의 수급 문제도 사라지게 되었다.

제이 코플래닛 남작, 새롭게 등장한 타이탄 오베론, 단기간 두 나라 병합.

페이런 왕국이 다른 나라의 주목을 받게 된 것은 너무나 당연했다.

바밀이 칼끝을 북쪽으로 향할 것인가?

마이네가 베르가키아를 언제 병합할 것인가?

바밀, 마이네, 루미나스 세 나라의 충돌은 어떤 양상으로 전개될 것인가?

이에 대한 답을 알아내기 위해 각국이 촉각을 곤두세웠다.

한편, 페이런의 궁성에서는 전쟁의 방향을 놓고 격론이 벌어졌다.

"스타우 왕국을 공격한다는 건 말이 되지 않습니다."

"말이 안 될 건 또 무엇입니까? 모든 건 때가 있는 법입니다. 기세가 올랐을 때 결행해야 합니다."

"이것 보시오. 하르트나 부봉은 옛 소슬과 가까운 나라들이었어요. 우리와 적대적인 나라였단 말입니다. 그러나 스타우를 비롯해 우리 북쪽에 있는 나라들은 아니지 않습니까. 모두 바밀의 동맹국들입니다. 그런데 어떻게 공격한단 말입니까?"

"대체 어느 나라의 신하요? 바밀의 신하입니까, 페이런의 신하입니까?"

"함부로 말하지 마시오! 스타우를 공격하면 바밀이 가만있지 않을 것이 뻔한 일, 우리 페이런이 멸망의 길로 접어드는 것을 그냥 두고 보는 게 신하의 도리란 말이오?"

"흥, 바밀은 공격하지 못합니다. 벌써 2년째 말로만 겁박하고 있지를 않습니까. 정세를 아는 사람은 다 압니다. 마이네와 바밀이 서로 노려보며 웅크리고 있다는 것을 말입니다. 루미나스는 또 어떻습니까? 옛 소슬의 동쪽 땅을 놓고 루미나스와 바밀이 국지전을 벌이고 있다는 소식을 듣지 못했나 봅니다. 크바시르라는 험로를 넘어 우리를 공격하려면 바밀은 막대한 피해를 입을 것이오. 게다가 코플래닛 남작이 버티고 있는 한 바밀이 우리 페이런을 치려면 타이탄 수백 기로도 부족할 것입니다. 바밀이 우리를 공격하면 그날로 바밀은 마이네와 루미나스에 먹혀 버릴 것이오."

"코플래닛 남작, 코플래닛 남작. 대체 언제부터 코플래닛 남작이 우리 페이런의 운명을 좌우했소? 코플래닛 남작이 없었다면 어찌 살았을는지 모르겠습니다그려."

"공은 공대로 인정해야 하는 법이오. 시기는 편협한 자들의 전유물인 줄 알았는데 아니었나 봅니다. 코플래닛 남작 덕에 페이런의 영토가 세 배가 되고 기사단이 늘어나고 타이탄을 자체 제작하고 바밀 같은 강대국도 함부로 대하지 못하니 어찌 그 공을 인정하지 않을 수 있겠소? 코플래닛 남작이 남작에 머물러 있는 것이 안타까울 뿐이오."

"그의 공은 놀랍지만, 한편으로 그는 비밀이 많은 사람이오. 온전히 믿기가 어렵다는 말입니다. 제4기사단은 그의 사병이나 마찬가지고, 휘하 오너들은 처음 보는 타이탄을 가지고 있고, 그의 상회는 무역선을 보유하고 있고, 그의 영지는 플래닛인가 뭔가를 자꾸 늘려 나가 점점 확장되어 가고 있소. 행사가 너무나 의뭉스럽단 말이오."

"허허, 모두가 아는 얘기를 무슨 문제가 있다는 식으로 잘도 꾸며대는군. 그는 용병 출신으로 아는 용병들을 고용해서 페이런의 부족한 전력을 메워왔소. 제4기사단 오너들이 그의 곁을 떠나지 않으려는 것은, 일단 고용계약을 주선한 사람이 바로 남작이기 때문이고, 또 그가 강하기 때문이오. 다른 기사단 오너들도 제4기사단으로 가고 싶어한다는 말을 못 들어보았소? 새로운 타이탄이라… 용병 출신들로 각국의 다양한 타이탄을 보유하고 있다는 건 처음부터 알고 있던 일이고, 우리 왕국에 오베론 제작 기술을 준 고마운 마법사가 그의 영지에 있어 타이탄 개조를 도와준다 했소. 그의 부친이 운영하는 상회가 무역을 해서 페이런에 해가 되었소? 페이런의 부를 늘리면 늘렸지 줄였다

고는 못할 것이오. 부족한 곡물을 사오고 세수를 증가시키는 것
이 잘못된 것이오? 수많은 문제를 일으키는 도시 빈민들을 모아
가도를 건설하고, 가도 건설이 끝나자 그들을 정착시키기 위해
사람도 살지 않는 버려진 땅에, 그것도 그 지방 영주에게 보상
을 하고 살게 한 게 죄가 되기라도 한다는 것인가? 대체 코플래
닛 남작의 흠을 못 잡아 안달이 난 이유를 모르겠구려.”

“아주 추종자가 되셨구먼.”

“코플래닛 남작을 흠잡는 당신의 흠을 나는 백 가지라도 말
할 수 있소.”

“뭐요!”

동쪽으로의 확장이 끝나자 페이런이 나아갈 수 있는 방향은
북쪽이었다. 그런데 북쪽의 나라들은 모두 바밀의 동맹국들이
었다.

최근 몇 년간 페이런이 성세를 거듭하고 있다 해도 수백 년간
드리워졌던 바밀의 그림자를 걷어내기에는 무리가 있었다. 적
지 않은 귀족들이 바밀의 공격을 걱정했다.

그러나 한편으로는 페이런의 확장에 자극받은 사람들도 늘어
났다. 그들은 당당한 페이런을 주창하고 제이를 신봉했으며 예
전 바밀파를 공격했다. 귀족파와 대립각을 세우는 이들은 정통
기사 가문 출신들이거나 하급 귀족들의 지지를 받는 과거 중립
파들이 대부분이었다. 이들은 알게 모르게 밀런과 루스의 지원
을 받고 있었다.

스코트 3세는 이들 두 파당이 자유롭게 언쟁하도록 내버려
두었다.

제이를 만나기 전에 바밀파 귀족과 싸우는 것은 바로 스코트 3세 자신이었으나 이제는 두 파당이 엇비슷한 힘으로 대립하고 있고 스코트 3세는 그것을 위에서 내려다보고 있었던 것이다.

귀족들이 그 사실을 인식하고 있는지는 몰라도 스코트 3세는 확실히 깨닫고 있었다. 귀족들과 드잡이하던 자신이 어느 순간부터인가 그들의 우위에 서 있다는 것을 말이다.

스코트 3세가 보기에 제이를 공격하는 자들보다 제이를 응호하는 자들의 근거가 훨씬 합리적이고 깨끗해 보였다. 무역선이 늘어난 것은 페이런에 유익했고, 제이의 사병처럼 보이는 제4기사단 오너들도 제이의 출신을 고려하면 충분히 있을 수 있는 일이었고, 새로운 타이탄 문제도 이 세상의 모든 타이탄을 알지 못하는데다 오베론 제작 기술을 준 그 마법사가 개조해 준 것이라면 충분히 수긍할 수 있었다. 도시 빈민들을 새로운 마을을 만들어 정착시킨 것도 페이런에 이로운 일이고 다른 영주들과 합의가 있었으니 그 과정도 깔끔했다.

문제는, 이 모든 결과가 제이의 힘이 커지는 쪽으로 나아가고 있다는 것이다.

무슨 소문이니, 흠이니, 문제니 하는 제이에 대한 온갖 추문들에 대해서는 신경 쓰지도 않았다. 다만, 제이의 힘이 커져간다는 사실이 국왕 스코트 3세의 본능을 묘하게 거슬렀다. 어쩌면 바밀을 핑계로 제이의 작위를 올려주지 않는 까닭도 이에 기인하는 것인지 모른다.

제이가 생각한, 저항의 의지를 꺾을 만큼 공포스럽고 압도적인 힘은 적에게만 영향을 미치는 것이 아니었다.

　그러나 해가 갈수록 연륜이 더해가는 스코트 3세는 이러한 것들을 공식적으로 언급하지 않았다.

　신하들의 격론을 자신이 높은 자리에서 내려다볼 수 있는 바탕이 제이라는 것을 알고 있었고, 이 자리에서 내려오고 싶지 않았다.

　아직은, 그 정도는 아니었다.

　"그만 하라!"

　스코트 3세가 무릎을 치며 신하들을 제지했다.

　신하들이 목을 움츠리며 입을 다물었다.

　"스타우 왕국……."

　국왕의 입이 느리게 움직이고 신하들의 눈이 모두 그 입을 쳐다보았다.

　"스타우 왕국으로, 진군하라!"

CHAPTER 6

[여행자]

전쟁, 결코 헤어날 수 없는 수렁

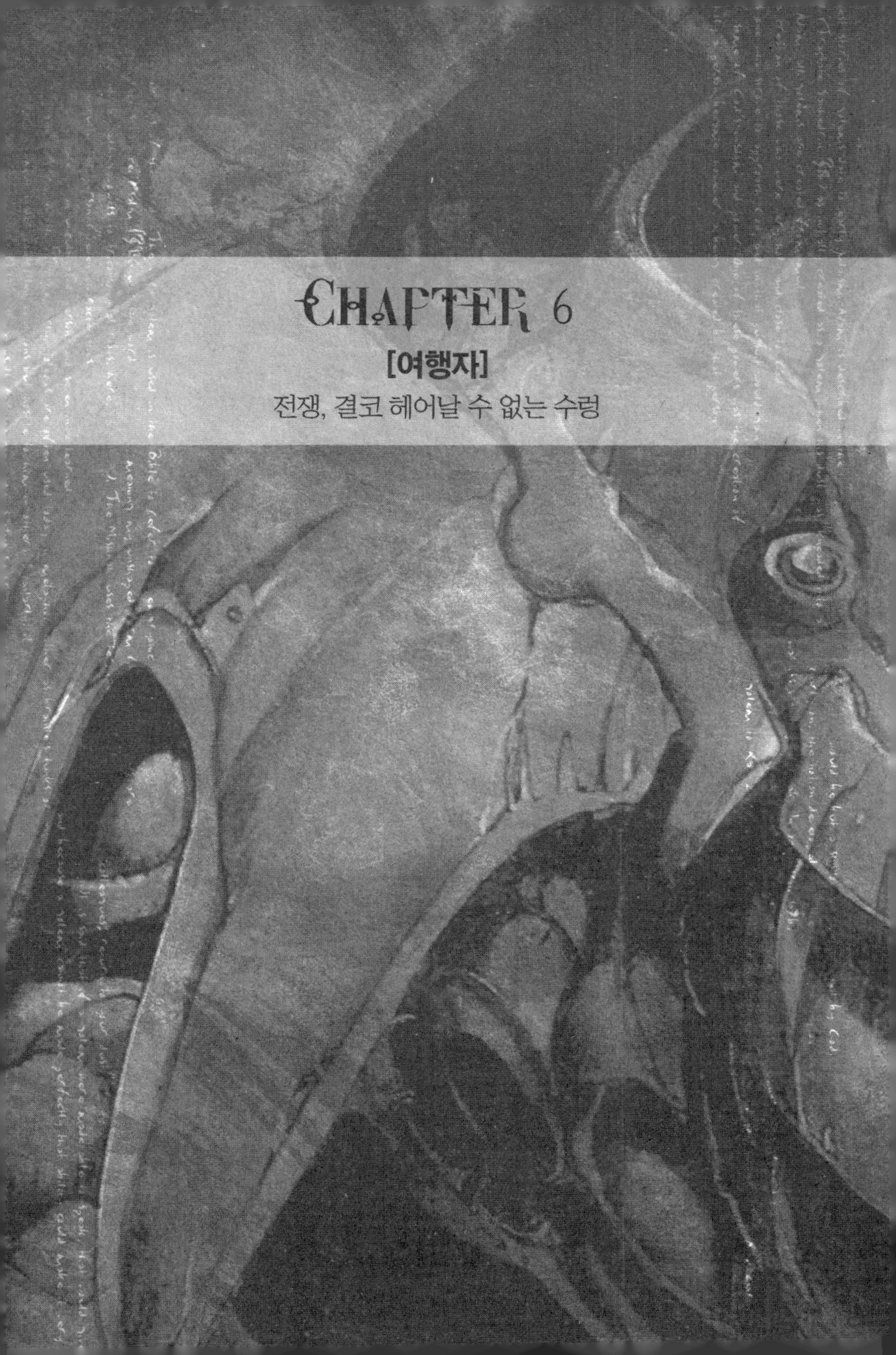

정치는 생존의 문제에서 비롯된 것이다.

사람은 혼자서는 필요한 모든 것을 감당할 수 없기에 다른 이들과 관계를 맺어야 하는데, 관계를 어떤 식으로 맺느냐에 따라 삶의 질이 결정된다.

관계에서 비교적 우월하면 살아가기가 유리하그 관계에서 비교적 열등하면 살아가기가 불리하다.

빵 하나를 더 얻고, 옷을 조금이라도 더 싸게 사고, 상냥한 인사를 받고, 양보를 받고, 존경을 받는다.

그래서 사람은 우월한 지위에서 관계를 맺고자 자신의 모든 역량을 동원한다.

데스테나는 불리한 점도 없지 않았지만, 꽤 유리한 지위에 있었다.

왕의 남자 피붙이는 함부로 정치에 대해 말하지 못한다. 여자이기에 데스테나가 처음 대전에서 정치에 대해 말했을 때 국왕이나 신하들은 경각심을 덜 가지고 그 발언을 허용했다.

데스테나는 그냥 공주가 아니었다. 검을 차고 타이탄을 타고 전쟁터에서 싸우고 돌아온 기사였다. 의무를 충실히 이행한 자의 발언에는 귀를 기울일 필요가 있었다.

데스테나는 미혼이었다. 기혼인 공주의 발언은 남편의 가문에 사사로이 이익을 주려는 것이 아닌지 의심을 받지만, 미혼이기에 순수성을 덜 의심받았다.

데스테나는 인기가 많았다. 백성들에게도 사랑받고 기사들도 앙모했다. 공주에게 크게 혼이 난 적이 있는 기사도 공주를 미워하지 못했다. 인기있는 자의 발언은 무시하지 못한다.

데스테나는 똑똑하면서도 아름다웠다. 똑똑하기만 한 여성은 남자들의 질투를 받고, 예쁘기만 한 여성은 사람들이 발언의 진의를 진지하게 헤아리려 하지 않는다. 똑똑하면서도 예뻤기에 데스테나의 발언은 남자들의 가슴을 파고들었다.

데스테나는 왕의 하나뿐인 동복 여동생이었다. 정말 어지간한 일이 아니고서는 왕은 데스테나를 죽일 수 없었기에 데스테나의 발언은 자유로웠고, 지고의 신분이기에 반대편 사람들은 면전에서 함부로 받아치지 못했다. 말은 창이다. 결정적인 순간에 급소를 찌르지 못하니 찔리고 당하기만 한다. 그러기를 지속하면 관계가 점점 기울어진다.

이와 같은 유리한 점들을 데스테나는 잘 활용했다.

정치는 생존의 문제에서 비롯된 것이기에 본능처럼 알았다.

전쟁을 경험하고 전장을 돌아다녀 세상의 무서움을 알고 적을 찌르는 독심을 익혔다. 그리고 시나페라는 현명한 신하가 있어 부드러워야 할 때와 강하게 나가야 할 때를 구분할 수 있게 되었다.

노회한 정치인들도 온갖 유리한 점으로 무장한 데스테나를 함부로 공략하지 못하고 숨죽인 채 지켜보고 있었다.

그렇게 사람들이 '어어?' 하는 순간, 데스테나는 바밀의 정책을 결정하는 사람들 사이에서 한 축으로 자리매김을 했다.

소슬의 승리에 열광하는 주전파들에 제동을 걸었고, 제이를 응징하려 광분하는 사람들에게 바밀의 현실을 조곤조곤 설파했고, 점령지에서 일어나는 심각한 수탈 현상을 고발하였고, 높은 세금에 점점 말라비틀어져 가는 백성들의 고통을 통렬하게 지적했다.

전쟁을 선호하는 산악파에 밀려 그 힘을 잃어가던 평원파들이 소리 소문 없이 한자리씩 차지해 나갔다.

여전히 소슬을 점령한 기쁨에 사로잡힌 귀족들이 많았으나 데스테나의 정치로 인해 바밀은 동토에서 루미나스와 작게 투덕거리는 것을 제외하면 밖으로 힘을 투사하지 않고 내부 정비에 시간을 보냈다.

바밀이 움직이지 않으니 마이네도 함부로 움직일 수 없었고, 루미나스도 몸을 낮추고 사태를 날카롭게 지켜보기만 했다.

＊　　　＊　　　＊

주변의 힘이 커지면 긴장하는 것은 위험에서 살아남기 위한 본능이다. 북부 소국들은 페이런의 확장에 긴장하고 있었다.

특히 바밀의 동맹으로 참전했던 국가에서는 전장에서 제이가 드러낸 신위를 직접 목격한 사람들이 많아 소문의 진위 문제로 쓸데없이 힘을 소모하는 일을 줄이고 대책을 고민했다.

그러나 그런다고 해서 없던 타이탄이 갑자기 나타나거나 어느 백작의 아들이 알고 보니 바람을 느끼는 오너라며 등장하는 일은 일어나지 않았다.

제4기사단의 타이탄은 조금씩 그 수가 늘어났는데 마호른이 엘리나이트를 한 기, 한 기 생산해 내고 있는데다 대륙 전역에서 제이와 제4기사단의 소문을 듣고 찾아오는 용병들이 꾸준히 있었기 때문이다.

스타우 왕국은 그러한 제4기사단의 맹공에 국경이 뚫리고 타이탄 40여 기를 상실했다.

제4기사단이 길을 튼 뒤로 페이런의 중앙기사단 셋과 보병사단 아홉이 물밀듯이 몰려들어 왔다.

제4기사단이 국경을 뚫은 뒤 랑겔은 제이에게 각지에 포고문을 보낼 것을 권했다.

"스타우는 페이런에 대해 뿌리 깊은 적대감이 없고 또 압도적인 힘의 차이를 경험하였으니 이제는 회유할 차례입니다."

그 말이 옳다 여긴 제이는 각지에 알렸다.

투항하는 자는 살 것이고 저항하는 자는 죽을 것이다.

짧은 문장으로 이루어진 제이의 포고는 스타우의 귀족 사회를 뒤흔들었다.

각 지방의 영주들은 앞 다투어 제이에게 달려와 항복의 문서에 수결했고 보유한 타이탄이 있다면 바쳤다.

열에 여섯이 살기 위해 국가를 바꾸었고, 제이는 그들을 살려주었다.

저항한 넷은, 죽었다.

영주, 기사, 타이탄은 단 하나도 남김없이, 철저하게 제4기사단에 의해 죽었다.

기실 제4기사단이 죽인 사람의 수는 여타 전쟁에 비할 바 아니었으나 그 행사가 너무나 철저하여 제4기사단, 코플래닛의 기사단, 검은 바람 기사단이라는 말에 사람들은 몸을 부르르 떨었다.

제4기사단이 지나간 자리에 페이런의 중앙군이 들어와 장악했다.

멀찍이 떨어져서 지켜보았다면, '거참, 나라 하나 정복하는 거 어렵지 않구나' 싶을 정도로 제이가 지나간 자리는 두려움이 지배했고 페이런군은 들어와 차지했다.

수도에서 많은 눈이 숨어서 지켜보는 가운데 근위기사단의 저항을 제4기사단 단독으로 짓밟았고, 스타우의 왕은 백기를 들었다.

코코움 왕국도 이와 크게 다르지 않았다. 다른 점이 있다면, 항복한 영주의 수가 열에 여덟으로 늘었다는 점이다.

파리슨, 클레이, 램디, 아르모 등 북부의 다른 국가들은 혼자의 힘으로는 도저히 페이런군을, 제이를 막을 수 없다는 것을 느끼고 동맹을 맺었다.

7국 동맹은 자국의 모든 중앙기사단을 페이런군의 다음 목적지인 램디 왕국으로 급파했다.

북부가 페이런군의 거친 발걸음에 온통 술렁이던 그때 클레이 왕국의 한 젊은이가 국왕에게 한 통의 글을 올렸다.

그의 이름은 리야드 스타브로, 지혜의 눈을 반짝이며 주로 법을 공부하고 사람과 사회를 연구해 온 젊은 학자였다.

최근에 리야드는 제이 코플래닛 남작의 등장을 통해 법이 아닌 사람 하나가 세상에 얼마나 큰 영향을 미칠 수 있는지에 대한 문제에 관심을 가지고 그가 지나온 발자취를 살피며 연구하고 있었다.

폭풍은 세상 모든 것을 부술 것 같지만, 1년을 통틀어 부는 날이 며칠 되지 않습니다. 눈보라는 온 세상을 뒤덮을 것 같지만, 기껏해야 한 철 흥할 뿐입니다. 메뚜기가 무리 지어 폭풍을 향해 돌진하는 것을 용기라고 부르지 않습니다. 풀잎 속에 숨어 있다면 바람은 어느 순간 지나갈 터이고 메뚜기는 또 살아갈 것입니다.

그러나 리야드의 글은 다급한 국왕과 신하들의 마음에 그리 와 닿지 않았다.

"아니, 지금 무슨 소리를 하는 건가. 당장 쳐들어오는데 그럼 순순히 나라를 내주고 몸 하나만 온전히 피하라는 것인가!"

페이런군을 막을 대책, 제이를 막을 대책을 구한 것이지 누구나 할 수 있는 말, 도망치라는 말을 듣고자 한 것이 아니었다.

그리하여 무슨 의미로 한 말인지 리야드를 불러 물어볼 생각도 하지 않고 그의 글을 팽개쳐 버렸다.

*　　　*　　　*

북쪽은 봄이 늦게 오고 겨울은 성급하게 다가왔다.

가을꽃이 정겹게 피던 때가 엊그제 같았는데 벌써 눈발이 듣더니 어느 순간 함박눈이 펑펑 쏟아져 내렸다.

"젠장, 오지게 춥구나."

더운 지방 출신이라 그런지 아니면 어느새 나이가 든 것인지 카모르찬이 툴툴대며 다가왔다.

"북쪽 아닙니까. 좀 더 올라가면 일 년 내내 얼음이 얼고 눈이 쌓여 있는 땅이 나온다는데 어떻게 견디려고 그러시오."

제이가 슬며시 웃으며 카모르찬의 말을 받았다.

"젠장, 그런 땅에서 어떻게 사람이 산단 말이야."

"사람은 어디에나 사는 것 아니겠소."

"휴우. 그래, 참으로 독한 종자들이지."

머리에 하얀 눈을 덮은 카모르찬이 하얀 입김을 뿜어내며 한숨처럼 말했다.

"그건 그렇고, 이거 너무 위험한 것 아닌가? 쬐끄만 나라들이라지만, 허수아비 대신 세워놓아 녹이 택택 슨 시골 고물 타이탄까지 끌어올 수 있는 타이탄은 모조리 끌어 모았다던데 말이야. 그 수가 천을 헤아린다는 말도 있고… 우리는 1, 2, 4, 5기사단에 어중이떠중이 시골 타이탄까지 합쳐서 겨우 200기 남짓인데…….”

제3기사단은 제1기사단과 교체되었다.

“위험합니다. 위험하지요. 그러나 언제는 위험하지 않은 적이 있었습니까?”

“젠장. 그래, 잘났다. 그런데 문제는 말이야. 다른 기사단 놈들은 위험한 줄 잘 모른다는 거야. 승승장구, 자화자찬, 자신감이 아주 하늘을 찌르더라고. 제놈들이 잘나서 예까지 온 줄 아나봐.”

제이는 쓰게 웃고 말았다.

페이런의 기사들은 계속된 승리에 무척 고무되어 있었다. 한 나라, 한 나라 점령해 나갈 때마다 큰 상을 받고 또 사람들이 두려워하며 우러러보고… 단 한 번도 패하지 않았다는 자부심에 고양되어 있었다.

적 타이탄 100기가 몰려와도, 200기가 몰려와도, 300기가 몰려와도 모두 물리칠 수 있다는 자신감으로 가득 차 있었다.

그러한 자부심과 자신감은 전장에서 용기를 북돋워 주어 없는 힘도 발휘하게 만드는 좋은 효과를 발휘한다. 어디까지나 승리를 계속할 때의 이야기지만 말이다.

“이번 전투로 전쟁이 끝났으면 좋겠군요.”

제이의 입에서 하얀 입김이 길게 뿜어져 나왔다.

그래서 이번 전투를 결정한 것이다.

　7국 동맹군은 타이탄이라는 타이탄은 모조리 끌고 램디 왕국의 바레일리 지역으로 집결할 예정이었다.

　바레일리 지역은 램디 왕국의 수도로 가는 길목에 있는 작은 평야 지대로, 둥근 평원을 산이 둘러싸고 있고 여덟 개의 길이 방사형으로 뻗어나가는 지형이었다. 그 길목들을 막으면 안에 갇히는 구조인 것이다.

　그럼에도 제이와 페이런군 수뇌부는 일부러 이곳에 미리 들어와서 자리를 잡았다. 페이런군은 그동안 제이와 제4기사단이 보여준 신위를 철석같이 믿었고, 제이는 이 한 번의 전투를 끝으로 전쟁을 끝내고 싶었다.

　단 한 번으로 끝낼 수 있다면 이보다 좋은 일은 전쟁은 없는 것이다.

　사람도 덜 죽고, 고아도 덜 생기고, 유민도 덜 늘어난다.

　"살아가는 게 전쟁인데, 그럴 리가 있나."

　카모르찬이 시큰둥하게 대꾸했다.

　"그래도 말이지요, 그래도……."

　제이가 나지막하게 중얼거렸다.

　수없이 늘어선 강철거인들의 머리 위로, 어깨 위로, 두꺼운 가슴팍 위로 눈이 쌓여갔다.

　검붉은 스톤도, 푸르스름한 티쿠마도, 은빛의 엘리나이트도 점점 하얗게 변해갔다.

　지독히 퍼붓는 눈보라는 그동안 묻힌 피를 가리고 씻어내려는 신의 뜻인지도 모른다.

　그러나 사람들은 그런 신의 뜻 따위는 개에게나 던져 줘버렸다.

　정찰을 나갔던 스카우터와 레인저들이 동맹군의 레인저들과 충돌하고 설원에 붉은 피를 흘리며 쓰러져 나갔다.
　쓰러지는 레인저의 수가 점점 늘어나더니 어느 순간 땅이 울리는 소리가 멀리서 은은하게 들려왔다.
　쿵!
　쿵!
　우우우웅!
　땅의 진동이 점점 가까워오고 페이런의 오너들은 긴장으로 침을 꿀꺽 삼켰다.
　근 천여 기에 달하는 거인이 일곱 길목을 통해 들어와 길목 하나를 지키며 서 있는 페이런군을 에워싸며 다가오는 중이었다.
　[타이탄에 올라라!]
　대기하던 오너들이 재빨리 자신의 타이탄에 탑승하여 동화했다.
　동화해 타이탄의 눈으로 세상을 보니 멀리서 눈발을 뚫고 거대한 존재가 하나씩 하나씩 늘어나는 게 들어왔다.
　[제1기사단, 스크럼 유지!]
　처처척!
　타이탄이 방패를 들어 올린 채 간격을 유지하려고 몸을 움직이자 발밑에 바람이 일어 눈송이가 휘날렸다.
　[제2기사단, 대형 유지!]

척척척!

[제5기사단, 대형 유지!]

쿠웅, 쿠웅, 쿠웅.

끼이익.

[제4기사단이 뛰쳐나가도 함부로 움직이지 말고 대열을 유지한 채 서서히 압박해 들어간다!]

쿵!

리더의 지시에 타이탄들이 일제히 발을 굴러 대답했다.

거인의 땅으로 변한 바레일리 평원은 거인들이 뿜어내는 살기에 눈송이가 부서져 흩날렸다.

이제 막 도착한 동맹군 타이탄들은 전열을 가다듬으려 분주했다.

그 순간, 스톤은 앞으로 내달렸다.

자유를 구속당하기를 거부한 야생 흑마처럼 스톤은 검은 안개를 뿜어내며 홀로 하얀 설원을 난폭하게 질주하여 미처 전열을 정비하지 못한 동맹군의 부대에 몸을 부딪쳤다.

쾅!

어마어마한 충돌파가 눈 덮인 평원을 요동쳤고, 수십 기의 타이탄이 튕겨져 나갔다.

좌라락!

기다란 검은 그림자가 눈앞에 스쳐 가는가 싶더니 타이탄들의 가슴에 가는 선이 생기고 무너져 내렸다.

가다듬지 못한 전열을 좌충우돌 헤치고 다닌 스톤은 검은 안개를 계속 뿜어내 몸을 뒤덮으며 몸집을 점점 부풀려 나가는 것 같았다.

7미터 높이의 타이탄이 아니라, 8미터, 9미터, 10미터… 15미터도 넘는, 타이탄 따위가 아닌 그 무엇, 서로를 해치려고 기를 쓰는 강철거인들은 안중에도 없다는 듯 압도적인 존재감을 뿜어내며 발밑을 얼씬거리는 미물들을 아무렇지 않게 짓밟았다.

와작!

[저건… 대체!]

원초적 두려움에 사로잡힌 짐승처럼 스톤 곁의 동맹군 타이탄들은 제대로 움직이지도 못했다.

그러나 천여 기의 타이탄은 어마어마한 숫자였다.

겁을 먹고 주춤주춤 물러서는 아군 타이탄을 등 떠밀며 수의 힘으로 몰아붙이자 스톤의 행동반경이 조금씩 좁아졌다.

스칵!

등 떠밀린 거인들이 가슴을 스톤의 검은 칼날이 가르고 지나갔다.

한 무리의 거인들이 쓰러지고, 다시 한 무리의 타이탄들이 등 떠밀려 다가들었다.

개미가 사자를 죽일 수 있다는 것을 보여주려는 듯이 그들은 자신의 생각이 아닌 무리의 의지대로, 동료의 죽음에 아랑곳하지 않고 끝없는 수의 파도를 일으키며 달라붙었다.

압도적인 존재에 의해 짓밟히고, 짓밟히고, 짓밟히고, 시체가 산처럼 쌓였다.

동맹군의 타이탄은 그 시체의 산을 밟고 올라와 스톤을 물고 늘어지려 애썼다.

스톤이 홀로 동맹군 진영 한가운데 시체의 산 위에서 달려드는 개미들을 밟아 죽이고 있을 때, 엘리나이트와 티쿠마를 앞세운 제4기사단이 동맹군 진영에 몸을 던졌고, 전열을 유지한 페이런의 타이탄들이 일제히 발을 구르며 서서히 다가왔다.

7국 동맹군의 불행은, 사자는 혼자가 아니었다는 것이다.

페이런군이 동맹군과 부딪치는 것을 본 스톤은, 이제 이곳 개미들은 관심이 없어졌다는 듯 훌쩍 몸을 날리더니 동맹군 진영을 횡으로 가르며 손에 걸리는 미물들을 터뜨려 죽였다.

거대한 검은 몸체, 붉디붉은 눈동자.

달려드는 스톤을 본 동맹군 거인들은 심장이 오그라드는 것 같았다. 절대 자신들과 같은 종이 아니었다.

사자가 진영을 횡단하며 몇 번 쓸어버리고, 은빛 표범들이 눈밭을 헤치며 매서운 발톱으로 갈라버리고, 푸른 늑대가 날카로운 이빨로 물어뜯어 버리고, 마지막으로 스크럼을 짠 거인들이 넝마가 된 채 쓰러져 있는 것을 자근자근 밟아버렸다.

겁에 질린 동맹군은 몸을 돌려 차디찬 눈밭 사이를 헤치며 뛰기 시작했다.

하나가 뛰고, 또 하나가 뛰고, 한 무리가 우르르 땅을 울리며 달아났다.

눈에 미끄러져 넘어지고, 좁은 길목에서 엉켜 넘어지고, 뒤쫓는 페이런의 타이탄에 찔려 쓰러졌다.

쓰러지고, 쓰러지고, 쓰러지고, 길목을 따라 타이탄의 시체가 즐비했다.

천여 기의 타이탄 중 달아난 것은 400여 기에 불과했다. 그나마 길이 여러 갈래였기에 가능한 것이었다.

전투가 끝나고도 눈은 계속 내렸다.

북부의 눈은 오지게도 내려 죽어간 거인들을 포근히 뒤덮었다.

그리고 마지막 전쟁이 되기를 바랐던 제이는 힘을 모두 소진하여 쓰러지고 말았다.

네 번째 마나 고갈은 그렇게 눈이 펑펑 내리던 날 찾아왔다.

*　　　*　　　*

"으으… 그건 타이탄이 아니었어요."

"절대로, 이길 수 없어."

도망쳐 온 오너들은 두려움과 괴로움을 이겨내기 위해 입술을 깨물고 겨우 말을 꺼냈다.

바레일리 전투 소식이 전해지자 램디 왕국은 곧바로 항복했고 남은 북부의 소국들은 죽은 듯이 가라앉았다.

페이런의 다음 목표가 될 클레이의 국왕은 어찌할 바를 몰라 잠도 이루지 못했다. 그러다 이름 하나를 기억해 냈다.

리야드 스타브로.

국왕은 지푸라기라도 잡는 심정으로 리야드를 불렀다.

"지난번 그대의 글이 무슨 뜻인지 소상히 말해보라."

호리호리한 체형에 반짝이는 눈빛을 지닌 리야드는 국왕 앞에서도 담담히 자신의 생각을 펼쳐 나갔다.

"페이런군은 승세를 탔습니다. 지금은 아무도 막지 못합니

다. 페이런군에 문제가 있다면 지나치게 제이 코플래닛 남작에
게 의존한다는 것인데, 그러나 기세가 오를 대로 오른 지금의
페이런군이라면 코플래닛 남작이 없어도 막아내기가 쉽지 않을
것입니다.”

“그래서 어쩌란 말인가? 나라를 버리고 몽진이라도 떠나란
말인가!”

국왕이 버럭 소리를 질렀지만, 리야드는 개의치 않는지 똑같
은 어조로 말을 이었다.

“그것도 하나의 방법이라면 방법이 될 것입니다. 페이런군은
코플래닛 남작이 없어도 강하다고 했지만, 그것은 감당할 수 있
는 강함입니다. 그가 없다면 동맹군은 페이런을 충분히 감당할
수 있었을 것입니다. 그러나 그의 강함은 감당할 수 없습니다.
사람의 힘으로 감당이 안 되면 피하는 수밖에 없습니다. 그도
사람이기에 영원히 살지는 못할 것이니 말입니다.”

“그가 죽을 때까지 피해 다니라는 말인가! 지금 그것을 말이
라고 하는가!”

“전하, 제게는 어쩌면 코플래닛 남작을 상대할 수 있을지도
모르는 계책이 있습니다. 그러나 그 방법은 너무나 참혹하여 말
씀드리기가 어렵습니다. 다만, 피하는 방법은 그처럼 참혹하지
는 않습니다. 왕보다 강한 신하는 오래가지 못한다 하였습니다.
인내하고 피하고 또 참다 보면 코플래닛 남작이 실각하는 때가
생각보다 빨리 올지도 모릅니다. 그러면 비록 동맹군이 지난번
전투로 크게 상했다지만, 페이런군을 상대할 정도는 될 것입니
다.”

계책이 있다는 말에 국왕은 다른 말이 귀에 들어오지 않았다.

"그대의 계책을 말해보라."

그러나 리야드는 입을 꾹 다물었다.

"말해보라 하지 않는가!"

"흠……. 전하, 들으시고 난 뒤 옳지 않다 여겨지신다면 얼른 잊어버리시옵소서."

리야드는 어렵게 입을 열었다.

"알았으니 말해보라."

"저는 그의 행적을 연구해 왔습니다. 어렸을 때부터 지금까지 그의 삶을 완전히 알 수는 없사오나 그가 유명해진 뒤, 그러니까 나구사 전투로 이름을 떨치고 돌아와 하르트 전쟁에서 그가 남긴 흔적들부터는 모두 알고 있다고 생각합니다."

제이 코플래닛이란 인물의 삶을 듣고 싶지는 않았지만, 국왕은 묵묵히 리야드의 말에 귀를 기울였다.

"그는 상식의 수준을 넘는, 그러니까 사람들이 바람을 느끼는 오너라 칭하는 자입니다. 그의 신위를 본 자들은 사람이 아니라며 두려워 벌벌 떱니다. 그는 대항하는 자는 남기지 않고 모조리 베었으며 철저히 짓밟았습니다. 측량할 수 없이 강한데다 단호하기까지 하니 사람들이 두려워하는 것입니다. 그런데 그 두려움으로 인해 그의 실체가 가려졌습니다."

"두려움으로 인해 실체가 가려졌다?"

"그렇습니다. 그는 단호하고 헤아릴 수 없이 강하기에 두려움을 주지만, 그의 행적만 놓고 보면 고개를 갸웃할 것입니다."

"어째서 말인가?"

국왕은 리야드의 말에 점점 빠져들었다.

"그가 벌인 전투에서 죽은 사람은 의외로 얼마 되지 않습니다. 전쟁에서 사망한 자의 수가 여타 전쟁에 비하면 턱없이 적습니다. 그의 옆에서 지켜본 것이 아니라서 제 말이 완전하다 장담할 수는 없지만, 그는 전투 이후 포로를 죽인 일이 없습니다. 항복한 적을 죽인 일도 없습니다. 그는 타이탄만을 상대해 왔습니다. 타이탄의 특성상 타이탄이 이동할 때 레인저들이 가까이 있게 마련입니다. 그런데 그는 레인저와 혼재되어 있는 적을 기습하지 않았습니다. 유리한 지형임에도 그 장소를 피했습니다. 마치 레인저들이 이탈하는 것을 기다렸다는 듯이 오직 타이탄만을 상대해 왔습니다. 그러한 전투가, 제가 아는 것만 세 건이 됩니다."

"그만큼 오만하고 실력에 자신이 있다는 뜻 아닌가?"

"그렇게 해석할 수도 있습니다. 상대도 되지 않는 인간들을 짓밟는 짓은 자존심에 해가 된다고 여기는 것일지도 모릅니다. 해석할 수 있는 또 한 가지는……."

"……?"

"그는 사람 죽이는 것을 좋아하지 않습니다."

"……!"

"적이니까 죽이는 것입니다. 우월감에 휩싸여 사람들을 짓밟는 게 아니라 전쟁이니까 어쩔 수 없이 죽이는 것입니다. 피를 덜 묻힌 채로 승리하기 위해 어쩔 수 없이 대적하는 적은 모두 죽이는 것입니다. 그래서 타이탄만 상대해 온 것입니다."

제이가 지나온 길을 살펴온 클레이 왕국의 한 젊은 학자가 제이를 완전히 간파해 냈다.

"이것은 느낌이라고 할 수도 있고, 행간을 보았다고 할 수도 있습니다. 제가 조사한 바에 의하면 그는, 순결한 사람입니다."

국왕이 눈살을 찌푸렸다.

"오만해서라고 해도, 그는 순결합니다. 하르트 전쟁 이후 지금까지 4년 동안 그는 단 한 차례도 약탈을 하지 않았고, 부녀를 희롱하지도 않았고, 포로를 학대하지도 않았습니다. 승리를 위해 필요한 만큼, 대적한 적만 죽입니다. 그런데 그가 워낙 강하기 때문에 사람들은 그것은 보지 않고 마냥 두려워만 하는 것입니다."

"그게 그를 상대할 방법과 무슨 상관이 있단 말인가?"

왕의 호통에 리야드는 속으로 한숨을 내쉬었다.

"순결한 사람은, 오염되는 것을 견디지 못합니다. 그를 오염시키면 그는 전장에서 떨어져 나갈 것입니다."

"오염시킨다?"

"그런 사람은 오래가지 못합니다. 너무나 오만하고 순결하기에 피하며 가만히 지켜보기만 해도 금세 쓰러질 것입니다. 그래서 피하는 길을 말씀드린 것입니다. 그러나 굳이 대적하시겠다면……"

국왕은 눈을 똥그랗게 뜨고 귀를 쫑긋 세웠다.

"병사들로 하여금 타이탄의 앞길을 막아서서 밟혀 죽게 하십시오! 충성스런 기사에게 검을 내리사 달아나는 병사들의 목을 치라 하십시오! 도망치지도 못한 병사들이 울부짖으며 타이탄에 짓밟혀 죽게 하십시오! 그러면 제이 코플래닛이란 남자는 절

대! 견디지 못할 것입니다."

말을 마친 리야드는 침통한 표정으로 눈을 감았다.

쿵!

국왕은 심장이 덜컥 내려앉는 것 같았다.

침을 꿀꺽 삼킨 국왕은 덜덜 떨리는 목소리로 말했다.

"그대는… 미쳤군."

*　　　*　　　*

제이가 쓰러졌다는 소식은 철저히 비밀에 부쳐졌다. 페이런 군에서도 수뇌부와 제4기사단 오너들만 이 사실을 알았다.

눈이 쌓인 길을 타이탄이 지나가자 금세 다져졌다.

그 위로 타이탄들이 지나가고, 군수품을 실은 보병들이 지나가고, 제이를 실은 마차가 지나갔다.

"이거 참, 지독하게 아프군그래."

깨어난 제이가 농담처럼 말해보려 했으나 신음으로 들리는 것은 어쩔 수 없었다.

마침 마차를 기웃거리던 티마이라가 제이가 깨어난 것을 알고 반색하며 들어왔다.

"강철 영주님, 또 일어나셨군!"

"내가 깨어나지 않길 바라던 것처럼 보이는군."

억지로 미소를 지어 보이며 티마이라의 말에 대꾸한 제이는 몸을 뒤트는 듯한 고통에 인상을 찌푸렸다.

"무슨 그런 섭섭한 소리를……. 자네가 죽으면 내 급료는 누가 주나."

티마이라는 눈을 찡긋하곤 얼른 밖으로 나가 그루를 부르고 들어왔다.

한참 제이의 몸을 살피던 그루는 약을 먹이고 안마를 시작했다. 그러자 제이는 전기를 맞은 것처럼 몸에 경련이 일어났다.

"흠……."

고통을 참으려 이를 꽉 깨문 제이의 손을 티마이라가 잡아주었다.

어느덧 안 지 10년도 훌쩍 넘었다. 전장을 떠돌며 여태 살아남았으니 장수했다면 장수한 것이다.

"자네도 참 무던한 사람이야. 이 정도 했으면 페이런에 할 도리는 다한 것 아닌가. 차고 넘치게 했지. 그러니 이제는 그만 하고 애들 재롱이나 보며 살자고."

티마이라가 안타까운 눈으로 제이를 바라보며 말했다.

손에서 손으로 전해지는 티마이라의 온기는 북풍한설의 차가움 따위는 범접하지도 못할 만큼 따뜻했다.

온기에 녹아 제이의 눈가가 조금 촉촉해졌다.

"그흐… 러얼… 까? 크흑."

타이탄이 짓밟는 것 같은 고통은 아무리 강한 사람이라도 버티기 어려웠다.

"나는 딱 한 번 겪어본 걸 벌써 몇 번짼가. 바람을 느끼는 오너가 자네와 같은 거라면 억만금을 줘도 나는 안 하겠네."

"하하, 헉. 나도… 안 해."

제이, 티마이라, 그루 세 사람은 조용히 아프게 웃었다.

한참 후 안마가 끝나고 제이는 나직이 한숨을 몰아쉬었다.

"여기가… 어디지?"

"램디는 항복했고, 지금은 클레이로 가는 중이야. 조금만 더 가면 클레이로 넘어가는 길목이 나오겠군."

"클레이는… 항복… 안 하나?"

"한다, 안 한다, 말이 없는 모양이야. 그 정도로 작살났으면 포기할 것이지. 꼭 맞아야 아픈 줄 안다니까."

티마이라의 말에 제이는 고소를 지었다,

"그들은… 가만히… 있었지. 우리가… 침략군이고."

"그런 거 상관없어. 우리 편은 우리 편, 남의 편은 남의 편이지."

어쩌면 자신의 삶이 힘겨운 것은, 이러한 단순 논리를 못하기 때문인지도 모른다고 제이는 생각했다.

"그렇게… 생겨 먹은… 것을……."

제이는 저도 모르게 중얼거렸다.

"뭐라고?"

"아, 아니야."

대충 얼버무린 뒤 제이는 고통을 잊기 위해 아무거나 붙잡고 생각했다.

북부통일전쟁이라 말하지만, 북부 소국들을 모두 정복할 필요는 없었다. 북쪽 나라들은 너무나 척박하여 사람이 살기 힘들다.

사람도 얼마 되지 않는데 영토만 넓은들 무엇 할 것인가.

앞으로 클레이, 파리슨을 점령하고, 북해와 닿은 아르모 왕국까지만 편입하는 것이 나을 것 같았다. 수도와 거리가 너무 멀면 중앙의 통치가 제대로 미치지 않으니 그것이 최상인 듯했다.

'그렇게 보면, 지금까지 다섯 나라를 점령했고 앞으로 세 나라가 남았군.'

미르 강으로 인해 많은 인구가 사는 동부 강대국들에 비하면 인구는 크게 차이가 나겠지만, 페이런은 이만큼의 영토와 적지 않은 인구를 가진 큰 나라가 될 테니 앞으로 다른 나라에 숙이지 않아도 되고, 스코트 3세가 지금처럼만 하면 백성들도 먹고 살 만하게 될 것이라 생각했다.

점령했다고 바로 통치가 미치는 것은 아니다. 과거 지배자들의 잔재를 완전히 지우는 것은 보통 어려운 일이 아닐 것이다. 그들은 빼앗긴 자신의 것을 되찾기 위해 무슨 짓이라도 할 테니 말이다.

그러나 그것은 스코트 3세의 몫, 거기까지 신경 쓰고 싶지는 않았다.

제이는 자신의 정치가 코플래닛과 인근 플래닛에만 한정된다고 생각했다. 그 바깥 상황이 신경을 거스르겠지만 외면하리라 마음먹었다. 그렇게 하지 않으면 산이 주장한 대로 국왕과 싸워야 하기 때문이다.

그것은 결코 원하는 일이 아니었다.

사람은 누구나 저마다의 욕심과 저마다의 생각이 있다. 조금 답답하더라도 한 걸음씩, 한 걸음씩 다가가 부드럽게, 부드럽게 말을 해야지 그렇지 않고 강하게 주장하면 결국 싸우게 된다.

싸우면 누군가는 다치게 된다. 그런 상황에서 주장이 옳다고

말할 수 있을까? 혹 정말 옳을지라도 그런 사람은, 옳지만 나쁜 놈이다.

플래닛 체제는 단시간에 퍼질 수 있는 게 아니다. 사람이 끊임없이 배워야 하고, 끊임없이 되돌아봐야 하고, 끊임없이 물어야 한다. 그렇게 해도 욕심이 지배하는 인간 세상에서 버텨내기 어려울 것이다.

어쩌면 이번 세대가 죽고 나면 없어질지도 모른다.

그래서 이 세상에 이런 사회도 있다는 것, 이런 사회가 인간에게 이로움을 준다는 것, 언젠가는 인간들 모두 이런 사회에서 살아가게 될지도 모른다는 것을 알리는 정도, 이런 사회를 남기는 정도로 만족해야 하는 것이다. 만족하지 않으던 싸워야 하니까.

거기에 더해 스코트 3세가 그간 세운 공을 봐서라도 플래닛 체제를 보호해 주기를 바랐고, 플래닛의 좋은 점은 천천히 천천히 자신의 왕국 페이런에서 적용시켜 나가주길 바랐다.

그래서 이 눈 덮인 북쪽에서 칼바람을 맞아가며 싸우는 것이다.

마차가 멈춰 섰다.

"무슨… 일이지?"

"알아보고 올게요."

제이를 간호하던 빈이 밖으로 나갔다가 한참 후에 돌아왔다. 그러나 빈은 눈동자를 떨며 쉬이 말을 꺼내지 못했다.

좋지 않은 일이 일어났다고 생각한 제이는 눈빛으로 빈을 재측했다.

"병사들이… 타이탄 앞을 막고 있어요."

　세상에는 미친 짓인 줄 알면서도 하는 경우가 있다.

　아니, 어쩌면 사람은 벼랑 끝에 내몰렸다고 생각하면 못할 짓이 없는 짐승인지도 모른다.

　옳지 않다고 생각하면서도 클레이의 국왕은 리야드가 말한 참혹한 방법을 실행에 옮겼다. 두 개의 보병사단을 페이런의 타이탄 앞에 던진 것이다.

　이러한 일을 처음 경험한 페이런군은 당황했다.

　보병으로 타이탄을 잡는 전술도 있지만, 그 전술은 일단 적 타이탄이 소수여야 하고, 지형이 타이탄 오너의 힘을 뺄 만큼 복잡해야 한다. 그나마 타이탄이 전쟁의 핵으로 자리 잡으면서 오래전에 사라진 전술이었다.

　이번 경우는 그것과는 한참 거리가 멀었다. 페이런군은 타이탄이 200여 기나 되었고 수송 및 호위를 위한 보병사단이 아홉이나 되었다. 누가 봐도 그저 보병을 타이탄의 재물로 내던진 것임을 알 수 있었다.

　이들을 불쌍히 여기고 되돌아가라는 뜻일까? 그런 의도로 이런 일을 벌였다면 너무나 순진한 것이다.

　군이라는 조직에 사사로운 개인은 존재하지 않는다. 명령이 내려지면 무슨 짓이라도 한다. 사령관이 길을 뚫으라면 오너들은 싫든 좋든 길을 뚫는다.

　그것이 군이다.

르보넨 백작 후임으로 정벌군 사령관이 된 파도키 백작은 일단 적의 의도를 파악하기 위해 길을 멈추고 한편으로 타이탄을 보내 경고하게 했다.

[클레이군 병사들은 물러나라. 물러나지 않으면 공격하겠다.]

[보병들은 비켜나라. 비키지 않으면 공격하겠다.]

타이탄이 위협적으로 병사들 바로 앞까지 발을 구르며 나아갔고, 앞선 병사들이 주춤주춤 뒤로 물러났지만, 곧 사람의 장막에 막혀 버렸다. 그저 아우성칠 뿐이었다. 욕설과 비명이 난무했다.

마차에 누워 상황을 들은 제이는 사령관과 기사단장들을 청했다. 예법에는 어긋났으나 자신이 쓰러졌다는 것을 알릴 수 없어 밖으로 나가지 않으려는 것이다.

제이가 비록 남작에 불과하지만 페이런군에서는 아무도 그를 경시하지 못했고 또 제이의 그런 의도를 알기에 사령관과 기사단장들은 별 불만 없이 제이의 마차로 찾아왔다.

"사령관님… 어찌하실… 겁니까?"

"휴우, 나도 모르겠소. 남작은 내가 어찌했으면 좋겠소?"

파도키 백작은 난감하다는 표정으로 한숨을 내쉬었다. 오랜 군 경력을 지닌 그였지만, 이런 일은 처음이었다.

"돌아서… 가는 길은… 없겠지요?"

말이 안 되는 것을 알면서도 제이는 나직이 물었다.

"없소. 이 길 아닌 다른 길로 가려면 보름은 더 돌아가야 하오. 그리고… 보병에 막혀 타이탄이 진격을 못했다는 사실이 알려지면… 더 생각하기도 싫구려."

안 되는 것은 안 되는 것이다. 제이도 그 사실을 모르지 않았다.

"병사들이 달아나는 것을 막는 자들이 있을 터인데, 그런 자들만 제거하는 방법이 없겠습니까?"

제1기사단장이 말했다.

"우리가 적병의 목숨을 염려하는 상황이라니, 참으로 기가 막힙니다."

타이탄으로 사람 밟는 것을 좋아하는 변태는 많지 않았다. 그러나 대군의 발길을 언제까지 멈출 수는 없는 일이었다.

"좋은 방안이 없다면 이만 나가겠소. 몸조리 잘하시오."

제이는 사령관을 붙잡을 수 없었다.

군대는 자선사업 하는 집단도 아니고, 기예를 보여주고 돌아다니는 유랑극단도 아니다. 적의 목숨을 빼앗고 목적한 바를 이루려는 공인된 폭력 집단이다. 그 앞을 적이 막아선다고 가지 않는다는 건 군대가 군대이기를 포기한 것이다.

그렁그렁 경고하는 타이탄의 목소리가 제이가 누워 있는 후방까지 한참 동안 이어졌다.

그리고 비극이 일어났다.

제이는 눈을 감았다.

눈은 감아도 귀는 닫지 못한다.

살이 부들부들 떨렸다.

누구의 잘못인가?

병사를 타이탄 발밑에 던진 얼굴 모를 더러운 놈의 잘못인가?

아니면 먼저 침공한 페이런군의 잘못인가?

나의 잘못인가?

사람이… 잘못인가?

제이는 집으로 돌아가고 싶었다.

몸도 마음도 쇠약해진 제이는 사령관 파도키 백작에서 귀환을 허락해 달라고 말했다.

파도키 백작은 한참을 고민하더니 승낙했다. 어차피 제이는 요양이 필요하고, 추운 북부 지방이 몸에 이로울 리도 없고, 무엇보다 제이가 없어도 나머지 정벌을 해나갈 수 있다고 판단한 것이다.

제이의 힘은 모두가 탄복하고 두려워하고 존경했지만, 페이런군 가운데에는 그간 제이로 인해 자신이 공을 세울 기회를 놓쳤다고 생각하는 사람들이 적지 않았다.

사령관은 북부의 군사력이 지난번 바레일리 전투로 절반 이상 소진되었으니 자신의 지휘력으로 충분히 해볼 만하다고 생각했다.

"남작, 제4기사단은 남아야 하오"

모두가 제이의 사병으로 인식했지만, 공식적으로 제4기사단은 페이런의 중앙군 소속이었다. 그리고 전술적 가치가 높은 A형 타이탄 기사단을 빼낼 수는 없었다.

"알겠습니다. 다만, 임시단장 선임은 제 뜻에 따라주시기를 바랍니다."

마음 같아서는 제4기사단 모두를 이 진창 같은 전장에서 빼내고 싶었다. 그러나 가능하지 않다는 것을 알고 있었다.

　홀로 도망치는 무거운 마음을 조금이나마 덜고자 제이는 제4기사단을 살아남을 수 있게 할 만한 사람을 단장으로 앉히고 싶었다.

　파도키 백작은 제이와 척을 지고 싶지 않았기에 그의 뜻을 받아들였다. 어차피 모든 기사단장들은 자신의 명령을 들어야 하니 상관없으리라 보았다.

　제이는 랑겔에게 제4기사단을 맡아달라고 부탁했다.

　"공을 세우는 것은 중요하지 않습니다. 모두 살려서 코플래닛으로 돌려보내 주십시오."

　"남작께서는 몸을 회복하는 데 치중하십시오. 없는 능력이라도 발휘해 보겠습니다."

　제이의 마음을 이해한 랑겔은 부탁을 받아들였다.

　자신이 의도하였고, 자신이 앞장섰던 전쟁에서 제이는 비겁하게 몸을 돌렸다.

　전쟁은, 사람이 감당하기에는 너무나 무서운 수렁이었다.

＊　　　＊　　　＊

　코플래닛은 제이가 여러 해 전장을 돌아다니는 동안 몰라볼 정도로 달라져 있었다.

　사람이 많이 늘었고, 또 사람이 많이 자랐다.

　언제나 소녀처럼 보이던 은도 어느새 현숙한 아주머니가 되어 있었고, 어리게만 보이던 아모란은 다 큰 처녀가 되어 있었다. 갓난아기 때 본 아그니는 빨빨거리고 돌아다니며 사고를 치

는 악동이 되어 있었고, 지금의 아그니만 하던 오 스트론은 의젓
한 티를 내는 소년으로 자라 있었다.

그런 코플래닛으로 제이는 다시 몸져누운 채로 돌아온 것이
다.

"당신을 보려면 당신이 다쳐야 하는군요."

"미안하오."

슬픈 눈빛을 한 은의 말에 제이는 대꾸할 말이 없었다.

혼자서 아이들을 키우고, 코플래닛 사람들을 다독이고 보살
피며 살아온 은은 사람을 죽이고 다니는 자신과는 비교할 수도
없이 훌륭한 사람이었다. 해준 것도 없고, 짐만 지우며 무슨 대
단한 일을 한다고 겨우 몇 년에 한 번씩 들른단 말인가.

할 말이 있을 턱이 없었다.

"돌아왔으니 됐어요."

은은 포근하게 제이를 안아주었다.

제이가 돌아오자 한 가지 문제로 공론이 일어났다.

바로 후계 문제였다.

그동안 이 문제를 말하는 사람이 없지는 않았지만, 그때는 아
이들이 어렸고 제이가 젊었기에 논의가 크게 번지는 일은 없었
다. 그런데 제이가 돌아올 때마다 쓰러져서 오는데다 이제 아이
들의 나이도 충분하니 때가 되었다고 생각한 것이다.

밀런이 그런 의견이 있다고 말할 때 제이는 처음에 그냥 웃어
넘겼다.

"웃으실 일이 아닙니다. 후계는 확실해야지요.'

　그렇게 정색하고 말하자 제이는 후계 문제에 대해 곰곰이 생각해 보았다.

　사실 제이는 후계 문제에 대해 생각해 본 적이 단 한 번도 없었다. 코플래닛은 말이 영지지 다른 영지처럼 운영할 생각도 없었고, 플래닛은 기본적으로 동등한 연대를 기반으로 하는 사회다. 코플래닛이라는 큰 덩어리의 지배자가 필요없는 구조였다.

　그러나 이는 이상론일 뿐이었다. 이 세상이 모두 플래닛으로 이루어진 것이 아니고 플래닛은 코플래닛과 그 인근에만 존재했다. 그냥 내버려 둔다면 플래닛이라는 소도시는 큰 영주에게 잡아먹힐 것이다.

　강력한 외부 세력으로부터 여러 플래닛들을 보호할 지위, 코플래닛의 보호자가 필요한 것이다.

　그 보호자가 현재는 제이였고, 제이가 없을 때를 대비해야 한다고 사람들이 말하고 있는 것이다.

　이는 플래닛에 사는 사람들로서는 생존이 달린 문제라는 것을 제이는 깨달았다.

　각 플래닛에는 아직 공식 명칭을 정하지는 않았지만, 울목의 석수와 같은 사람들이 있었다.

　"촌장들을 불러 마땅한 사람을 정하는 게 어떻습니까?"

　제이의 말에 밀런은 고개를 저었다.

　"안 될 말입니다. 플래닛은 아직 전에 영주님이 말씀하신 만큼 성숙하지 못했습니다. 그들에게는 영주라는 지배자가 익숙합니다. 그래야 외부에서도 섣불리 건드리지 못하고요."

　그 말도 일리가 있어 제이는 고개를 끄덕였다.

"그럼 선생께서는 어떻게 생각하십니까?"

"제 생각보다 일단 두 가지 의견이 있습니다. 하나는 아스트론을 공식 후계자로 정하자는 것입니다. 그리고 다른 하나는 아모란을 후계로 정하자는 것이고요."

"그런 말들이 있었습니까?"

"그렇습니다."

제이는 미간을 찌푸렸다. 그 표현은 자식들이 왠지 추악한 권력 다툼에 내몰린다는 인상을 받아 불쾌했다.

아스트론을 거론하는 사람들은, 아스트론이 제기의 혈육이니 의문의 여지가 없다고 주장했다. 어리지만 의젓하고 바르게 자랐다는 점도 강조했다. 게다가 아모란은 여자이고, 핏줄도 아니라는 것이다. 코스모스 상회 사람들이 이 견해에 힘을 실어주었고 많은 사람들이 수긍했다.

반면 아모란을 드는 사람들은, 친딸은 아니지만 제이가 딸로 인정하고 있고, 어린 나이에 벌써 타이탄을 조종할 만큼 출중한 데다 똑똑하고 친화력이 있다고 주장했다. 여자라도 영주가 된 사람이 없는 것은 아니라는 말도 했다. 사막 부족 출신들과 옛날 하란 용병단 출신들이 특히 아모란을 거들었다.

밀런에게 그 얘기를 들은 제이는 한숨을 내쉬며 말했다.

"코플래닛에 어디 출중한 젊은이 없습니까? 선생께서 추천하시면 바로 후계로 삼겠습니다."

"곤란합니다. 가족이라는 사실은 동질성과 정통성을 부여합니다. 가족이 아닌 다른 누군가를 후계로 삼는다면 사람들을 이해시키고 설득시키는 데 엄청난 공력을 쏟아야 할 것입니다. 화합에 장애가 된다는 말이지요.”

“흠……. 좀 더 생각해 보겠습니다.”

제이가 생각하는 코플래닛의 영주라는 자리는 플래닛을 보호할 의무만 있을 뿐 지배하는 자리가 아니었다. 그런데 그 자리를 마치 권력인 양 어떤 자식에게는 주고 어떤 자식에게는 주지 않는다는 게 영 탐탁지 않았다.

그렇게 제이의 고민이 이어지던 어느 날, 아모란이 찾아왔다.

“아빠, 드릴 말씀이 있어요.”

윤기가 도는 잿빛 머리칼, 만지면 통통 튈 듯한 탄력있는 피부, 귀여우면서도 시원스런 얼굴, 어느새 처녀가 되어버린 아모란을 보며 제이는 서운함이 깃든 뿌듯함을 느끼면서도 가슴 한 구석이 아릿했다. 바로 한쪽 눈을 가린 안대 때문이었다.

그러나 표정으로 드러내지는 않았다.

“말해보아라.”

“저… 저…….”

“무슨 어려운 말을 하려고 그리 뜸을 들일까. 괜찮으니까 말해보렴.”

그 말에 용기를 낸 아모란은 말을 꺼내려고 침을 한 번 꿀꺽 삼켰다.

“저… 여행을 떠날까 해요.”

“여행?”

“네.”

참으로 뜬금없는 말이었다.

"어디로?"

"그게 아니고요. 전에 밀런 선생님이 말씀하신 적이 있어요. 수련 여행 같은 거 말이에요. 플래닛 체제가 제대로 자리 잡히려면 젊은이들이 여행을 떠나야 한다고요."

"흠……."

제이의 표정이 무거워졌다. 무슨 말인지 이해한 것이다.

울목의 범들은 아래 세상을 여행하도록 되어 있다. 백 번 듣는 것보다 한 번 보는 것이 훨씬 더 많은 것을 가르쳐 준다. 선조들이 왜 그렇게 작은 규모의 사회로 울목을 만들어놓았는지 울목이 아닌 다른 사회를 직접 경험해 보고 느끼게 하기 위해서였다. 전쟁과 폭력이 인간을 얼마나 비참하게 만들 수 있는지 직접 겪어보고 전쟁과 폭력을 예방하도록 만든 울목 사회가 얼마나 대단한지 알게 하기 위함이었다. 울목에는 다소 부족한 활력을 배워 울목을 살아 있게 만들려는 것이었다.

체제를 만들어놓는다고 해서 사람들이 저절로 행복해지는 게 아니다. 부단히 배우고 보고 느끼면서 성숙해진 사람들이 행복한 사회를 만들기 위해 끊임없이 노력해야 하는 것이다.

그렇게 울목은 자신들만의 사회를 만들어왔다. 젊은이들이 험한 세상에서 자신을 단련하는 것은 울목 사회가 유지되기 위한 필수 요소였다.

제이가 울목을 배워 만든 플래닛도 마찬가지였다.

젊은이들이 세상을 여행하고 단련되는 것은 반드시 필요한 일이었다.

'그러나 과연 그 시기가 적절한가?'

세상은 어느 한순간이라도 전쟁이 일어나지 않는 때가 없다고 말하지만, 지금은 유독 심한 시기였다. 동부 강대국들도 그렇고, 북부도 마찬가지였다.

전쟁이 끝난 뒤에는 도둑과 강도가 늘어난다. 인심은 말도 못하게 흉흉하다.

세상에 나가 사람과 부딪친다는 것은 상처를 입는다는 뜻이다. 상처가 나고 아물고, 상처가 나고 아물고 하는 과정이 바로 단련이다. 그러나 상처가 심하게 나면 오랫동안 아물지 않고 어쩌면 그 상처로 인해 죽을 수도 있다.

그러한 점을 누구보다 제이 자신이 잘 알았다.

아모란을, 딸을 그런 세상에 어떻게 내보낸단 말인가!

제이의 어두워진 얼굴은 쉬이 펴지지가 않았다.

"아모란, 좀 더 생각해 보자."

아모란이 여행을 가기로 마음먹은 것은 사실 후계 문제가 불거지면서부터였다.

아스트론과 자신의 이름을 거론하고, 이러쿵저러쿵 흠을 잡고, 무엇보다 친딸이 아니니, 핏줄이 아니니 하는 말을 듣는 게 괴로웠다.

여태껏 살아오면서 그렇게 가슴 아픈 이야기는 들어본 적이 없었다. 사람들이 어쩌면 그렇게 쉽게 남의 상처를 건드리고도 아무렇지 않은지 이해할 수가 없었다.

아버지의 사랑을, 가족의 사랑을, 그런 이야기들로 인해 의심하게 되는 이 상황이 너무나 싫었다.

그러던 차에 밀런이 했던 이야기가 떠올랐고 여행을 떠나 세상을 돌아보기로 마음먹은 것이다.

솔직히 혼자 가는 것은 무서웠다.

그런데 가까운 곳에 세상으로 여행을 떠나려는 이가 있다는 것을 알게 되었다.

친구 사우드였다.

어느 날 아모란이 여행을 떠나겠다고 말하자 사우드는 이렇게 말했다.

"그래? 나도 전부터 생각했었는데. 나는 말이야, 세상을 돌아보면서 사막 부족 사람들이 왜 제국에게 그런 일을 당했는지 그 이유의 근원을 찾고 싶어. 앞으로 그런 일이 일어나지 않도록 하려면 어떻게 해야 하는지 꼭 알아낼 거야. 정말 모든 세상이 플래닛의 연대로 이루어지면 그런 일이 안 일어날 수 있는지, 플래닛의 연대라는 게 가능한 것인지, 세상을 여행하다 보면 알 수 있을지도 몰라. 그리고… 아직까지 노예로 살아가는 사람들을 구할 방법도 찾아볼 거야."

아모란은 자신과 마찬가지로 잿빛 머리칼을 휘날리는 사우드가 그때 정말 멋져 보였다. 초롱초롱한 눈빛으로 침착하게 자신의 생각을 말하는 사우드가 참으로 어른스러워 보였다.

같은 나이인데도 생각하는 게 어쩌면 그리 다른지 아모란은 너무나 부끄러웠다.

사우드는 오너도 아니고 스카우터도 아니었다. 그럼에도 사우드와 함께 여행하면 든든할 것 같았다.

그래서 아버지에게 말할 결심을 한 것이다.

아모란은 꾸준히 제이에게 자신의 결심을 이야기했다. 직접적인 방법이 통하지 않자 밀런과 은을 통해 우회하는 작전을 구사하기도 했다.

혼자 가는 것도 아니고 똑똑한 녀석과 함께 가니 안심하라고도 했다.

그러나 딸이 젊은 녀석과 여행하겠다는 것을 허락할 아버지가 어디 있겠는가. 오히려 그 방법은 좋지 않았다.

그런데 아모란이 여행을 떠난다고 하니 원쿠찬과 디톨레닌도 함께 가겠다며 제이를 찾아왔다.

원쿠찬이나 디톨레닌이나 코플래닛을 벗어나 본 적이 없다는 것은 마찬가지였으나 아모란이나 사우드에 비하면 나이도 많고 경험도 풍부한데다 무엇보다 단둘이 여행하는 것은 아니어서 제이는 조금 마음이 놓이기는 했다.

결국 허락했다.

"…함부로 남의 일에 끼어들지 말고, 웃는 얼굴을 조심하고, 낯선 곳에서 음식을 먹을 때는 입술에 먼저 댄 뒤 혀끝으로 살짝 찍어 이상이 없을 때 천천히 먹고, 노숙은 해가 지기 전에 준비하고, 칼을 뽑기로 결정했으면 단호하게 손을 쓰고……."

제이는 난생처음 잔소리라는 것을 해보았다. 그만큼 마음이 놓이지 않았던 것이다.

"그만하세요. 어린아이가 아니잖아요."

은이 말리자 그제야 잔소리를 멈췄다.

제이는 아모란을 한참 동안 바라보다가 말했다.

"마땅한 말이 떠오르지 않는구나. 마음이 가는 대로 하되 그 마음이 진정 현혹되거나 과장되지 않은 진실한 마음인지 세 번 생각해 보아라. 결과가 나쁘게 나오더라도 후회하지 않을 마음인지 말이다."

"알았어요, 아⋯빠."

아모란의 목소리가 작게 떨렸다.

제이도 목이 조금 젖어들었다.

"항상 몸조심하고 아프지 마라."

은이 아모란을 안고 울먹였다.

"네, 엄마."

배웅하는 사람이 많았다. 그렇게 한 사람씩 인사를 나눈 뒤 아모란은 사우드, 원쿠찬, 디톨레닌과 함께 코플래닛 입구에서 멀어져 갔다.

한참을 가던 아모란이 몸을 돌리더니 소리쳤다.

"아빠, 아스트론을 후계자로 삼으세요! 녀석이 아빠를 닮아 보기보단 멋진 구석이 있어요. 제가 돌아와서 아스트론을 잘 도울게요!"

그 말을 끝으로 아모란은 뒤도 돌아보지 않고 걸었다. 눈물을 보이고 싶지 않아서였다.

제이는 그 자리에 박힌 듯 서서 아모란이 보이지 않을 때까지 지켜보았다.

하늘하늘 흔들리는 코스모스가 뿌옇게 보였다.

자식이 세상으로 떠난다는 건 한편으론 뿌듯하면서도, 가슴 아픈 일이었다.

＊　　　＊　　　＊

아모란이 여행을 떠난 이후 코플래닛에는 한동안 여행 바람이 불었다. 젊은 아이들은 항상 굶주려 있기에 어쩌면 이 바람이 생각보다 늦게 찾아온 것인지도 몰랐다.

아모란도 허락했기에 제이는 다른 젊은이들의 여행도 허락했다. 다만, 안전을 위해 최소한 스카우터 급 실력은 되는 사람과 동행하는 것을 조건으로 했다.

아모란에게도 말했는데 제이는 여행을 떠나는 젊은이들에게 꼭 당부했다.

"플래닛 체제를 정면으로 말하고 다니지 마라. 특히 페이런 왕국에서는 절대 안 된다."

이는 여행을 떠나는 젊은이들의 목숨과 직결된 것이면서 또한 코플래닛의 안전과도 관련된 문제였기에 반드시 다짐을 받았다.

예전에 산은 코플래닛을 떠나는 여행자들을 사도로 삼아 플래닛 체제를 널리 알리자고 했었다. 그러나 제이는 거부했다. 필연코 피를 부르게 되리라 생각했기 때문이다.

270 

유행처럼 번진 여행 바람은 곧 잠잠해졌다.

여행을 떠난 젊은이들 중 누군가는 다칠 것이고, 누군가는 죽을 것이다. 세상의 바람은 그리 따사롭지 않았다. 그러나 제이는 코플래닛의 자식인 그들이 모두 무사히 돌아오기를 간절히 빌었다.

몸이 어느 정도 회복된 뒤에도 제이는 코플래닛을 벗어나지 않았다. 일도 별로 하지 않았다.

사실 코플래닛에는 영주라는 직함을 갖고 있는 제이가 할 일이 별로 없었다.

예전부터 코플래닛은 각 플래닛 별로 운영되었고, 전체적인 관리는 밀런이 했다. 밀런이 여러 해 동안 공을 들인 결과 플래닛은 다른 영지들에 비해 풍요로웠고 사람들의 배움도 조금씩 높아졌다. 가끔 제이는 자신이 이상으로 여기는 울목과 플래닛의 모습이 겹쳐 보이는 것을 느끼고 기꺼워했다. 갈 길이 멀었지만, 한 걸음 한 걸음 나아가고 있는 것은 분명했다.

코스모스 상회는 은퇴한 아버지 대신 사촌들이 잘 운영해 나가고 있었고 제이는 열도와의 관계와 상회에서 도은 정보에 신경을 쓸 뿐 상회 운영에는 일체 개입하지 않았다.

제이가 하는 일이라고는 반도 안에 있는 일곱 플래닛과 반도 바깥의 열다섯 플래닛을 가끔 돌아다니는 것이 전부일 정도로 한가한 일상을 보냈다.

그러나 마음이 편한 것은 아니었다.

전장에 제4기사단 동료들을 남겨둔 채 마나 고갈을 핑계로 피의 구렁텅이에서 홀로 도망쳐 나왔다는 죄책감에 제이는 잠을 제대로 자지 못했다.

오직 은만이 그 사실을 알았다.

남들이 보기에 한없이 태평한 생활을 하며 지내는 제이에게 어느 날 전선의 소식이 날아들었다.

CHAPTER 7

[제이 코플래닛]

코스모스

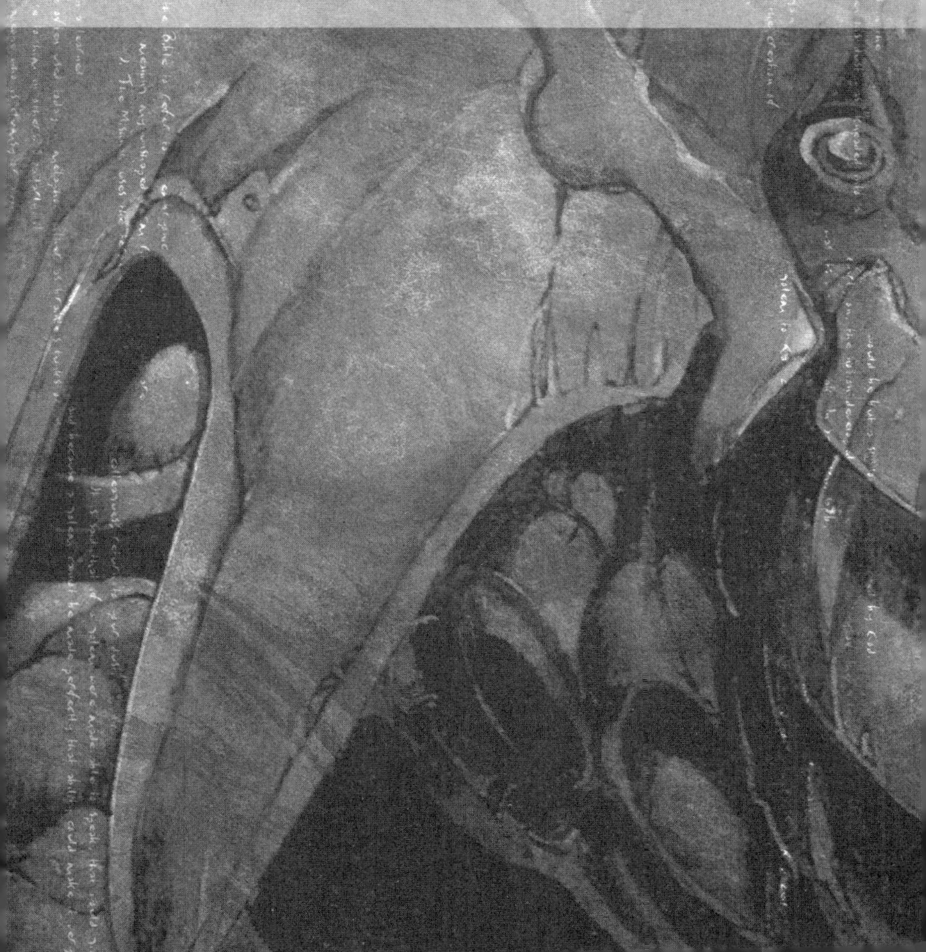

클레이 왕국은 페이런군이 그동안 경험했던 그 어떤 전쟁보다 지저분한 전쟁을 선보였다.

피를 처음 보는 것이 어렵지, 두 번은 쉬운 법. 클레이의 국왕은 병사들을 타이탄 앞에 던지는 수법을 이후로도 몇 번이나 계속썼다.

그것이 전부가 아니었다. 리야드가 말한 대로 폭풍을 피하는 방법을 선택한 것이다.

클레이의 국왕은 모든 귀족과 영주들에게 선언했다.

나는 왕으로서 씻을 수 없는 죄를 지었다. 아까운 클레이의 병사들, 나의 아들들을 적 타이탄의 발밑에 던져 주는 만행을 저지른 것이다. 이런 짓을 저지르고도 나라를 지켜내지 못한다면 나는 이 죄

많은 몸을 개의 먹이로 던질 것이다.

모든 귀족과 영주들에게 명한다! 나이의 많고 적음을 가리지 말고 두꺼운 옷을 껴입고 그 위에 갑옷을 입으라! 나라를 지켜낼 때까지 앞으로 지붕 있는 곳에서 자지 않을 것이다.

모든 귀족과 영주들에게 명한다! 단 하나의 병사, 단 하나의 기사, 단 하나의 타이탄도 나의 허락 없이 적과 싸우지 말라! 최후의 승리를 위해 인내하고 또 인내하라.

지금 당장 가산을 정리하여 식량과 무기를 준비하고 집을 떠나라. 승리하지 않으면 돌아갈 집은 없다.

적에게 항복하는 자, 끝까지 쫓아가 갈가리 찢을 것이다.

승리 뒤에도 내 갈 곳은 지옥뿐, 그곳에 가서 결국 이겼노라 자랑하고 먼저 간 병사들에게 기꺼이 맞아 죽으리.

그리고 시종과 시녀를 모두 해산한 뒤 갑옷을 입고 궁을 불살랐다.

국왕의 피맺힌 절규에 귀족들은 눈물을 흘리며 국왕의 뒤를 따랐다.

페이런군이 지나는 곳 어디에서도 하급 귀족 하나 찾기 어려웠다. 궁은 불타 재가 되어 있었고, 각 영지를 다녀봐도 저항하거나 항복하는 자가 없었다.

그즈음 흉흉한 소문이 떠돌았다. 페이런군이 타이탄으로 사람을 짓밟아 강에 핏물이 흐른다는 것이었다. 백성들의 눈초리가 심상치 않았다.

페이런군의 목적은 약탈이 아니라 점령이었다. 그리하여 치안

을 회복하기 위해 주력을 남겨두고 병력을 각지로 흩어 보냈다.

그 순간을 기다렸다는 듯이 클레이군이 습격해 왔고 작게 흩어진 병력들은 곳곳에서 궤멸되었다.

분노한 페이런군은 정찰을 강화하고 유격전을 펼치는 적의 본대를 잡기 위해 온갖 수단을 다 동원했다. 병사를 타이탄의 재물로 내던진 더러운 왕에게 농락당한 분을 풀기 위해 난폭한 행동을 서슴지 않았다. 민심이 날이 갈수록 악화되었다.

그러던 어느 날 적의 꼬리를 잡았다는 보고가 올라왔다. 사령관은 일단 기동성이 좋은 제4기사단에 적을 확인하고 제압하도록 명령을 내렸다.

제4기사단이 떠난 뒤 다른 방향에서도 적을 발견했다는 보고가 들어왔다. 한두 곳이 아니었다.

사령관은 함정일 가능성이 있다고 보고 주력을 나누지 않고 가장 가까운 곳으로 이동했다. 그러나 그곳의 적은 이미 떠난 뒤였다. 정찰을 보내고 다른 곳으로 부대를 이동했다. 그러나 그곳의 적도 이미 떠나고 없었다.

그렇게 적을 추격해 간 페이런의 주력 부대는 제4기사단과의 거리가 점점 멀어졌다.

당시 클레이의 국왕은 제이가 페이런군에 있는지 아니면 리야드 말대로 전선을 떠났는지를 확인하지 못한 상태였다. 그리하여 제4기사단과 나머지 부대를 갈라놓을 계략을 꾸민 것이다.

페이런군은 함정에 빠졌고 7국 동맹군의 타이탄 400여 기에 둘러싸이고 말았다.

200기가 채 안 되는 페이런군은 동맹군을 상대로 선전했으나

수적 우위에 밀려 결국 달아날 수밖에 없었다. 바레일리 전투와
는 반대로 이번에는 페이런군이 쫓기며 등 뒤에 칼을 맞고 쓰러
져 갔다.

이대로는 전멸을 피할 수 없을 것 같았다. 그런데 바로 그 순
간, 함정임을 알아차린 랑겔이 제4기사단 오너들을 독려하여 달
려와 페이런군을 구해냈다.

그뿐 아니라 엘리나이트를 필두로 한 제4기사단은 페이런군
뒤를 무질서하게 쫓아오는 동맹군에 통렬한 역습을 가했다.

그러나 입은 피해가 너무 컸다. 제5기사단은 궤멸했고, 제1,
제2기사단도 삼분의 일에도 못 미치는 타이탄만 겨우 수습할 수
있었다.

결국 페이런군은 제4기사단의 호위 아래 클레이 왕국에서 물
러나 램디로 후퇴했다.

*   *   *

"바로 이거다!"

페이런군의 대패 소식을 들은 하스토르발은 무릎을 탁 쳤다.

북쪽 항로에서 루미나스의 이득이 조금씩 줄어드는 배경에
제이가 있다는 판단으로 여기 페이런에 와서 벌써 몇 년째이던
가. 이제 그 끝을 볼 수 있을 것 같았다.

하스토르발은 그동안 성공하지 못했던 이유를 되짚어보았다.

국왕은 제이의 힘을 필요로 하는 상태였다. 파악한 바에 의하

면 제이의 힘은 확실히 과도했다. 소국 페이런의 왕으로서는 불안을 느껴야 정상이다. 그런데 페이런의 왕은 강한 신하를 마냥 두려워한 게 아니라 자신이 원하는 방향으로 힘을 투사해서 이득을 본 것이다. 제이가 있었기에 페이런 왕은 여러 왕국들을 손에 넣을 수 있었다. 그래서 제이를 버릴 수 없었다. 원하는 목표를 아직 이루지 못했던 것이다.

간계가 통하지 않았다. 왕이 제이를 필요로 하는 상태였기에 어지간한 흠집으로는 제이와 왕의 사이를 떼어놓을 수 없었다. 왕은 제이를 비난하는 신하들의 목소리를 애써 한 귀로 듣고 흘렸다. 그래서 테르나를 비롯한 귀족들에게 정보를 주고 공작을 벌인 것이 그리 효과를 보지 못했다. 또한 제이를 두둔하는 귀족들이 제이를 흠집 내는 귀족들의 비위 사실을 거론하며 역공을 가했다. 소위 물타기를 한 것이다. 자신과 비슷한 계통에서 작업한 냄새가 났지만, 아직까지 잡아내지 못했다.

제이의 힘이 생각보다 훨씬 강했다. 국왕이 제이를 두려워해 제거하고 싶어도 함부로 손을 쓰지 못할 것이다. 또 제이를 두둔하는 세력도 만만치 않았다.

마지막으로, 공작으로 가능하지 않다면 결국 무력으로 일을 처리해야 하는데 루미나스의 사정이 그리 좋지 않았다. 바밀과의 동토 분쟁으로 인해 북쪽에 병력을 투사할 여력이 없었던 것이다. 아직 물증은 없지만 승냥이들이 연결되어 있는 것이 거의 확실한데 열도의 해적들은 그리 만만한 상대가 아니어서 제압하려면 적지 않은 규모의 해군을 동원해야 한다. 육상에서 제이를 직접 상대하자면 기사단 한둘로는 확실히 처리할 수 있다고 장담하지 못한다. 말하자면 엄청난 수의 타이탄을 동원해야 한다는 것이다. 결국 직접적인 무력행사는 가능하지도 않고 현재 그럴 형편도 아니었다.

그래서 지금까지 여러 해가 지났음에도 맡은 임무를 완수하지 못한 것이다.

북쪽 바다를 횡행하는 배들의 배후에는 제이가 있기에 루미나스의 이익을 위해서는 결국 제이를 잡아야 한다.

그런데 페이런군의 패전 소식을 듣자마자 자신이 생각해도 놀라운, 섬세하고 정교한 예술 작품 같은 계책이 떠오른 것이다.

하스토르발은, 본국으로 보고서를 보내고, 북부 7국 동맹군, 바밀, 마이네, 그리고 페이런 국왕을 향한 공작을 동시다발적으로 펼쳐 나갔다.

*　　　*　　　*

클레이에서 대패한 뒤 스코트 3세는 대책을 세우느라 분주한 나날을 보냈다.

페이런의 패배를 기화로 램디, 스타우, 코코움 각지에서도 페이런에 대한 저항이 빈번히 일어났고, 페이런군이 병사 수만 명을 타이탄으로 무자비하게 짓밟았다는 소문이 돌면서 민심도 크게 돌아서 버렸다.

스코트 3세가 늦은 시간까지 그 문제로 고심할 때 테르나 공작이 찾아와 독대를 요청했다.

지난날 사이가 그리 좋지 않았지만, 하나뿐인 숙부와의 만남

을 거부할 이유도 없어서 스코트 3세는 허락했다.

"이 시간에 숙부께서 어인 일이십니까?"

"전하께 아뢸 말씀이 있어 결례를 무릅쓰고 찾아왔습니다."

"말씀하십시오."

"실은 7국 동맹이란 곳에서 사람이 왔습니다. 공식적인 방문이 아니라서 저를 먼저 찾아왔습니다."

7국 동맹이란 말에 스코트 3세는 눈살을 찌푸리다가 이내 표정을 수습했다.

"그래, 무슨 이유로 왔답니까?"

"협상안을 가지고 왔습니다. 스타우와 코코움까지는 페이런의 지배를 인정할 테니 램디는 풀어달라 합니다. 그리고 불가침 협정을 맺자는 것입니다."

"그게 말이 된다고 보십니까!"

스코트 3세가 으르렁거렸다.

그러나 노회한 귀족은 얼굴 표정 하나 바뀌지 않았다.

"저는 오히려 환영해야 한다고 봅니다, 전하."

"그래요? 어디 그 이유나 들어볼까요?"

테르나 공작은 자세를 바로 하더니 진지한 표정으로 말했다.

"우리 페이런은 하르트, 부봉, 스타우, 코코움, 램디까지 다섯 나라를 짧은 시간에 점령했습니다. 자체적으로 타이탄을 생산하여 기사단 수도 크게 늘었습니다. 이제 막 편성된 기사단까지 중앙기사단의 수가 여덟에 이르렀습니다. 실로 놀라운 성과라 하지 않을 수 없습니다. 그러나 허겁지겁 먹은 밥은 체하게 되어 있습니다. 가정 먼저 점령한 하르트와 부봉도 치안이 완전히 회복되었다 말할 수 없는 형편인데 북쪽 스타우, 코코움, 램디는 아예 무법지대입니다. 질서를 회복하려면 병력을 얼마나 더 투입해야 할지 모르는 상황입니다. 설상가상으로 스타우, 코코움, 램디의 저항 세력은 7국 동맹의 지원을 받고 있다 합니다. 클레이에서 병력을 크게 상한 우리 페이런이 감당할 수 있겠습니까?"

"흠……."

테르나 공작이 조목조목 조리있게 지적하자 스코트 3세는 신음을 흘렸다.

"이런 상황에서 램디를 내어주고 전쟁 걱정 없이 스타우와 코코움을 확실히 장악한다면 페이런에 이익이 되었으면 되었지 손해는 아닐 것입니다."

스코트 3세는 손가락으로 의자를 두드리며 생각에 잠겼다.

"코플래닛 남작이 적들을 모두 쓸어버릴 것이오."

국왕은 힘없는 목소리로 나직이 말했다.

그러자 테르나 공작은 고개를 저었다.

"적들이 싸워줄 때나 가능한 것이지 싸워주지 않으면 소용없다는 것이 증명되지 않았습니까? 저들이 온갖 비열한 수를 동원하여 버티면 피해만 커질 뿐입니다."

인정하기는 싫었지만 스코트 3세는 숙부의 말이 옳다는 것을 알았다.

코플래닛 남작 혼자서 도망치는 적들까지 모두 잡을 수는 없다.

그리고 정복한 땅의 치안이 아직까지 불안한 것도 사실이었다. 이는 매우 중요한 문제였다. 램디를 내주고 전쟁 걱정 없이

치안 유지에 전념할 수 있다면 페이런에 유리하면 유리했지 절대 불리한 조건이 아닌 것이다.

저들은 여전히 소국으로 갈라져 있기에 언제까지 자국의 모든 병력을 한곳에 모아놓을 수는 없을 것이다. 반대로 페이런은 램디를 내어주더라도 네 나라를 점령하여 가장 큰 나라가 되었고 타이탄 수급도 차질없이 계속될 예정이니 전쟁없이 몇 년 동안 평화가 이어진다면 저들과의 격차는 더욱 크게 벌어질 것이다.

생각하면 할수록 페이런에 유리하기만 한 내용이었다. 저들이 바보가 아닌 한 있을 수 없는 일이었다.

스코트 3세는 고개를 갸웃했다.

"저들이 제시한 협상안은 이게 전부입니까?"

"한 가지 조건이 있습니다."

스코트 3세는, 그러면 그렇지 하는 표정으로 귀를 기울이며 물었다.

"무엇입니까?"

"코플래닛 남작을 달라는 것입니다."

"……!"

놀란 스코트 3세는 호통을 치려다가 가슴 한편에서 '이게 호통 칠 일인가?' 하고 물어왔다.

국왕의 마음속에는, '북부 통일을 이룩할 때까지만… 강성한 나라를 만들 때까지만…' 이라는 말이 맴돌고 있었던 것이다. 그러나 과연 그때가 되면 코플래닛 남작을 죽일 수 있을까, 그가 죽기는 할까 하는 생각에 두려움이 일기도 했다.

어쩌면 그때까지 기다리는 것은 너무 늦을지도 모른다. 지금도 그를 지지하고 신봉하는 신하들과 기사들이 많은데, 그때가 된다고 달라질 것 같지는 않았다.

그러나 그와의 만남과 그가 세운 공을 생각하니 마냥 고개를 끄덕일 수는 없었다. 게다가 그는 한 번도 정치적 다툼에 끼어들어 자신의 이득을 취하려 하지 않은 사람이었다.

인간적인 갈등과 국왕으로서의 불안감 사이에서 스코트 3세는 쉬이 결정을 내릴 수가 없었다.

그러다 문득 떠오른 의문에 스코트 3세는 불쑥 말을 꺼냈다.

"그들이 코플래닛 남작을 어떻게 잡는단 말이오? 그들도 이번 전쟁으로 인해 남은 타이탄이 얼마 없지 않소? 설마 코플래닛 남작 하나 잡자고 자국에 있는 타이탄을 모두 소진할 생각인 것이오?"

제이를 잡으려면 일곱 나라의 타이탄이 모두 달라붙어도 안 될 것 같았다. 게다가 제4기사단이 제이의 편에 서면 일곱 나라는 그날로 타이탄이 한 기도 없는 나라가 될 것이다.

설사 제이를 잡는다 해도 그렇게 타이탄을 소진하면 페이런군을 어떻게 막는단 말인가. 불가침협정을 믿고 타이탄 하나 없이 버티겠다는 것인가.

"바밀에 도움을 요청하겠다 합니다."

그 대답으로 스코트 3세의 의문이 풀어졌다.

"하아, 바밀이 있었군."

"전하, 바밀과 페이런의 관계 회복에도 도움이 될 것입니다."

과거에는 크바시르 협곡을 지키는 타이탄이 단 하나도 없었다. 그런데 이제는 기사단 둘이 바밀과 통하는 길을 지키고 있었다.

관계가 회복된다면 페이런에 적지 않은 이로움이 있는 것이다.

물론 바밀의 간섭도 다시 시작되겠지만, 페이런은 이제 예전처럼 작은 나라가 아니었다.

"코플래닛 남작 한 사람의 목숨으로 여러 나라가 만족한단 말이지……."

뭔가 불합리한 세상의 단면을 직접 목격한 듯하여 쓴 물이 목을 타고 넘어갔다.

누가, 무엇을, 잘못해서 죽는 것이 아니다.

존재 자체를 허용할 만큼 세상의 품이 그리 넉넉지 않은 것이다.

7국 동맹 측에도 누군가가 찾아왔다.

"코플래닛 남작만 없다면 일곱 나라가 똘똘 뭉쳐 페이런을 견제하는 게 불가능한 것만은 아닙니다."

페이런과 계속 싸울 여력이 부족한 그들은 그의 말에 빠져들었다.

바밀이 다시 북부에 영향력을 행사하면 페이런이 지금처럼 함부로 날뛰지 못할 것이다.

게다가 코플래닛 남작을 강대국에서 없애준다니 더 바랄 게 없었다.

논의 끝에 일곱 나라의 수뇌부는 고개를 끄덕였다.

*　　　*　　　*

바밀에도 루미나스의 인사가 방문했다.

바밀 같은 큰 나라에는 그에 걸맞은 대우를 해줘야 하기에 하스토르발의 보고를 받은 루미나스 정부는 정보 요원이 아닌 공식 사절을 파견했다. 그렇다고 이번 계획을 대전에서 떠들어댄 것은 아니었다. 따로 마련한 자리에서 고위층 인사들만 참석한 채 이번 계획이 논의된 것이다.

바밀은 과거 제이에게 큰 피해를 입었다.

그리고 제이로 인해 페이런이 바밀의 영향력에서 벗어나 세력을 확장해 나갔고, 바밀은 북부 여러 나라에 대한 외교적 지배를 사실상 상실하였다.

제이가 나타나기 전에는 등 뒤의 안전을 걱정할 필요 없이 동부 강대국들만 상대하면 되었지만, 그의 등장 이후로 북쪽까지 신경을 곤두세워야 했다.

여러모로 살펴보아 제이가 없어지는 것이 바밀에 유리했다.

그러나 그 방법이 문제였다. 제이를 확실히 제거하려면 기사단 서넛은 필요할 듯했고 북쪽까지 N형 타이탄을 몰고 가는 것이 곤란하니 A형 타이탄을 지닌 오너들을 보내야 했다.

A형 타이탄 기사단 서넛을 보낸다는 것은 엄청난 부담이었다. 적어도 기사단 한둘은 파괴될 터인데 아무리 바밀이 강대국이라도 그런 출혈이 아프지 않은 게 아니었다.

게다가 혼자 있는 게 아니라 조력자가 있다면 몇 배는 더 아플 것이다.

피해를 줄여줄 그 무언가가 필요했다.

바밀 측 인사들이 곤혹스러워하자 루미나스의 사절은 충분히

이해한다는 듯 고개를 끄덕이고 말했다.

"바밀은 기사단 둘만 보내주십시오."

"루미나스가 코플래닛 남작을 감당하겠다는 것이오?"

"루미나스에 어찌 그런 수단이 있겠습니까? 마이네에서 한 팔 거들 것입니다."

"마이네라고!"

마이네는 바밀의 오랜 숙적, 무슨 수를 부리려고 루미나스가 마이네까지 끌어들였는지 의심스럽다는 눈초리를 보냈다.

"과거 코플래닛 남작과 원한을 맺은 사람이 마이네에 있습니다. 그라면 어렵게나마 코플래닛 남작을 상대할 만할 것입니다."

"그게 누구요?"

"아페츠입니다."

*   *   *

일과가 끝난 뒤 아페츠는 관사로 제공된 저택으로 돌아왔다. 나구사가 함락된 뒤로 줄곧 살아왔으니 이 집에서 산 지도 벌써 6년이 훌쩍 넘었다.

하인과 하녀들의 인사를 받으며 자신의 방으로 걸어간 아페츠는 순간 방 안에서 인기척을 느끼고 멈칫했다.

이 시간에 하인이나 하녀가 자기 방에 들어와 있을 리 없고, 방문자가 기다리고 있다는 말도 없었으니 좋은 뜻으로 온 자는 아니리라.

이 집에 사는 동안 자객의 방문도 몇 번이나 경험한 그였기에 행동에 망설임은 없었다.

그러나 검의 손잡이를 잡고 문을 박차고 들어간 그의 눈앞에는 평범한 복장에 평범한 얼굴을 한 사내가 가만히 서 있었다.

"누구지?"

사내의 목에 칼끝을 댄 아페츠의 입에서 냉기 어린 목소리가 흘러나왔다.

"루미나스에서 왔습니다."

"루미나스?"

생각지도 못한 대답에 아페츠는 미간을 찌푸렸다.

"아무도 모르게 들어온 걸 보니 좋은 의도는 아니겠군."

"남들에게 알려지지 않는 게 좋을 수도 있다는 생각에 무례를 범했습니다."

그러나 사내의 얼굴에는 무례에 대한 죄송함 따위는 찾아볼 수 없었다.

순간 아페츠의 머리를 스치는 것이 있었다.

"요원인가?"

"그렇습니다."

사내는 순순히 인정했다.

드리안 가의 기사단장 출신으로 소슬 공략전 당시 드리안 가문의 전폭적인 지지로 마이네 제국 강습군의 총기사단장이 된 아페츠는, 드리안 가문의 비밀을 알고 있었다.

드리안의 가주는 루미나스의 도움으로 재기에 성공했다. 드리안 가는 루미나스로부터 그렇게 큰 도움을 받고 나서 매파로서 목소리를 냈고, 이후로도 필요한 정보를 얻어내고는 했던 것

이다.

이를테면, 공생관계라 할 수 있었다.

그러나 아페츠의 성격상 루미나스의 이런 일처리를 좋아하지는 않았다.

아페츠는 상대의 목에서 검을 거두고 물었다. 여전히 그의 목소리는 차가웠다.

"그래, 루미나스의 요원이 내게 무슨 볼일인가?

"저희 루미나스에 많은 도움을 주신 드리안 가주께 은혜를 갚고자 예전에 한 사건을 추적한 적이 있습니다. 당시에는 찾지 못했었는데 이후로도 꾸준히 추적한 결과 마침내 알아냈습니다. 각하께서도 아실 겁니다. 공자님과 호위 기사들이 흔적도 없이 사라져 버린 사건 말입니다."

"뭐라고!"

아페츠는 저도 모르게 버럭 소리를 지르며 다가갔다. 아페츠를 만나고도 평온함을 잃지 않던 루미나스의 요원은 그 기세에 놀라 움찔했다.

"가, 각하의 형님께서도 그때 실종되셨다 들었습니다. 그 흉수를 알아냈습니다."

"흉수가 누구냐!"

아페츠가 날카로운 칼날처럼 물었다.

"여기……."

요원은 품에서 한 통의 서한을 천천히 꺼내어 조심스럽게 아페츠에게 내밀었다.

아페츠는 그것을 빼앗듯이 낚아채고 얼른 읽어나갔다. 얼음처럼 차갑던 그의 얼굴이 점점 붉어졌다.

"제이 코플래닛이란 말이지, 제이 코플래닛, 제이 코플래닛."
모르는 이름은 아니었지만, 아페츠는 꿈에서라도 잊지 않으려는 듯 거듭 그 이름을 되뇌었다.
루미나스의 의도는 빤히 보였다. 웬일인지 루미나스는 그를 제거하고자 했고 과거 그 사건을 관련시켜 자신의 손을 빌리려는 것이다.
루미나스의 처사는 얄밉지만, 적어도 서한의 내용은 설득력이 있었다.
츠바르드비스를 소지하고 있고, 하란 용병단 출신이고, 그 사건이 있던 때 제국 남부에서 의뢰를 수행하고 돌아갔다.
당시 진상을 조사하기 위해 하란에 갔던 드리안 가의 가신과 기사들이 하란 인근 야산에서 시체로 발견되었다.
그의 소지품 중에 드리안의 공자가 운반하던 지도와 암호문이 있었다.
이러한 정보가 있는데 그가 흉수가 아니라고 강변할 수는 없는 것이다.
본인에게 물어보는 절차가 남아 있기는 했지만, 그건 요식행위일 뿐 아페츠는 제이 코플래닛이 자신의 형을 죽인 원수임을 확신했다.
나구사를 포위했을 때 갑자기 광분하여 날뛴 오르가니 룸베르에게 마이네군은 궤멸적인 타격을 받았다. 그때 아페츠도 오르가니의 공격에 당해 쓰러지고 말았다.

처음으로 마나 고갈을 겪고 죽음과도 같은 통증을 이겨내고
다시 일어섰을 때 황태자는 그에게 훗날 자신의 근위기사단을
맡아달라며 크게 상을 내렸다. 아페츠가 오르가니를 막아내지
않았더라면 황태자가 죽었을 거라는 보고를 받은 것이다.

그러나 주위의 찬사와 갈채를 받으면서도 아페츠는 마음이
좋지 않았다. 오르가니를 상대하기 전까지는 이 정도면 어디 가
서도 쓰러지는 일은 없을 것이라 자신의 실력에 자부심이 있었
다. 하지만 또 다른 세상이 있음을 그때 죽음의 문턱을 넘나들
며 절절이 느꼈다.

그런데 또 다른 세상을 꺾은 기사가 북부 소국에서 나타났다
는 것이다.

아페츠는 당시 말도 못하게 괴로워했고 좌절했었다.

좌절하기만 했다면 지금의 아페츠는 존재하지 않았을 것이
다. 그는 뼈를 깎는 수련으로 이제는 자신의 빛을 자유롭게 발
하게 되었다.

마이네 제국 최강의 기사!

바람을 느끼는 오너!

차기 근위기사단장!

사람들은 그렇게 아페츠를 칭송했다.

그러나 아페츠는 사람들의 달콤한 말에 흔들리지 않았다. 바
람을 느끼는 오너라는 말이 최소한 미쳐 날뛴 오르가니 룸베르
를 일컫는 것이라면 자신은 아직 그 경지까지는 오르지 못했다
는 것을 알고 있었다.

그럼에도 북부 소국의 그 기사 정도는 상대할 수 있을 거라고

생각했다. 마이네군 타이탄 수백 기를 상대하느라 힘을 소진한 오르가니를 쓰러뜨린 제이 코플래닛 정도는 상대할 수 있을 거라고 생각했다.

아페츠는 사사로이 움직일 수 있는 지위에 있지 않았다. 옛 소슬의 수도 나구사에 주둔하는 기사단을 책임지고 있었다. 몇 달 뒤 황태자가 황제의 자리에 오르면 근위기사단장이 되어 마이네의 수도로 가게 되어 있었다. 그래서 지금 나구사 기사단을 책임질 후임자에게 업무 인수인계를 하는 시점이었다.

정치에 크게 관심은 없지만, 지위가 지위다 보니 제이 코플래닛이란 인물이 대륙 정세에 어떤 영향을 미치는지 정도는 알고 있었다.

현재 그자로 인하여 바밀이 페이런을 곱지 않게 보고 있었다. 제이 코플래닛은 바밀의 적인 것이다.

그렇다면 그는 마이네에 도움이 되는 인물이 된다.

상식적으로 북부 페이런과 동부의 남쪽에 위치한 마이네가 싸울 일은 없을 테니, 아마 평생을 가도 자신은 그와 만날 일이 없을 것이다.

마이네 제국은 바밀이 적대하는 인물을 죽이는 데 절대로 힘을 보태지 않을 것이고 자신이 가고 싶다고 해도 허락하지 않을 것이다.

'그래서 루미나스가 남몰래 찾아왔구나.'

루미나스의 교활함에 아페츠는 눈살을 찌푸렸다.

자신의 성격과 자신의 처지를 분석하고 자신의 행동을 예측하여 이 순간 자신이 어떤 결정을 내릴지 알고 있다고 자신할

것이다.

분하지만, 아페츠는 루미나스의 예측대로 따라주기로 했다.

이 순간을 놓치면 평생 형의 복수를 못할 테니 이번만큼은 그들의 예상대로 움직이기로 했다.

이번 일이 끝나면 건방지고 음습한 루미나스 쥐새끼들을 밟아주리라.

아페츠는 근위기사단장 자리를 박차고 홀로 루미나스 요원의 뒤를 따라 북부로 가는 배에 올랐다.

*   *   *

루미나스 사절과 오간 이야기를 나중에야 듣게 된 데스테나는 궁성을 오가는 시종과 관리들을 밀치며 국왕의 집무실로 뛰었다.

집무실 앞을 지키던 근위기사들이 검을 들어 막무가내로 달려오는 데스테나를 막았다.

"비켜라!"

"공주님, 법도를 지키십시오."

거친 실랑이가 벌어졌다.

한참 몸싸움을 벌이던 차에 집무실의 문이 안에서 열렸다.

"들라 하라."

그제야 근위기사들이 검을 집어넣고 데스테나의 앞을 비켜섰다.

집무실 안에는 원탁에 몇 사람이 앉아 있었는데 데스테나도 아는 얼굴들이었지만, 워낙 흥분한 상태라 오직 국왕만 눈에 들어왔다.

"전하, 어찌 이러실 수 있습니까!"

"데스테나, 목소리를 낮추어라. 경들은 나가 계시오."

공주를 꾸짖은 국왕은 기사단장들을 내보냈다.

사람들이 모두 나가자 국왕은 누그러진 목소리로 말했다.

"거기 앉아라."

데스테나는 의자를 거칠게 당겨 앉았다.

"자, 차분히 얘기해 보아라."

"북부에 기사단을 보낸다면서요. 대체 왜 그런 일을 허락하신 건가요?"

"……."

"기어이, 기어이……."

데스테나는 어깨를 들썩이며 힘겹게 숨을 쉬었다.

"데스테나, 나는 네가 정치를 말하는 것을 내버려 두었다. 왜 그런 줄 아느냐?"

"그게 무슨……."

"대답해 보아라. 내가 왜 네가 정치하는 것을 내버려 두었겠느냐?"

국왕의 목소리는 나지막하지만 은은한 울림으로 데스테나를 흔들었다.

그제야 데스테나는 흥분을 조금 가라앉히고 국왕의 질문을 이해하려 했다. 그러나 여전히 흥분한 상태인데다가 워낙 갑작

스런 질문이어서 얼른 대답하지 못했다.

그러자 국왕이 스스로 답을 말했다.

"어떤 이는 네가 나의 하나뿐인 여동생이어서 마음대로 하도록 내버려 둔다고 말한다. 그러나 네가 나의 하나뿐인 여동생이어서도 아니고, 너의 견해가 특히 주목할 만해서도 아니다. 너보다 현명한 사람, 너보다 말 잘하는 사람은 얼마든지 있다. 너를 내버려 두는 이유는, 네가 전쟁 이후 극도로 억눌린 평원파의 힘을 끌어올려 비대해진 산악파를 잘 견제하고 있어서이다. 두 목소리가 균형을 이루는 데 일조하고 있어서이다."

"무슨 말씀을 하시고 싶은 건가요?"

"나는 바밀의 왕이다. 바밀에 이로운 일을 하는 것이 내게 주어진 사명이다. 하나의 목소리가 압도하는 것은 바밀에 이롭지 않다. 그런데 네가 정치를 하면서 균형을 잡아주어 바밀에 이로움을 주었다. 바밀에 이로움을 주지 않았다면 내가 용납했겠느냐? 내 동생이라도 용서하지 않았을 것이다. 그것이 왕이다. 왕에게 사사로움은 있을 수 없다."

국왕은 평소 친절한 오라버니의 모습이 아니었다.

"그런데 지금 너는 사사로움에 사로잡혀 바밀의 이익은 전혀 생각지 않고 있다. 내가 너를 용납할 것 같으냐!"

"정녕 그것이 바밀의 이익에 부합하는 건가요?"

"산악파든 평원파든 신하들을 붙들고 물어보아라. 그자가 있는 것이 바밀에 유리한지, 없는 것이 유리한지. 네 자신에게 물어보아라. 그토록 강한 오너가 북쪽에 버티고 있는 것을 바밀이 좋아할지, 그런 오너가 없는 것을 바밀이 좋아할지. 바밀에 이로운 것이 옛날의 작은 페이런인지 아니면 그자로 인해 몇 배나 넓어진 지금의 페이런인지.”

데스테나는 대꾸하지 못했다.

맥이 탁 풀렸다. 결국 어떤 말로도 국가를 설득하지 못한다.

“국가는… 사람을… 핍박하는군요.”

국왕은 발끈하려다 입을 다물었다.

두 사람은 한참을 말없이 있었다.

“오라버니, 저도 가게 해주세요.”

“안 된다.”

“가서… 그 사람의 시신이라도… 거두게 해주세요.”

데스테나는 젖은 목소리로 애써 의연하게 말했다.

국왕은 결국 한숨을 내쉬었다.

“네가 방해하지 않는다면 허락하겠다. 기사들이 너를 밀착 경호할 것이다.”

일을 훼방 놓지 못하도록 감시하는 조건으로 허락한다는 것이다.

“고맙습니다, 오라…버니.”

데스테나는 들어올 때와는 달리 후들거리는 발걸음으로 왕의 집무실을 빠져나갔다.

“미안하구나, 데스테나. 나도 사람인 시절이 있었단다. 왕이 되기 전에는…….”

힘없는 데스테나의 뒷모습을 바라보며 국왕은 쓸쓸한 얼굴로 말했다.

*　　　*　　　*

　아모란이 여행을 떠난 지 1년이 다 되어갈 무렵, 제이는 스코트 3세의 명을 받았다.

　"제이 코플래닛 남작은 제4기사단으로 복귀하여 어지러운 북쪽 전선을 평온케 하라."

　제이는 정말 가고 싶지 않았다.
　죽일 만큼 죽였고, 부술 만큼 부쉈다.
　마나 고갈도 겪을 만큼 겪었고, 상처도 입을 만큼 입었다.
　온몸에 죽어간 사람 수만큼의 흉터가 새겨졌고, 가슴에는 갈등과 후회의 수만큼의 응어리가 져 있었다.
　타이탄을 타고 타이탄을 부수어 그 안에 탄 오너를 죽이는 것과 타이탄을 타고 병사를 밟는 것은 둘 다 사람을 죽인다는 점에서 마찬가지인데 대체 무슨 차이가 있기에 그토록 치가 떨리는지 여전히 그 이유를 정확히 알지 못했다.
　개미를 밟아 죽이는 것과 사람을 죽이는 것이 왜 그리 다른지 그에 대한 답도 모른다.
　그러면서도 더 좋은 세상을 만든다며 무언가를 해왔다.
　정답을 모르면서도 무언가를 바르작바르작 해왔다.
　어느새 나이가 들었고 아이들은 자라 어른이 되었다. 다 자란 아이들이 세상을 더 알고 싶다며 여행을 떠났다. 이제는 그 아이들이 여행에서 돌아오기를 기다리며 집을 지키고 싶었다. 앞뜰에 놓인 의자에 아내와 나란히 앉아 따뜻한 햇살을 받으며 저도 모르게 잠이 들고 싶었다.

북쪽에 있는 동료들이 들으면 화낼지 모르지만, 정말 그곳으로 가고 싶지 않았다.

살아가는 게 아무리 전쟁이라지만 전쟁, 그 정도 했으면 됐잖아.

그럼에도 제이는 가지 않을 수 없었다.

시간에 등 떠밀려서일 수도 있고, 동료들에 대한 걱정 때문일 수도 있고, 왕의 명령을 거스를 수 없어서일 수도 있고…….

그곳으로 가지 않을 수 없었다.

"아빠, 나쁜 놈들 하고 싸우러 가?"

"바보, 그런 게 아니야."

어린 아그니의 말에 아스트론이 플래닛에서 좀 더 배운 티를 내며 면박을 주었다.

두 아들의 짧은 대화에 제이는 가슴이 먹먹해졌다.

자식들에게 당당하게 답변할 수 없는 전쟁으로 일생을 살아온 것이다.

"……"

은에게는 너무나 미안해서 차마 입이 떨어지지 않았다.

그럼에도 은은 웃으면서 배웅해 주었다.

누렇게 익어가는 곡식과 아직은 녹음이 선명한 숲과 하얀 뭉게구름의 배웅을 받으며 제이는 그렇게 코플래닛을 떠나 전장으로 갔다.

*　　　*　　　*

제이가 스코트 3세로부터 출전 명령을 받을 즈음, 페이런의 수도에서 활동하던 루스는 묘한 조짐을 느꼈다.

그것은 루스가 오랫동안 제이와 코플래닛을 위해 음지에서 살아왔기 때문에 느낄 수 있는, 어떤 직감 같은 것이었다. 특히 소슬 출신 정보 요원 크노르에게서 정보의 수집, 취합, 분석을 제대로 배운 뒤로 더욱 예민해진 그의 감각에 무언가가 마치 옷 속에 기어들어 간 개미처럼 자꾸 얼씬거렸다.

요주의 인물인 테르나 공작의 저택에 간간이 드나드는 자의 정체를 여전히 파악하지 못한 데서 오는 강박증 때문일 수도 있고, 국왕이 테르나 공작을 자주 만난다는 것도 이유가 될 수 있었다. 전쟁에서 패한 뒤로 수도의 분위기가 어둡다는 데서 기인한 것인지도 모른다.

루스가 가장 중요한 정보를 얻는 통로는 콘스탄이었다.

왕비의 최측근 시녀인 콘스탄과 루스는 만난 지 벌써 8년이나 된 애인 사이였기에 콘스탄은 루스가 단순한 암흑가 사람이 아님을 이미 알고 있었다.

그럼에도 남녀 관계라는 것은 매우 특별하고, 한 달에 겨우 두어 번밖에 만나지 못하는 루스가 더더욱 애틋하여, 콘스탄은 루스에게 궁에서 보고 들은 많은 이야기를 해주었다. 자질구레한 이야기, 별것 아닌 하찮은 이야기까지도 루스가 좋아한다는

것을 알기에 콘스탄은 일부러 시녀들의 수다에도 귀를 기울이
고는 했다.

그날도 루스를 만난 콘스탄은 평소처럼 이야기꽃을 피웠다.

"…왕비께서 뭐랄까… 우울한 표정, 씁쓸한 표정을 지으시며
나직이 한숨을 내쉬시더니, 그렇게 공이 많은 사람에게 그러면
안 되는데……. 라고 혼잣말을 하시더라고요."

콘스탄의 말을 들은 루스는 머리칼이 쭈뼛 섰다.

콘스탄의 말만으로는 누구를 지칭하는 것인지 전혀 알 수 없
지만, 그냥 그렇게 몸이 반응했다.

루스는 부하들을 강하게 다그쳐 관청, 술집, 시장, 상회, 군대,
빈민가, 어디서 들은 무슨 이야기라도 좋으니 모든 정보를 가져
오라고 명령했다.

그 뒤로 상회 사람에게 들은 이야기라며 부하 하나가 말했다.

"라키아 시와 수도를 오가며 장사하는 사람의 이야긴데요,
크바시르에서 기사로 보이는 사람들이 많이 넘어오는 걸 봤답
니다. 100명도 넘는 것 같다더군요. 기사 복식을 한 건 아닌데
요. 거 있잖습니까, 척 보면 아는 거 말입니다. 자기가 보기엔
기사들 같다고 하더라고요."

라키아 시는 크바시르 협곡의 페이런 쪽 관문도시였다.

'크바시르를 넘어 라키아로 들어왔다면 바밀의 기사라는 말
인데…….'

라키아 시에 주둔한 페이런군이 허수아비가 아니라면 바밀의
기사들이 들어오는 것을 허용할 리 없다. 알고도 놔뒀다는 이야
기다.

"그게 언제야?"

"그 상인은 라키아에서 리타나를 거쳐 타슈로 장사하며 들어왔다니까 한 달은 되었겠네요."

루스는 말을 달려 코플래닛으로 질주했다.

이미 늦었을지도 모른다는 생각이 언뜻 들었지만, 어쨌든 눈으로 직접 보고 확인해야만 했다.

그런데 잠도 줄여가며 코플래닛에 도착하니 제이는 이미 전장으로 떠나고 없었다.

루스는 밀런에게 자신의 생각을 전하고 다시 제이가 떠나간 북쪽으로 말을 달렸다.

그러나 제이가 떠난 지 하루 이틀 된 게 아니어서 뒤를 잡지 못했다.

그것도 참 이상한 일이었다. 루스는 분명 혼자서 말을 타고 페이런에서 램디로 가는 주요 도로를 달렸는데도 여러 사람들과 이동한 제이를 따라잡지 못했다는 것은 분명 이해할 수 없는 일이었다.

루스는 무언가 크게 잘못되었다고 생각했다.

왔던 길을 되돌아가 혼자서 그 넓은 지역을 뒤져볼 수도 없는 일이고, 혹여 제이 일행이 정말 빨리 램디로 달려갔을 수도 있는 일이기에 루스는 말을 재촉해 램디로 넘어가 페이런군 주둔지까지 달렸다.

제이는, 제4기사단에 먼저 와 있지 않았다.

루스를 아는 티마이라나 카모르찬 같은 오너들이 무슨 일로 여기까지 왔냐며 의아한 눈빛을 던졌다.

너무나 아름다운 루스의 얼굴이 일그러졌다.
"뭔가, 잘못되었다고요!"

＊　　　＊　　　＊

제이는 50여 명의 사람과 함께 길을 떠났다.

국왕의 명령서를 들고 코플래닛으로 찾아온 기사 몇 명과 그들의 종자들과 병사들, 제이의 길안내 겸 호위를 담당할 병력이었다.

코플래닛에서는 폴카도가 홀로 제이를 수행했다.

제이는 번잡스럽게 여러 사람을 동원하고 싶지 않았고, 전장으로 또 코플래닛 사람을 데려가고 싶지도 않았다.

사실 폴카도도 데려가고 싶지 않았다. 그는 하그리브스보다는 한참 어렸지만, 전장에 발을 담그기에는 이제 나이가 좀 많았다.

그도 전쟁을 할 만큼 했기에 쉬어도 좋았다.

그럼에도 폴카도는 고집을 부렸다.

"세상에 어느 영주가 종자 하나 없이 길을 떠난답니까. 피리운도 없는 마당에 제가 나이가 좀 든 피리운 역할을 하지요. 그리고… 아이들도 모두 떠나고 없으니 코플래닛에는 제가 할 일이 없습니다."

제이를 혼자 떠나보낼 수 없어서 한 말이겠지만, 폴카도의 마지막 말이 제이를 슬프게 했다.

다른 사람들은 아무렇지 않게 살아가는 일상적인 삶의 공간

에서, 평생 피를 묻히고 살아온 사람들은 할 일이 없는 것이다.

어쩌면 자신이 그토록 치를 떠는 전장으로 다시 가는 것도 마찬가지 이유인지도 모른다.

"휴우, 어쩔 수 없지요."

폴카도를 전장으로 데려가고 싶지 않다는 마음도 진심이었지만, 폴카도와 함께여서 무척 위로가 되었고 든든했다. 이제 와 새로 사람을 사귀는 취미가 붙은 것도 아닌데 낯선 기사와 병사들에 둘러싸여 짧지 않은 길을 가는 건 참으로 외로운 일인 것이다.

옛 코코움 왕국의 땅을 한참 동안 지나 램디와의 경계가 그리 멀지 않은 곳에서 길을 안내하던 기사가 오른쪽 길로 빠져나갔다.

"이쪽 길 아니오?"

"얼마 전부터 7국 놈들이 해안지역을 통해 램디 저항 세력을 지원하고 있어 제4기사단이 그쪽으로 이동했습니다."

제이는 그런가 보다 하고 뒤를 따랐다.

오른쪽으로 가면 바닷가가 나오기는 나올 테지만, 아주 많이 가야 한다. 제이가 지나는 지역은 바다는커녕 강도 보이지 않는 험한 산지였다.

그렇게 험로를 뚫고 나아가던 어느 날이었다.

병사들은 노숙 준비를 하느라 분주했고, 기사들도 병사들을 감독하고 지시하느라 바삐 움직였다.

그런데 병사들이 노숙 준비를 마치고 한참이 지난 뒤에도 기사들의 모습이 보이지 않았다.

처음에는 길을 잃었거나 몬스터에 당했거나 발을 잘못 디뎌 구렁텅이에 빠진 건 아닌지 걱정되었으나 시간이 지날수록 그게 아닐지도 모른다는 생각이 제이의 마음속에 차갑게 스며들어왔다.

아무리 험한 산지라지만 기사가, 한 사람도 아니고 모두가, 비명 한 번 지르지 못하고 사고를 당하는 일은 있을 수 없다. 그런 무서운 몬스터가 있다면… 인간뿐이다.

최악의 상황을 상정하면, 모종의 지시를 받은 기사들이 그 일이 실행될 장소로 끌고 왔고 자기들만 몸을 뺀 것이다.

'그게 아니면 좋겠지만…….'

제이는 감각을 칼날처럼 세웠다.

그리고 폴카도를 가까이 불러 나직이 말했다.

"혹여 우리가 사지로 걸어 들어온 거라면, 전투 와중에 휩쓸리지 말고 조심스럽게 몸을 빼세요."

역시 이상한 분위기를 감지한 폴카도는 표정 변화 없이 제이의 말을 들었다. 그리고 잠시 생각에 잠기더니 입을 열었다.

"영주님은……."

제이는 엷게 웃어 보였다.

"작정하고 저를 노린 거라면 쉽지는 않겠지요. 그렇다고 순순히 당해줄 수는 없습니다. 어떻게든 빠져나가겠습니다. 그러니 폴카도 씨는 전투가 벌어지면 조심스럽게 자리를 뜨세요."

폴카도는 그러마고 고개를 미미하게 끄덕였다. 제이의 짐이 될 수는 없기 때문이었다.

기사들을 찾는답시고 병사들이 횃불을 들고 산을 헤매보았지만, 소득은 없었다.

달빛과 횃불에 비친 가을 산은 애틋한 여운이 흘렀다.

　제이는 모닥불 옆에 스톤을 소환한 채 산을 타고 흐르는 시간의 마법을 만끽해 보았다.

　이리도 아름다운데…….

　밤이 점점 깊어져 야행성 산새도 몸을 쉬는 시간, 한 사람이 다가왔다.

　꾸벅꾸벅 졸며 불침번을 서던 병사가 화들짝 놀라 창을 겨누었다.

　모닥불 옆에 그대로 앉아 다가오는 발자국 소리를 듣고 있던 제이는 병사를 제지했다.

　"모셔오게."

　그 사람은 성큼성큼 모닥불로 다가와 제이 앞에 앉았다.

　데스테나였다.

　아무 말 없이 제이의 얼굴만 쳐다보던 데스테나는 깊은 그늘이 진 얼굴로 어렵게 입을 열었다.

　"같이 가자고 해도 당신은 듣지 않겠죠?"

　제이는 희미하게 웃으며 말했다.

　"잘 아시지 않습니까."

　그리고 또 침묵이 이어졌다.

　수천, 수만의 상념들이 목 밖으로 튀어나가려 했으나 서로 다투다 결국 아무것도 나오지 못했다.

　"이만 갈게요."

　눈이 붉게 충혈된 데스테나는 젖어가는 목을 한 번 삼키고 태연하게 말했다.

제이는 아무 말도 하지 않았다.

그러다 공주가 발걸음을 떼는 순간 나직하게 말했다.

"공주님."

데스테나는 입술을 깨물며 고개를 돌렸다.

"공주님은, 복잡하게 생각하지 말고… 행복하게 사시기를 바랍니다."

어깨를 크게 들썩여 숨을 깊이 마신 데스테나는 이내 발걸음을 떼고 왔던 길로 다시 걸어갔다. 발을 디딜 때마다 땅은 진창처럼 걸음을 옭아맸다. 몸은 걸어가고 있지만, 데스테나는 어느새 발, 무릎, 가슴, 머리까지 빠져 숨을 꼴딱였다.

동이 트려면 아직 먼 시간, 제이는 땅이 흔들리는 것을 느꼈다. 아주 미미한 진동이었지만, 타이탄이 걸음을 옮길 때 나는 진동은 제이에게 은의 체취보다도 익숙한 것이었다.

쿵!

쿵!

쿵!

소리가 점점 가까이 들리자 병사들이 두려움에 떨었다.

제이와 폴카도는 눈을 마주쳤다. 두 사람은 서로에게 눈으로 웃었다.

그리고 제이는 스톤에 올라탔다.

[적이 나타나면, 적을 향해 달려라. 너희를 죽이는 일은 없을 것이다.]

스톤은 병사들에게 그르렁거렸다.

이곳은 많은 사람들이 노숙을 할 수 있을 만큼 제법 널찍한 장소였으나 거대한 타이탄들이 격전을 벌이기에 적당한 곳은 아니었다.

스줄멘, 나켄, 고트란트, 94카파 출력의 타렉에 이르기까지 80카파 이상의 바밀 고급 기체들이 길 양쪽에서 줄줄이 모습을 드러냈다.

고급 기체를 실력없는 기사에게 내줄 리는 만두한 일이다. 바밀의 타이탄들은 숙련된 움직임으로 산비탈을 미끄러지지 않고 움직여 제이를 둘러쌌다.

[병사들을 짓밟지는 않겠지.]

[관심도 없다.]

바밀의 타이탄이 그렁그렁 말하자 제이에게 들은 말이 있는 병사들이 바깥쪽으로 달려갔다. 폴카도도 그 틈에 끼어 있었다.

어떤 병사는 그 와중에서도 혼자 남는 제이가 걱정되는지 흘끗흘끗 뒤를 돌아보았다.

어느새 사람은 없고 거인들만 들어차 있었다.

스톤이 한가운데에 서서 고개를 돌렸다.

둘러싼 녀석들이 적어도 서른은 되어 보였다.

그러나 이 숫자가 전부일 거라고는 생각지 않았다.

죽어줄 생각 같은 것은 애초에 없었다.

스톤의 눈이 붉게 타올랐다.

*　　　*　　　*

루스를 만난 제4기사단은 사령관에게 제이의 행방을 물었다.

"아직 오지 않은 사람을 내가 어찌 알겠소."

그러나 오너들은 믿지 않았다.

"젠장, 사령관이 모르면 누가 안단 말이야!"

그러고는 제이를 직접 찾아 나섰다.

사령관은 이들의 이탈을 허락하지 않았다. 그러나 제4기사단 오너들은 타이탄을 타고 밀고 나갔다.

이들의 실력을 잘 아는 페이런군은 함부로 대항하지 못하고 마지못해 길을 열어주었다.

"그래 봐야 이미 늦었소."

멀어지는 제4기사단 오너들을 바라보며 사령관 파도키 백작은 씁쓸히 중얼거렸다.

제이를 찾는 것은 쉽지 않았다.

"흩어져서 찾읍시다. 스카우터들은 찾는 즉시 연락하시오."

랑겔의 말에 제4기사단은 뿔뿔이 흩어졌다.

오너와 스카우터들은 마을과 도시를 돌며 병사들이 지나간 일이 있는지 탐문했고, 그렇게 해서 제이가 지나갔으리라 예상되는 지역의 범위를 좁혀 나갔다.

빈과 그루는 자신의 몸을 생각지 않고 새가 되어 하늘에서 제이의 행방을 훑어나갔다.

그렇게 여러 날을 헤맨 끝에 코코움의 북동쪽 산지를 뒤지던 카모르찬과 티마이라가 마침내 흔적을 발견했다.

"젠장."

카모르찬쯤 되면 현장을 살피는 것만으로도 얼마나 많은 타이탄이 어떻게 격전을 치렀는지 대강 알 수 있었다.

티마이라의 표정 역시 좋지 않았다.

이곳은 땅과 바위로 이루어진 어떤 지형이 아니라 거인들이 자신의 사체와 조물주의 창조물로 괴기스럽게 버무려 놓은 작품이었다.

"당장 이쪽으로 오라고 해!"

각지로 흩어진 제4기사단을 불러오기 위해 카모르찬은 스카우터들을 떠나보냈다. 그리고 두 사람은 타이탄이 남긴 흔적을 따라 급히 몸을 움직였다.

그렇게 한참을 추격하던 두 사람은 타이탄의 충돌파를 들었다.

카모르찬과 티마이라는 즉시 자신의 타이탄을 소환했다.

탑승하기 전 카모르찬은 티마이라의 어깨를 붙잡았다.

"너는, 여기서 기다려."

티마이라의 실력이 예전보다는 많이 늘었지만, 난전에서 종횡할 정도는 아니라는 것을 알기에 말린 것이다.

"형님, 아까 봤잖아요. 제이가 죽는다고요!"

"이 자식아! 그래서 하는 말이잖아! 너도 죽어!"

카모르찬이 버럭 소리를 질렀다. 그러자 티마이라가 희죽 웃으며 그의 손을 잡았다.

"천년만년 살 것도 아니잖아요."

티마이라의 눈을 본 카모르찬은 울컥했다.

"제엔장! 그래, 가자!"

티쿠마와 츠바르드비스가 땅을 뒤흔들고 바람을 헤치며 내달렸다.

쾅!
나바렌에게 몸통을 허용한 스톤이 뒤로 날아갔다.
거칠게 땅을 뒹군 스톤은 얼른 몸을 일으켜 뒤이은 공격을 피했다.
스톤의 몰골은 형편없었다.
등갑은 벌써 떨어져 나갔고, 견갑은 어깨에 붙어 덜렁거렸다. 움푹 팬 흉갑과 너덜거리는 경갑이 개중 가장 형편이 나아 보였다. 오른쪽 눈은 언제 빠졌는지 기억도 나지 않았다.
깜깜한 밤부터 싸우기 시작해 동이 트고 높이 뜬 가을의 태양이 강철거인들을 눈부시게 비추는 지금까지 싸우고 있으니 움직이는 것 자체가 기적이었다.
스톤은 물론 당하고만 있지는 않았다.
자신을 둘러싼 포위망 한쪽을 노리고 바밀의 타이탄들을 베어 죽인 뒤 일단 뛰었다. 지형이 좋지 않았기 때문이다. 넓은 장소로 나가 자유롭게 움직일 수 있다면 이깟 녀석들 따위는 마음대로 죽일 수 있을 것 같았다.
스톤의 칼질 한 번에 숙련된 오너가 조종하는 바밀의 타이탄들이 산에 떨어지기 시작한 낙엽처럼 바닥을 나뒹굴었다.
좌충우돌 포위망을 들부순 스톤은 마침내 한쪽 포위망을 돌파하여 뛰기 시작했다.
그러나 함정은 그리 얕지 않았다.
뛰어가는 방향에서도 바밀의 고급 타이탄들이 앞을 가로막았

고, 금세 뒤쫓아오는 타이탄들에 둘러싸여 싸워야 했다.

뚫고 포위되고, 뚫고 포위되기를 몇 번이나 했는지 모른다.

마침내 산지가 끝나고 야트막한 언덕이 펼쳐졌다.

그동안 스톤도 힘을 많이 썼지만, 바밀의 타이탄도 많이 상했다. 이제 답답함을 벗어났으니 자신을 귀찮게 한 건방진 녀석들을 응징할 차례라고 생각했다.

그런데 그 순간, 나바렌이 나타나 앞을 가로막았다.

아페츠가 조종하는 나바렌은 출력 92카파에 무게도 스톤보다 훨씬 많이 나가는 단단한 녀석이었다.

새로운 적이 나타나자 스톤은 또 베고 넘어가려 했다. 그러나 이번에 나타난 적은 스톤의 칼날에 당하지 않았다.

스톤이 나바렌에 막혀 전진하지 못하는 틈에 요망한 녀석들이 뒤를 물어뜯었다. 놈들은 집요하게 물고 늘어져 스톤의 움직임을 방해했고, 나바렌은 얼음처럼 차갑고 바위처럼 단단한 칼날로 스톤을 강타했다.

온몸이 찌릿찌릿했다.

화가 났다.

스톤의 몸에서 검은 안개가 뭉클뭉클 피어올랐다.

그러자 나바렌의 몸이 가을하늘처럼 눈이 시리도록 파랗게 빛났다.

스톤이 나바렌의 가슴에 검은 칼날을 찔러 넣으려고 달려들었다. 그러나 나바렌은 몸을 슬쩍 피하더니 스톤의 몸통을 강하게 후려쳤다.

스톤은 붕 떠서 하늘을 날았고 마침내 산길에서 벗어나 야트

막한 언덕으로 나왔다. 그리고 흙을 파헤치며 요란하게 바닥을 굴렀다.

　바밀의 타이탄들은 강했다. 나바렌은 그보다 훨씬 강했다.
　경사가 완만한 언덕을 구른 뒤 얼른 몸을 일으킨 스톤을 그들은 재빨리 에워쌌다.
　스톤은 오른발을 뒤로 슬쩍 빼더니 당장이라도 싸울 수 있게 바닥을 비벼 다졌다. 걷혔던 검은 안개가 다시 피어올랐다.
　그런데 나바렌이 그렁그렁한 목소리로 말했다.
　[드리안 가문을 아는가.]
　알지만 대답할 필요는 없었다. 그런다고 달라질 일은 없다.
　[아페르를 아는가.]
　생각이 났다. 왠지 말해주어야 할 것 같았다.
　스톤의 몸에서 안개가 조금 옅어졌다.
　[기억나는군.]
　[그는 어떻게 되었나.]
　[그는… 충실한 기사였다.]
　[그렇군.]
　나바렌은 잠시 말이 없었다.
　[죽기에 좋은 날이다.]
　스톤은 대답하지 않았고, 몸에서 다시 검은 안개가 피어올랐다.
　나바렌이 서늘한 검을 뻗어오고 스톤은 시커먼 칼로 막아냈다. 둘이 다시 뒤엉키고, 어마어마한 충격파가 대지를 뒤흔들었다. 호시탐탐 기회를 엿보던 바밀의 타이탄들이 검은 안개를 뚫고 스톤의 몸에 검을 찔러 넣었다.

언덕에 피어난 수많은 가을꽃과 그들과 어울리던 상냥한 코스모스가 거인들에 의해 짓밟혔다. 퍼져 나가는 충격파에 풀과 꽃들이 일제히 몸을 뉘었다.

그때 스톤을 둘러싼 바밀 타이탄들 사이로 누군가 난입했다.

티쿠마와 츠바르드비스였다.

티쿠마는 푸른 늑대가 되어 약삭빠른 바밀 살쾡이들을 난폭하게 찢어버렸고 츠바르드비스는 그 뒤를 따라 상처 입은 적의 숨통을 끊어버렸다.

그렇게 일단 들어왔으나 뚫린 곳은 금세 메워졌다.

바밀의 타이탄은 새로 나타나 자신들을 위협한 적이 단둘뿐이라는 것을 알고 분노했다.

그들은 스톤은 나바렌이 맡도록 내버려 두고 티쿠마와 츠바르드비스를 에워싸고 두들겼다.

티쿠마의 푸른 검이 나켄의 팔을 자르고, 가슴에 파고들었다. 그러나 티쿠마와 츠바르드비스는 금세 위태로워졌다.

수렁에 스스로 몸을 내던진 동료들이 위태로운 것을 본 스톤은 검은 안개가 흔들렸다. 그리고 그 틈을 놓치지 않은 나바렌의 검이 스톤의 왼팔을 잘라 버렸다.

슈칵!

스톤은 아랑곳하지 않고 새까만 검을 들어 나바렌의 복부를 푹 찔렀다.

검에 찔린 나바렌을 그대로 밀어버리고 스톤은 동료들을 둘러싼 바밀의 타이탄을 향해 뛰었다.

팔이 잘려 지독한 이물감이 스톤의 가슴에 든 제이를 뒤흔들었다. 그러나 동화를 놓치지 않기 위해 이를 악물었다.

스톤은 바밀의 타이탄을 몸으로 부딪쳐 튕겨내고 티쿠마와 츠바르드비스 곁으로 갔다. 검은 안개가 점점 옅어졌다.

강철거인 셋은 서로 등을 맞대었다.

[참 지독하게도 당했구나.]

[뭐 하러 왔어?]

[젠장, 와줘도 지랄이구나.]

[괜히 왔나봐. 진짜 죽을 것 같아.]

카모르찬은 투덜거렸고, 티마이라는 너스레를 떨었다.

나뒹군 나바렌이 배에 박힌 검을 쑥 뽑아내더니 시리디시린 빛을 뿜어내며 다가왔다.

다가오는 나바렌을 보며 티쿠마가 그렁그렁 말했다.

[제이, 우리 친구 맞지.]

답이 없자 티쿠마는 다시 물었다.

[우리 친구 맞지.]

[그걸 말로 해야 알아요?]

츠바르드비스가 핀잔을 주었다.

[그래도 확실히 해야지. 먼저 간 우수리한테 친구 하나 없이 살다 왔다고 할 수는 없단 말이지. 제이, 우리 친구 맞지?]

스톤의 동화가 급격히 흔들렸다.

제이는 울컥했다.

얼른 동화를 회복한 스톤은 그렁그렁 말했다.

[우리가 친구가 아니면 세상 어느 누가 친구란 말이오.]

[하하. 그래, 친구지.]

[나는요?]

[너는 동생이잖아.]

츠바르드비스에게 통을 놓은 티쿠마는 가장 강해 보이는 나바렌을 향해 달려갔다.

[내가 초원의 바람 카모르찬이다!]

티쿠마 뒤로 츠바르드비스도 나바렌을 향해 달려갔다.

[나는… 울 엄마 아들 티마이라다!]

티쿠마와 츠바르드비스가 자신을 위해 일부러 강한 적에게 달려간 것을 안 스톤은 얼른 그들의 뒤를 쫓았다.

그들을 죽게 할 수는 없었다. 그러나 한발 늦었다.

스톤은 달려가며 모두 보았다.

티쿠마의 푸른 빛이 나바렌의 어깨를 뚫었고, 티쿠마는 곧 반으로 갈라졌다.

츠바르드비스의 칼날이 나바렌의 가슴을 노렸지만 막히고 말았고, 츠바르드비스는 산산이 부서졌다. 그러나 마지막 순간, 검을 쥔 나바렌의 오른손을 꽉 붙들고 늘어진 츠바르드비스의 왼손은 몸이 조각난 뒤에도 매달려 덜렁거렸다.

스톤은 자꾸만 빠져나가려는 힘을 억지로 붙잡고 나바렌을 향해 뛰었다.

이 순간은 아무 생각도 나지 않았다.

울목도, 코플래닛도, 가족도 떠오르지 않았다.

눈앞에 보이는 강한 적을 죽이고야 말겠다는 마음 하나로 오른손에 검은 빛을 칼날처럼 모아 나바렌의 가슴을 찔러갔다.

나바렌은 절대 허용하지 않겠다는 듯 몸을 낮추며 시리디시린 빛으로 스톤의 허리를 갈라왔다.

푸슉!

스톤의 허리에 나바렌의 검이 중간까지 틀어박혔고, 스톤의 오른팔이 나바렌의 심장을 뚫고 등 뒤로 나왔다.

프로스트라트에게 무슨 이야기를 들려줄지 여전히 고르지 못했다.

그러나 걱정하지는 않았다. 프로스트라트는 자신이 무슨 이야기를 해도 귀 기울여 들어줄 것이기에. 삶의 이야기는 모두 흥미로운 것이기에. 슬픈 일은 함께 가슴 아파하고 기쁜 일은 함께 좋아해 줄 것이기에.

그리고 한발 먼저 간 카모르찬과 티파이라가 프로스트라트에게 자신의 흉을 보기 전에 그들의 입을 막아야 했다. 아니, 재밌게 말하는 재주는 그들이 훨씬 더 나으니 흉을 봐도 참기로 했다.

남은 사람들이 걱정되기는 해도 그들은 또 살아갈 것이다.

다만, 슬픔보다는 행복을 느끼며 살기를 바랄 뿐이다.

제이는 웃었다.

나바렌의 가슴에 오른팔을 관통한 채 멈춘 스톤을 향해 바밀의 타이탄들이 조심스럽게 모여들었다.

그리고 스톤의 몸에 검을 쑤셔 박았다.

끼기긱.

금속 마찰음이 소름 끼치게 울려 퍼졌다.

하나로는 안심이 되지 않아 또 다른 검을 박았다.

푸푹.

이 지독한 타이탄이 다시 살아나지 않을까 두려워 바밀의 오너들은 모든 검을 스톤의 몸에 꽂아 넣었다.

세상에서 가장 강한 원시신은 그렇게 수십 개의 칼날을 몸에 박은 채 웃으며 죽었다.

*　　　*　　　*

누군가는 싸늘히 식고, 누군가는 신음하고, 누군가는 울었다.

마지막 싸움이 벌어졌던 언덕에 많은 사람들이 오고 갔다.

시신이 옮겨지고 잔해가 치워지고 사람들은 떠나갔다.

거인들의 싸움에 패고 깎이고 헐린 언덕은 황량하기 그지없었다.

거인들이 밟고 사람들이 밟고, 언덕 위의 풀과 꽃도 온통 꺾이고 짓밟혔다.

그 험한 시간 속에서도 모두 쓰러지지는 않았는지 맨땅이 드러난 황량한 언덕 위에 하얀색 코스모스 한 송이가 실바람에 한들거렸다.

『제이코플래닛』 완결

2007년 4월에 문피아에 연재를 시작했으니 2년 만에 완결을 봅니다.

그동안 마음고생을 심하게 한 출판사 관계자 분들과 몇 달을 기다려도 나오지 않는 책을 여전히 기다려 준 독자 여러분께 감사의 인사 올립니다.

겁없이 덜컥 출판을 한 뒤로 글을 쓴다는 게 얼마나 어려운지 절절이 느꼈습니다.

꿈은 거창하여 세상 모든 것을 이 한 권의 책에 다 넣고 싶었습니다. 그러나 될 턱이 없지요.

〈제이 코플래닛〉은 갈등하는 인간을 그리고 싶었습니다.

강해진다고 갈등이 없는 것은 아니며, 자신의 길을 선택했다하여 갈등이 사라지는 것이 아닙니다. 내가 고른 길보다 선택하지 않은 길이 더 나아 보이고, 항상 남의 떡이 더 커 보입니다.

그러한 갈등을 '잘' 그리고 싶었습니다.

〈제이 코플래닛〉은 사람과 사회, 개인과 외계와의 관계를 그리고 싶었습니다.

국가는 인간의 삶에 있어 피할 수 없는 동반자입니다. 좋은 동반자인지 나쁜 동반자인지 여부와 상관없이 세상 어디에나 있고, 현재뿐 아니라 과거에도 있었고 미래에도 있을 것입니다.

그러하기에 국가에 대한 고민을 담고 싶었습니다.

제 능력 부족한 줄 모르고 꿈만 거대하여 〈제이 코플래닛〉을 쓰는 동안 괴로웠습니다. 그런 괴로움 속에서도 그 안에서 살아가는 예쁘고 멋지고 인간적인 사람들과 함께하며 위로를 받았습니다.

글을 완결 짓고 나니 솔직히 시원합니다. 담배는 늘고 몸은 상하고, 그 압박감은 정말…….

그러나 많이 아쉽습니다. 제가 만들어놓은 장치, 인물, 사건을 활용하지 못한 부분이 많습니다.

긴 기간 동안 장편의 글을 쓰다 보니 문체도 달라졌습니다.

맨 처음 〈제이 코플래닛〉은 열 권으로 구상을 했었습니다. 그런데 여건상 일곱 권으로 압축해야 했습니다. 없는 재주에 하고자 하는 이야기를 다 넣으려니 어색한 부분도 있을 것입니다.

제이가 죽은 뒤 남은 사람들의 이야기도 흥미진진합니다. 아모란, 데스테나, 은, 클로델, 범들, 울목, 이들이 세상과 어떻게 싸워나가는지 말입니다. 적어도 제게는 흥미롭습니다. 그러나 다음 기회를 기다릴 수밖에 없습니다.

　　이토록 많은 아쉬움이 남는 작품이지만, 워낙 마음고생을 해놔서 당분간은 쳐다보고 싶지도 않습니다.
　　먼 훗날, 글재주도 더 늘고 세상을 보는 눈도 더 깊어진다면, 그리고 무엇보다 글을 계속 써나간다면, 제가 세상에 처음 내놓은 이 〈제이 코플래닛〉을 다시 써보고 싶습니다.

　　성원해 준 친구들과 글 쓰는 일을 허락해 주신 부모님, 그리고 독자 여러분께 감사의 말씀을 드립니다.
　　저는 다음 작품으로 뵙겠습니다.
　　오늘 하루도 행복하시기를 기원합니다.

共同傳人
공동전인

설경구 新무협 판타지 소설

마교를 재건하라.

혈미옥에 갇히며 마교 장로들의 공동전인이 된 사무진에게 주어진 과제.
역사상 가장 착한 마교의 교주.
하지만 역사상 가장 강한 마교의 교주가 되고 싶다.

고정관념을 버려요.
마교도라고 해서 꼭 나쁜 놈일 필요는 없잖아요.

지금까지와는 다른 마교.
이제 사무진이 만들어가는 새로운 마교가 모습을 드러낸다.

유행이 아닌 자유추구 -
WWW.chungeoram.com

Book Publishing CHUNGEORAM

유행이 아닌 자유추구 -
WWW. chungeoram.com